ANDREA
CONTRA PRONÓSTICO

ALBA LAGO

ANDREA
CONTRA PRONÓSTICO

Primera edición: marzo de 2016

© 2016, Alba Lago
© 2016, de la presente edición en castellano para todo el mundo:
Penguin Random House Grupo Editorial, S. A. U.
Travessera de Gràcia, 47-49. 08021 Barcelona
© 2016, Willy Hita, por el diseño de cubierta

Printed in Spain – Impreso en España

ISBN: 978-84-8365-855-0
Depósito legal: B-2094-2016

Compuesto en Arca Edinet, S. L.
Impreso en Rodesa, Villatuerta (Navarra)

SL 5 8 5 5 0

Penguin
Random House
Grupo Editorial

En memoria de mi abuelo

«¡Quen sabe se a saudade galega non será outra cousa máis que a loita de dous anceios incompatibles: o de estar e non estar na Terra!».

Sempre en Galiza, Castelao

1

Quién coño me iba a decir que, después de cinco interminables años de carrera y un máster, tendría que irme del país de mierda en el que había nacido y crecido. Sí, habéis leído bien, una puta mierda... y, para vislumbrar el futuro prometedor del que tanto me hablaron desde que aprendí la tabla del dos, tuve que hacer las maletas y empezar de cero. Otro país. Otra cultura. Otro idioma.

Allí estaba, con mi maleta de quince por veinte, medida límite para viajar con la única compañía *low cost* que operaba en Galicia desde el aeropuerto de Lavacolla, intentando disfrazar el vértigo de ilusión ante las caras de desconcierto de mi padre y mi hermana que, pancarta en mano, hacían todo lo posible por sobrellevar aquella decisión, según ellos determinante, tomada tan a la ligera.

Lo de mi madre era un tema aparte. Sentía que le arrancaban el corazón del pecho. Su hija, o sea yo, ya había estado estudiando fuera, pero, claro, en Madrid podía salir al rescate si algo sucedía, o eso creía ella, porque sucedió y ni se enteró. Ahora un miedo atroz la invadía cada vez que pensaba en su primogénita pasando hambre. Así que no hubo que esperar mucho para que sus ojos ya vidriosos se convirtiesen en un torrente de lágrimas, coincidiendo con la última llamada del vuelo FR4027, billete solo de ida, destino Londres.

¿Por qué Londres? Pues por el inglés, ¿por qué va a ser? Veinticinco años estudiando el idioma de Shakespeare e increíblemente no era capaz de mantener una conversación fluida. Para conseguirlo, había que necesitarlo, estaba claro. Además, era Inglaterra: McQueen, los Beatles, Blur, Oasis, la Tate Modern, las Dr. Martins, Brick Lane, el príncipe Guillermo… Sobraban los motivos.

Tras abrazar a cada uno de los miembros de mi familia como si el avión se fuese a estrellar, me encaminé hacia el arco de la vergüenza. Ese que te puede dejar en paños menores como te olvides de enseñar el audífono. No era el caso, pero con el frente frío que había entrado por Galicia aquel 16 de octubre, prescindir del calzado, chaqueta y abrigo me tocó bastante la moral.

Y para cuando las punteras de mis calcetines ya habían limpiado lo suficiente el suelo del aeropuerto, apareció. El que faltaba. ¿Qué cojones quería ahora? Si había borrado mi teléfono tras la última discusión. Aquello parecía la última escena de *Pretty woman,* con Julia a punto de salir de su apartamento y Richard apareciendo para pedirle que vuelva con él. Nunca me lo había planteado pero realmente el final de *Pretty woman* no era tan bonito. Ella quería marcharse lejos a estudiar, en busca de una formación, y él quiebra por completo su sueño, reteniéndola a su lado. Así pues, Julia Roberts se queda en Los Ángeles siendo la señorita de compañía de un todopoderoso Richard Gere, o sea, el que la mantiene.

De todos modos, a Carlos le faltaban las flores, la limusina y *La traviata* de fondo, así que el resultado no fue el mismo.

Llevaba días intentando hablar con él y, cuando su teléfono no estaba apagado, saltaba el buzón. Había escuchado más la voz femenina de su compañía telefónica que la de mi novio, ex o lo que fuese a esas alturas de curso. Según él, estaba enamorado, y así lo demostraba con estos arrebatos típicos de Disney. Pero eran eso, arrebatos de niño caprichoso que en cuanto le quitan la muñeca se pone a llorar, a pesar de que llevase meses olvidada en el fondo del cajón de los juguetes.

—No me montes un número ahora. Está mi familia.

—Mejor, que vean todo lo que te quiero. —Cómo le encantaba el drama.

Mi hermana soltó una carcajada, entonces la miré y se llevó la mano a la boca. Casi se me escapa otra.

—Carlos... —Eso era todo lo que le tenía que recriminar. Estaba harta de aquella montaña rusa sentimental y su cara de cordero degollado ya no surtía ningún efecto.

Y todo esto ante la atenta mirada del resto de pasajeros, que presenciaban el acto como si del final de *Cristal* se tratase (o de *Lost,* para los que digan desconocer la telenovela).

—No te pido que te quedes. Solo que me dejes seguir a tu lado, contigo, como siempre. —Silencio—. Sabes que yo sin ti no soy nadie —prosiguió.

¡Ay! Aquella frase ya la había oído tantas veces que dudé solo… uno, dos, tres, cuatro, cinco segundos.

—Esto no es un adiós, es un hasta luego más que necesario —susurré tajante y teatralmente, como a él le gustaba.

No tenía intención de hablaros mucho de él pero imagino que es imprescindible para que comprendáis nuestra relación.

Carlos desde niño estaba acostumbrado a ser el centro de todas las miradas y no precisamente por llevar una vida ejemplar. A los cuatro años se meaba en los armarios de la clase de parvulitos, a los diez esnifaba el pegamento de barra, a los catorce gestionaba el parque del vecindario porro en boca y a los dieciséis me esperaba quemando rueda a la salida del instituto en su Scooter amarilla rectificada. Mientras todo esto sucedía, siempre se las amañaba para camelar a profesoras, vecinas y compañeras de clase con su estudiada caída de pestañas que decoraban aquellos pizpiretos ojos marrones, acompañada de un arrepentimiento profundo y verdadero que cualquiera de sus interlocutoras terminaba por creer. Así, todas, que no todos, caían rendidas a sus pies.

Cierto es que su físico, fibroso y estilizado, no pasaba desapercibido en el cole, pero tenéis que entender que yo, delegada de clase, jamás me hubiese fijado en el macarra de turno.

Hasta que esta alumna modelo, ya en plena adolescencia, se corrió su primera borrachera vespertina en el *casco vello* de Vigo. Mi amiga Rebeca y yo estrenábamos *de extranjis* la Rouge Pulp *waterproof* de Chanel que había «cogido prestada» de la peluquería de su madre. Aquellos labios rojo pasión engrandecían nuestras todavía infantiles sonrisas con alguno de los últimos dientes adultos a medio crecer.

Aquella tarde se quemaba el Meco en la Puerta del Sol, poniendo fin al Entroido. En Teófilo Llorente, la calle principal de la zona de vinos, no entraba ni un alfiler, pero nosotras sí. Con los nervios y la excitación de entremezclarnos entre los «mayores» pedimos un vodka con lima en la barra del antiguo Limbo. Había gente del instituto, casi todos de cursos superiores, y algún *freak* de mi clase con el que incluso llegué a intercambiar un par de palabras en élfico (*El señor de los anillos* hizo mucho daño). ¡De un trago nos bebimos el segundo y el tercero! No recuerdo cuánto tiempo pasó hasta que la euforia me nubló la vista y el mareo y los sudores fríos empezaron a cobrar protagonismo.

Me sacaron del garito de moda casi a rastras dejando un reguero de vómito que hizo saltar del asco a los del botellón de las escaleras contiguas a la entrada del local.

«Dejadla sola, joder, que tome el aire», escuchaba a mi lado sin lograr poner cara a aquella voz familiar.

Antes de que me entrase la tiritona, una de esas chupas Dainese moteras azul klein cubrió mis hombros. Alcé la vista y me encontré a Carlos en mangas de camisa, riéndose mientras expulsaba el humo de la calada que le acababa de dar a una «L» de marihuana (tamaño canuto y medio).

—¿Qué, *chapis?* —Vamos, la abreviatura de *chapona*, o, lo que es lo mismo, de empollona—. ¿No sabes que el alcohol quema neuronas?

Volví a bajar la cabeza, humillada. Ya me podía dar por vacilada el resto del curso, ensuciando mi intachable reputación que tanto había labrado en el colegio de monjas y que intentaba mantener en el instituto.

—Venga, anda, que te llevo a casa…

No me podía oponer, estaba vendida. La última vez que había visto a Rebeca estaba aprendiendo a morrearse con uno de primero de bachillerato. Gasté las veinticinco pesetas, todavía no había llegado el euro, que me quedaban en mi móvil de prepago para enviarle un mensaje: «Me llevan a casa, estoy bien».

La brisa gélida del puerto en pleno febrero me espabiló, así que, a pesar de mi demacrado aspecto, cuando llegué al portal de mi casa ya podía caminar y vocalizar correctamente, con la gran suerte de que la luz de la ventana estaba apagada, mis padres todavía no habían llegado. Si me hubiesen pillado encima de una moto sin casco, con aquel pandillero y oliendo alcohol, el cinturón de mi padre habría acabado de romperse.

Bajé de la moto, agradeciendo su ayuda sin atreverme a mirarle a la cara. Me disponía a sacar las llaves cuando soltó:

—Das pena.

—Al menos solo un día al año… No como otros…

—¿Veis? No podía bajar la guardia.

—¡Qué borde eres, tía! No esperaba menos de ti, así que entenderás que me tenga que aprovechar de la circunstancia, doña Perfecta…

—Ya decía yo que era demasiado bonito para no haber ningún interés oculto…

—¿Qué me podrías ofrecer a cambio de una garantía de silencio absoluto…? —preguntó.

Lo primero que se me pasó por la cabeza es que estaba sugiriendo que me enrollase con él. Por poco vomito otra vez.

—Pero ¿tú por quién me tomas, capullo? ¿Crees que te voy a dar siquiera la oportunidad de besarme? —Estaba indignada.

—¡Cállate, flipada! —espetó—. O apruebo *mates* y Lengua o repito por segunda vez. Y paso de aguantar a más niñatas como tú cuando ya debería estar currando en el taller de mi padre.

Por lo visto, lo único que quería eran clases particulares. Jamás me lo hubiese pedido en condiciones normales por miedo al bochorno de verse rechazado públicamente. Le echó pelotas y accedí.

Al cabo de tres semanas de derivadas, integrales y la Generación del 27, yo, la delegada de clase, que jamás me hubiera fijado en el macarra de turno, comenzaba a interesarme por el lado más sensible que aquel chaval de la calle mostraba solo conmigo.

Poco a poco la importancia que creía tener en su vida proyectaba pensamientos del tipo: «Seguro que yo lo puedo cambiar». ¡Error!

Así, para cuando llegamos al análisis sintáctico de oraciones subordinadas, ya nos habíamos convertido en la pareja de moda dejando en el camino mis excelentes notas y mi virginidad.

Los dos cedimos, él comenzó a aprobar y yo a relacionarme con su gente. Queríamos pasar las veinticuatro horas del día juntos. Era un tipo auténtico, con el que compartía las mismas raíces. Habíamos crecido en paralelo, en el mismo entorno, con los mismos referentes y, en general, valores.

No le costó mucho cambiar las muecas de rechazo por palmadas en la espalda y apoyo de mis padres, muy reticentes en un principio a que su niña aplicada se juntase con lo que ellos consideraban un perdido. Su retranca lo hacía todo, caía en gracia.

El padre tenía un taller en Cangas y apenas se acercaba al barrio de Coia, donde vivía con sus abuelos, y si lo hacía, no avisaba. En alguna ocasión, Carlos se topó con el coche de su padre en la entrada de un puticlub. Al menos, como decía él, sabía que estaba vivo. Su madre había fallecido cuando él todavía iba a preescolar.

Logró el graduado y se matriculó en un ciclo superior de electrónica; llegó incluso a cursar los dos primeros años de la Ingeniería Técnica, que abandonó al observar que nadie conseguía nada al rematar. Yo, sin embargo, estaba muy convencida de lo que quería ser de mayor y nada lo impediría. Esta ambición, como podéis comprobar diez años después, la había dejado atrás.

Dejé de respirar nada más subir al avión. Me ahogaba. No por el dolor de la despedida, qué va, tenía ganas de huir. El ambiente estaba tan cargado y había tan poco espacio entre los asientos que apenas me entraban las piernas, y ya os digo que no soy Elle McPherson. Con poco más de metro y medio no me aceptarían ni como azafata de vuelo.

Para más inri, al subir de las últimas, mi minimaleta tuvo que ser encajada en los huecos sobrantes de la cola del aeroplano. Vamos, que el avión se vaciaría antes de que pudiese entrar algo de oxígeno por mi pituitaria. Ya empezaba mal.

La música movía montañas, ¿no? No sé, pero calma a las fieras y yo en ese momento mordía. Me coloqué los auriculares y desaparecí. Casualmente sonaba *Should I stay or should I go,* de The Clash. Opté por lo segundo y me dejé llevar. Tarareaba internamente sin ser consciente de que mis labios se movían con el estribillo, como cuando de pequeña leía «para adentro».

De repente, un toque seco en el hombro me sacó de mi trance. Casi se me sale el corazón del pecho. Tuve que doblar el cuello muy hacia atrás para ponerle cara a la Anna Kournikova de las azafatas que, al tiempo que me quitaba los cascos, decía…

—*The seatbelt, please.*

«*What???*», pensé, pero solo se quedó en una viñeta mental en la que le arrastraba de los pelos por el pasillo del avión. Además, una maraña de nervios recorrió velozmente mi cuerpo. Me quedé petrificada, pegada como una lapa al asiento, sudaba. No la entendía.

—*Excuse me?*

—*The belt* —repitió la azafata mientras hacía un gesto en su cintura como si estuviese abrochándose algo con la mano o masturbándose, lo dejo a vuestra elección.

Mi cara pasó del blanco al rojo en un segundo. Ahora puedo reconocer que me moría de la vergüenza y, además, los espectadores-viajeros de la terminal continuaban pendientes de mi patética historia. Me habría gustado que alguno, en vez de limitarse a observar, me hubiese echado una mano con la traducción, pero eso solo debe de ocurrir en las películas. Como lo del polvo en el baño del avión. Es imposible. Están demasiado expuestos como para entrar dos sin que nadie se percate. Me reí visualizando la secuencia mentalmente. Entonces, aflojé y me atreví a preguntar otra vez: «*Sorry?*». La azafata agarró mi cinturón y me lo abrochó. Dos cosas pasaron fugazmente por mi cabeza: «Te voy a volver morena, *barbie*» y «Tierra, trágame». La segunda ganó peso y fue lo único que deseé en aquel momento. ¿Cómo se diría en inglés? *«Land, swallow me»*?

Volví a cerrar los ojos. Estaba demasiado avergonzada como para seguir atendiendo a las indicaciones en caso de emergencia de aquella rubia de uno ochenta con marcado acento inglés. Segura de que podría haberlo suavizado para que le entendiese mejor.

«En Londres será distinto. Allí nadie me conoce...», pensaba. No estaba acostumbrada a hacer el ridículo o al menos a que lo viesen los demás.

Me dormí.

Dos horas después un trompeteo acompañado de una voz chirriante felicitándose a sí misma por haber llegado en hora alteraba mi sueño. Intuí que aquello era algo inusual porque, como montasen esa fiesta cada vez que cumpliesen con su trabajo, ¿qué pasaría cuando aterrizasen antes? El público estalló en aplausos.

Welcome to el aparatoso aeropuerto de Stansted, a casi una hora en autobús del centro de Londres.

Llevaba el dinero justo para sobrevivir o morir de inanición en el intento de encontrar trabajo. Mil euros, unas setecientas libras. Una risa en Londres, pero en aquel momento no lo sabía. Portaba mi tesoro en una especie de cinturón de tela debajo de la ropa que me hacía sudar más que si llevase medio kilo de cocaína. En alerta ante cualquier tipo de amenaza de robo que tanto me habían dicho se estilaba en Londres, amarraba mi bolso y maleta cual señora en misa de diez un domingo.

La cara de pava que se me quedó cuando me di cuenta de que podía sacar libras del cajero del aeropuerto sin comisión podría haber sido objeto de mofa de Rebeca durante el resto de mis días, pero ella no estaba allí. Creo que aquel día se vestía de condón para ayudar a Amnistía Internacional a concienciar de los riesgos de follar a pelo. Ni un disfraz de preservativo podría esconder la belleza en la que se había convertido. Rubia, alta, ojos claros y facciones de eterna Lolita. Si se lo hubiese creído podría haberse ganado la vida como modelo, pero no, lo suyo ese día en concreto era el látex y la solidaridad. Además, tenía algo de lo que la mayoría carecíamos, se reía de ella misma. Así que no tardaría mucho en usar alguno de los condones que tenía que repartir entre los jóvenes inconscientes.

Crucé la sala de recogida de equipaje —no llevaba suficiente como para facturar—, y me topé con una hilera de *stands* multicolores que anunciaban ofertas de transporte desde el aeropuerto al centro de Londres. Fui a por el más barato, nueve libras la ida en el bus de color rosa. Ese era el mío.

La chica que me atendió se esforzó por hablar correcta y muy lentamente para que entendiese que tenía que bajar por la rampa que me llevaría a los andenes. Creo que tanto ella como yo nos sentíamos algo estúpidas. ¿Andén dieciséis o sesenta? Dieciséis, lo comprobé al llegar allí. Solo había veinte.

—Y luego, *neno*, adónde *temos quir,* ¿a Victoria Station o a Liverpool?

Claramente aquel chico era coruñés y se dirigía a su amigo en la reconocible jerga exportada desde el barrio de Montealto a toda la provincia.

Esa era mi fila sin lugar a dudas.

Empecé a ser consciente de que, muy lejos de lo *cool* que parecía desde España vivir en Londres, formaba parte de la oleada de jóvenes emigrantes de la que tanto hablaban las noticias a causa de lo que, en principio, llamaron recesión económica y que entonces ya nadie dudaba en reconocer como crisis en todo su esplendor. Crisis que había provocado la salida aquel año al extranjero de cincuenta y cinco mil cuatrocientos setenta y dos españoles. Cincuenta y cinco mil cuatrocientos setenta y dos, casi el treinta y siete por ciento de la población estatal.

No abrí la boca. Me abochornaba ser una más.

Me tuve que olvidar de mis padres, de mi hermana, de mis amigos, de Carlos, hasta de mí misma para montarme en el famoso National Express, que de exprés nada porque tardaba cincuenta minutos en llegar a Liverpool Street Station.

Durante el eterno camino me entretuve imaginando quiénes y cómo vivirían en las hileras de casitas más próximas a la carretera separadas por la verde campiña inglesa. Aquellas nubes gris plomizo a punto de llorar convertían el paisaje en una estampa decadente. Me estremecí bajo el abrigo acolchado que, a pesar de llevar años en el armario, estrenaba para la ocasión.

Encendí la BlackBerry, todavía con tarjeta española, y mandé un mensaje a mi madre: «Ya llegué. *Bicos* para todos. Mañana os llamo». Acto seguido saltó la luz de un nuevo mensaje. Era Carlos. «Si encuentras trabajo ahí, me voy contigo». *¡Manda carallo!* A buenas horas...

¡Ahora se quería venir conmigo! Mira que había tenido tiempo de tragarse el orgullo y sincerarse. Siete años de idas y venidas, de amistad, de desplantes, de pasión, es suficiente, ¿no?

Fue durante mi primer año de universidad cuando empezamos a cambiar. Así como él la odiaba, a mí me entusiasmaba ir a la facultad, y adoraba todo lo que la rodeaba: la cafetería, gente nueva, charlas, botellón, partidas de póquer... Quizá no soportaba que yo me relacionase con grupos más heterogéneos, perdiendo el control de lo que hacía a cada paso. Recurrentemente me reprochaba que le hacía sentir inferior. Me sentía culpable.

Por supuesto que lo echaba de menos, llevaba medio año echándolo de menos, desde que decidió que era incapaz de hacerme feliz.

Y ahora esta era mi aventura, sola. Por fin había tomado una decisión sin consultar, pensando exclusivamente en mí. La ilusión y la esperanza de los primeros años de carrera se habían diluido y no iba a permitir que el resto del mundo, mi mundo, viese cómo se hundían mis sueños después de interminables años de esfuerzo. Al subir a aquel avión, sentí la extraña satisfacción de haber soltado lastre, aunque la tristeza me invadió cuando reconocí cuál era el mío, él.

No debían de ser ni las seis de la tarde y el cielo envejecido en Liverpool St. Station aparentaba unas cuatro horas más. Nada más bajarme del autobús, una especie de *rissaga* humana, que cíclicamente salía de la estación a paso de liebre, hizo que perdiese el equilibrio. Si no llega a ser por la minimaleta que ejercía de bastón, hubiese acabado sentada en uno de los numerosos charcos que se extendían por la avenida.

Hacía frío, más de lo que esperaba para finales de octubre, y llovía débilmente. Para eso sí estaba preparada. Soy gallega, no nos olvidemos. El paraguas de cuadros negros y grises con líneas en amarillo era una de esas piezas únicas que solo encuentra el que acude con frecuencia al chino del barrio y es capaz de convertirlas en complemento a admirar, incluso por las más *trendy* de la ciudad. Aquel paraguas molón estaba siendo, una vez más, mi compañero de viaje hasta que otra estampida salió del metro y temí perder un ojo como siguiese intentando mantenerlo abierto. Se acabó el romanticismo.

¿Así que aquella era la agitada Liverpool Street dándome la bienvenida a Londres? Me invadía la emoción; duró apenas unos minutos. Tenía la lengua como una zapatilla. Llevaba más de cinco horas sin ingerir líquido y las luces de neón del Dirty Dicks produjeron el efecto imán de un pastel en la puerta de un colegio. Allá fui, sin ni siquiera molestarme en traducir lo que el letrero gritaba. La mítica taberna inglesa, con ingleses borrachos viendo fútbol. Un entorno muy apacible para una chica de veinticinco años, con rasgos más mediterráneos, que atraía todas las miradas a medida que avanzaba con los desgastados ruedines de su maleta por el crujiente suelo de madera de la tasca. Muy prudente todo.

—*A glass of water, please* —pedí con marcado acento español.

—*What?* —preguntó el camarero con el ceño fruncido.

Sentí otra vez ese calor subiendo hasta las orejas. Me miraban, me costaba tragar saliva y ya dudaba de mi pronunciación. ¿Era «*WatA*» o «*WatER*»?, pensaba. Maldito americano de las pelis.

Saqué la mejor de mis sonrisas y remarcando cada una de las sílabas conseguí decir: «*Water*».

—¡¡Ah!!, ¡española! —dijo riéndose el camarero.

Excuse me?? O sea, que era español. *¡Aínda por riba!*

Mi pudor inicial se dejó llevar por la ira, a punto de implosionar. Aquello no era un vaso, sino un jarro de agua fría, muy fría, que me acababan de arrojar a la cara, así, nada más llegar. Exteriorizaba, involuntariamente, mis estados de ánimo y aquel leonés sabía lo molesta que estaba, disfrutando con ello. Clavé mi mirada en él, bebí de un trago el vaso de agua y lo apoyé con un golpe seco en la barra, a lo

Clint Eastwood en *El bueno, el feo y el malo*, soltando un retorcido «Gracias» (en castellano, por supuesto).

—Vuelve cuando quieras, morena —replicó el barman alzando la voz, provocando así al resto del bar.

—Morena —gritó un inglés mientras levantaba la copa.

—Morena —acompañó otro.

—Morena —Reían al fondo.

Y así salteadamente hasta que conseguí llegar a la puerta desde donde, con un leve giro de cabeza, hice la típica peineta española que todos entendieron a la perfección, mientras salía triunfal de aquel antro de «Pollas sucias» en el que sonaba *Creep*, de Radiohead.

Quería gritar. Necesitaba chillar. Me imaginaba a mí misma pateándole el culo a aquel estúpido camarero. ¡¡¡Joder, era español!!! Estaba indignaba. «Muy mal lo ha tenido que pasar aquel chaval para que...».

Un taxi libre interrumpió mis pensamientos. La lluvia, ignorada hasta el momento, me había calado entera. Demasiado tarde para abrir el paraguas de cuadros. Lo paré, me subí y sin arriesgar más señalé directamente en el mapa adonde quería ir:

—*Here.*

2

Había hecho la reserva en el *hostel,* que no hotel, más barato y decente del centro de Londres. Estaba en Russell Square, justo detrás del Museo Británico. El edificio se integraba perfectamente entre el resto de típicas casas adosadas de tres pisos y fachada oscura.

Un grupo de chavales de mi edad fumaban hierba en las escaleras de acceso. ¿¿Creéis que alguno se movió para dejarme pasar o echarme una mano con la maleta?? No, señor. Ni se inmutaron. Aquellos veinte escalones supusieron más esfuerzo que las cuatro series de veinte sentadillas que me imponía en el gimnasio tres veces por semana.

En la recepción había cola y el hall estaba plagado de italianos, por lo que pude adivinar mientras esperaba a ser atendida.

—Hola, tenía una reserva a nombre de Andrea Alonso.

—Hola, Andrea. —Me dio la bienvenida un joven y risueño indio en un inglés inteligible—. Tu habitación es la 45. Espero que lleves candado, si no la consigna te saldrá a cinco *pounds* el día.

Sí, mi madre me había metido en uno de los bolsillos el dichoso candado tras haberme repetido unas cien veces que durmiese con el bolso puesto. Detestaba darle la razón, pero esta vez, como otras tantas, la tenía.

Lo que no sabía mi madre era que el descanso era la menor de mis preocupaciones…, mi reserva estaba hecha para uno de los cuartos grandes, es decir, compartía habitación con diecinueve personas más.

El albergue tenía cuatro plantas hacia arriba y tres sótanos, donde se situaban los baños con duchas mixtas y el cuarto de las lavadoras, áreas a las que solo se podía acceder con la pequeña ficha magnética que te identificaba como cliente.

No fui consciente de lo que me supondría aquel ahorro en alojamiento hasta que abrí la puerta de la habitación. La luz estaba apagada, olía a pies. No veía nada, la encendí. Varias quejas se sucedieron: «*The light!!!*». Vamos, que como no les devolviese a la oscuridad «*as soon as possible*», me comían, y no a besos precisamente.

Cinco literas de cuatro camas pegadas con una especie de cortina en cada habitáculo, que, una vez corrida, indicaba que ya estaba ocupada. Tras un par de eternos minutos buscando sigilosamente el móvil conseguí encender la linterna y encontrar mi sitio.

Ahora venía lo bueno… Tenía que mudarme, pero, obviamente, no me iba a desnudar en medio de la habitación. Tumbé la maleta en el estrecho pasillo que quedaba entre las literas y la pared. Saqué el pijama, de Mickey para más detalles, que quedó desterrado a partir de ese día. Trepé por las frías e inestables escaleras de metal hasta el cuarto piso de somieres y allí, como pude, en horizontal, me cambié. Recordé haberme quitado la ropa así en algún momento hacía años, cuando empezaba a corromperse mi tierna adolescencia, pero aquello había sido mucho más excitante.

Haciendo equilibrismo en la oscuridad, con el móvil en la boca y la mano izquierda ocupada por la ropa húmeda, logré bajar hasta suelo firme. En el definitivo ascenso coloqué el bolso a los pies del colchón y tras enviar el mensaje de rigor a la *mamma,* que contestó al segundo, dejé el móvil debajo de la amarillenta almohada y cerré los ojos. Esa noche no me lavaba los dientes. Solo quería dormir.

Durante la noche mi sueño fue interrumpido por la llegada de una pareja y un grupo de tres chicas borrachas. Estas no hicieron mucho ruido, cayeron rápidamente en coma. Fueron los insoportables ronquidos del de la litera de abajo los que me desesperaron hasta bien entrada la madrugada. A las siete de la mañana, el movimiento en el cuarto me despertó. Me notaba molida, agotada.

En Vigo serían las ocho. Tenía que ponerme en marcha. Esperé a que saliera la gente que merodeaba por la habitación. Era incapaz de iniciar una conversación que supusiera el esfuerzo de traducir así de mañana. Necesitaba espabilarme, necesitaba café.

Me vestí antes de ducharme. No podía pasear a Mickey por todo el *hostel*. Con el neceser y la toalla en mano bajé hasta el tercer sótano, el de los baños. Por suerte, solo había un par de chicas secándose el pelo, así que el pudor desapareció rápido con el agua caliente resbalando por mi espalda.

Tras dejar mis pertenencias en la habitación, volví a la planta baja. Allí estaba el comedor. Una sala alargada y bastante grande dispuesta con largas mesas de madera en las que, ya a esas horas, desayunaban varios grupos de jóvenes.

Cuatro sofás a lo largo de la pared y al fondo, sobre una ancha estantería, tres grandes boles con una cuchara de madera incrustada en cada uno: mantequilla, mermelada de fresa y mermelada de naranja amarga. He dicho que mataba por un café, pero no por aquel. La mezcla de ese bote de granos molidos tenía que echarse directamente en el agua hirviendo que salía de uno de los dispensadores de una cuba para conseguir algo similar a lo que habitualmente tomaba por las mañanas para activarme. Lo descarté. Una jarra de leche a temperatura ambiente, o sea, fría, y una fuente con pan de molde y cereales eran las otras alternativas para empezar el día.

Opté por las bolsitas de té y un cuenco amarillo de plástico rayado con leche y cereales. Intenté hacerme una tostada pero mi mermelada preferida, la de fresa, dejó de serlo a partir de aquel momento y la de naranja amarga inevitablemente me recordaba al fantasma del cuento infantil de Elvira Menéndez.

Aproveché bien el desayuno porque sabía que la comida sería un suspiro. Por primera vez, tendría que administrar el dinero sin pedirles un duro a mis padres. Ese era el trato. Si no, me volvía.

Y por si mi capacidad administrativa fallaba, como era esperado, el tiempo se me echaba encima…, tenía que buscar trabajo. ¿De qué? De lo que fuese que no exigiera un nivel de inglés elevado, pero con el que pudiese progresar, al menos hasta coger la soltura suficiente para postularme en algún puesto relacionado con lo mío.

Mi docena de currículos impresos y yo nos echamos a la calle. La humedad hacía que el frío otoñal londinense calara hasta los huesos.

Sin rumbo, avancé por Montague Street y Bloomsbury Square llegando a la estación de metro de Holborn. Bajé Kingsway hasta Aldwych. Empezaba a lloviznar y todavía no me había tomado mi estimulante matutino. Aquel Starbucks era una señal.

—*Café latte, please.*

—*Your name?*

—Andrea.

Prueba superada ante una excesivamente agradable y cuasi graciosa camarera.

Tras endulzarlo con dos sobres de azúcar moreno y comprobar que no estaba demasiado caliente, le di el primer sorbo al ansiado café… «¡Puag!», a punto estuve de vomitar. Entendí entonces por qué allí bebían té. Aquel brebaje sabía excesivamente a leche y dejaba una fina capa de moco blanquecino en la lengua que hasta dificultaba el salivar. En cuanto salí del local de madera, tiré el vaso de cartón a la papelera. Me dolieron las casi cinco libras del ansiado café que nunca llegué a tomar. En otro momento de mi vida, la rabieta me hubiese durado un día entero pero no allí. *«Think positive»*. Acababa de llegar.

Abrí el paraguas de cuadros y proseguí mi camino, pasmada ante los enormes y llamativos carteles de los teatros. Todo era nuevo, grande, motivador. Despertaba en mí esa curiosidad que había enterrado hacía tiempo dejándome arrastrar por la corriente.

Nunca había viajado sola, ni siquiera recordaba haber pasado más de tres horas sin nadie a mi alrededor, sin embargo no echaba en falta nada.

Llegué a Charing Cross. Desde allí por fin la vi, la National Gallery, el principal museo de arte de Londres, protagonista de tantas postales; la columna del almirante Nelson, las barbas de los estoicos leones de Trafalgar Square, ocultos bajo los traseros de los turistas que posaban sonrientes para la foto.

Una fuerza sobrenatural me empujó hacia la puerta principal de la galería. Con calma y sin gran idea de arte, saboreé la evolución en el estilo de El Greco, los paisajes de Turner o los jardines de Monet; abstraída del entorno, de la aglomeración de gente, de los niños corriendo por los pasillos del museo, de la lluvia que cobraba intensidad fuera.

Tan solo me devolvió a la realidad el sonido de un mensaje de texto. Carlos: «Que sepas que no dejo de pensar en ti». Agradecí estar tan lejos de él. Estaba segura de que si se encontrase aquí no podría disfrutar ni de las galerías, ni del museo, ni siquiera de su baño, porque lo cierto es que me meaba y era uno de los pocos servicios de acceso gratuito.

Trafalgar Square, la mayor plaza pública de Europa occidental, estaba plagada de cámaras, planos de la ciudad y carteristas. Desde allí, el corazón de Londres, tomaba perspectiva de la ciudad y de mi recién estrenada etapa. Había escampado y el sol saludaba con timidez. Inevitablemente, mis pies me dirigieron al Buckingham Palace. Los currículos tendrían que esperar. Me moría por ver el cambio de la Guardia Real. Permanecí impasible, como ellos, analizando cada una de sus caras e imaginando quién se escondería tras ellas. La verdad, me decepcionó un poco el Palacio Real. ¿Dónde estaban las flores que durante meses lo rodearon tras la muerte de Lady Di? Aquello había sacudido a la estricta y anticuada monarquía que tan a rajatabla regía *the Queen,* obsoleta ante muchos ojos británicos y, sin embargo, tan atractiva para el turismo como la tumba de Tutankamon. Resultaba muy exótica para el resto de Europa la arcaica rutina tras los muros de Buckingham, ¿no?

—¿Tiene hora?

¡Qué capacidad de evasión! Apenas había prestado atención a las numerosas familias, parejas y grupos que me rodeaban.

—No —respondí moviendo la cabeza.

Mis tripas avisaron de que podría ser la hora del almuerzo. Pasé por delante de varias famosas cadenas de restaurantes sin encontrar ninguno en el que ofreciesen un menú decente a un precio asequible.

Pret a Manger fue la opción más apetecible aunque no cumpliese los requisitos. Sándwich de una pasta similar a una mezcla de queso con mayonesa, una hoja de lechuga, un tomate y un trozo grueso de jamón, o lo que fuese aquello. Preferiría haberme llevado a la boca el *noxento* bocata de nocilla con chorizo tan de moda entre los niños de finales de los ochenta, pero hacía años que me había prohibido degustar la masa de leche, cacao, avellanas y azúcar. Cinco *pounds* por el minibocata y el agua, suficiente para ese día. Lo pedí para llevar, por aquello de que no me cobrasen más si ocupaba una de sus mesas.

Juro que no quería hacer turismo, pero, de manera inevitable, las calles me llevaron a un tranquilo Covent Garden donde me quedé perpleja asistiendo a un concierto improvisado de una de las mejores sopranos del mundo, desde mi ignorancia en el género operístico. Lo leí en un cartel próximo que invitaba a ver a la mujer de la voz portentosa en la Royal Opera House.

Tarareando aquella melodía que se había incrustado en mi cabeza, tomé la línea azul hasta Piccadilly Circus. Allí estaba: el gigante letrero de Sanyo que tanto había visto en la tele. Sonreí. Mentiría si dijese que no tuve la tentación de hacerme el *selfie* de rigor, pero lo último que quería era parecer forastera. Ahora vivía allí.

Y, al vivir allí, lo primero que tenía que hacer era conseguir un teléfono inglés, es decir, liberar la BlackBerry e insertar una tarjeta de un operador británico. Cualquier tienda de *souvenirs* de Oxford Street lo hacía por veinte libras, o eso había leído. Una tarjeta prepago con límite de llamadas y datos saldría por veinticinco *pounds* más. ¡Ah!, con WhatsApp gratis, que era lo importante.

«¿Y si me intentan timar?». ¿Qué? Era la primera vez que salía de España y había escuchado todo tipo de historias acerca de la picaresca de los comerciantes. Además, ¿cómo iba a negociar si me costaba hacerme entender pidiendo un mísero vaso de agua?

Con esa incertidumbre en la cabeza me obcequé con que no terminaría el día sin el número inglés. A testaruda no me ganaba nadie.

Aceleré el paso a medida que avanzaba por Regent St. siguiendo el ritmo de la gente. Caminaban como si llegasen tarde a algún lugar. Yo igual, no fuera a ser que me tomasen por turista. Observándolos con detenimiento, imaginé que aquel paso lo marcaba la música que escuchaban, algo tipo *Pogo*, de Digitalism, porque contados eran los hombres que, café en mano y traje impecable, no llevasen cascos. Igual las mujeres, que con zancadas vertiginosas cruzaban la avenida sin mirar, combinando zapatillas deportivas con vestidos y bolsos de marca. «Paletas», pensé. Más tarde me enteraría de que los tacones veían la luz en la puerta del trabajo y, con el tiempo, que aquel mix hortera de elegancia y comodidad se convertiría en tendencia causando furor en España. La paleta era yo.

Así, en mi intento por pasar desapercibida, imité al resto de los peatones acelerando mis andares y endureciendo el gesto, como ellos.

Metida en el papel, fui capaz hasta de evitar mostrar fascinación ante los cientos de juguetes de Hamleys o tener la tentación de salir corriendo hacia las llamativas guirnaldas de Carnaby Street que divisaba desde uno de los callejones que conectaban con Regent, la calle principal por la que entonces caminaba.

De todos modos, mis pintas me delataban. Vaquero pitillo negro, jersey a rayas, parca verde militar y New Balance. Era española. Pocos en Londres llevaban aquellas zapatillas, y si fuese italiana tiraría de logotipo gigante.

De repente, mis NB se pararon en seco, justo antes de llegar a Oxford Circus. Aquel escaparate, bueno, más bien sus dependientas, que fácilmente podrían confundirse con cualquiera de los maniquíes, me dejaron cautivada. Impolutamente maquilladas y vestidas, caminaban con destreza en tacones imposibles, con un amigable e imperturbable rostro que daba la bienvenida a los clientes.

Mi *outfit* y mi pelo enmarañado no encajaban ni lo más mínimo en aquel sofisticado paisaje. Tampoco me encontraba muy lúcida como para encandilar a nadie. No olvidemos además el inglés, que todavía dejaba mucho que desear...

Pero la volatilidad no era mi gran defecto, y a veces me permitía pasar del hundimiento al reflote en cuestión de segundos, por lo que cambié de opinión al instante. Ese sería mi trabajo.

Muy decidida crucé la puerta principal y pregunté con prudencia a una de las alegres chicas por el mánager. La espera se hizo interminable. ¡Cinco minutos! Aproveché para analizar el tipo de ropa que vendían, las líneas, los colores de las nuevas colecciones, etcétera.

El perfil de cliente era de mujeres estilosas de unos treinta y cinco años que requerían más atención de la que jamás hubiese recibido una compradora en cualquier boutique del centro de Madrid.

La tienda tenía tres plantas pero la mayor parte de la mercancía se repartía entre la principal y la baja. Las secciones de hombre y de mujer estaban diferenciadas por un leve desnivel que dotaba de independencia a ambas, unidas por la caja central. Paredes blancas, suelo blanco, muebles blancos. Destacaban las letras negras de la marca en eurostile.

La risueña dependienta apareció acompañada por un pequeño hombre indio que clavaba sus profundos ojos negros en los míos. Me intimidaba. Estrechó con fuerza mi sudada y nerviosa mano. Bajito, de constitución frágil y gesto imponente, Sahid era el segundo encargado de la tienda y quería saber quién osaba perturbar sus ocupaciones (más o menos eso le venía diciendo a la chica). La imagen de dictador que me estaba creando en la cabeza se desvaneció cuando pronunció sus primeras palabras, con una amable y tierna sonrisa blanca.

—*Hiya, how can I help you?* —No vocalizaba.

—Hola, mi nombre es Andrea y quería dejar mi currículo —contesté en mi mejor inglés. Este consistía en remarcar las «t's» finales al estilo monárquico.

—¡Oh!, española… —Sahid reía.

—¡Vaya! ¿Tanto se me nota? —¡Joder!, intentaba disimular el fastidio que me producía el haber fracasado en el intento por ocultar el acento español.

—Tenemos otra española en la tienda… —«Qué majo», pensé. Creo que adivinó mis pensamientos, así que recondujo la conversación preguntando secamente —: *Part time or full time?*

—*Full time.* —Convencida de que al necesitar el idioma para trabajar iba a aprenderlo mucho más rápido.

—¡Ok! Tendrás que hacer una prueba de unas tres horas para confirmar que efectivamente tus habilidades con los clientes son tan persuasivas como conmigo. —Volvió a sonreír. Respiré aliviada—. ¿Qué tal te viene esta tarde?

—¿Perdón? —Me costaba mucho seguirle cuando su discurso cogía algo de velocidad. Me sentía estúpida.

—Es-ta tar-de. La prue-ba —repitió Sahid remarcando cada una de las sílabas lentamente.

—*Oh, yes, yes... Thank you.*

Hui de la tienda pletórica. Acababa de llegar y ya había conseguido un *trial.* Estaba segura de que le había caído bien. Saltaba de emoción en medio de la alborotada Oxford Circus.

De repente bajé de la nube de algodón en la que flotaba. ¡¡¡Tan solo quedaban dos horas para someterme al examen práctico de relaciones públicas en el sector de la moda!!! Tenía que coger el metro, andando tardaría mínimo una hora en llegar al *hostel.* Descendí escopeteada las escaleras de la estación más cercana. Saqué un *daily ticket,* válido para todos los viajes de ese día. Siete libras, dolor de corazón, pero al menos me valdría para la vuelta. Central Line, la roja, dirección Holborn, con transbordo a la Piccadilly Line, la azul, hasta Russell Square.

3

Eran las tres de la tarde y apenas quedaba vida en el *hostel*. La recepción estaba desangelada. Había parado, por fin, de llover y la gente salía a dar una vuelta a pesar de las máximas gélidas y la humedad del Támesis.

En mi habitación milagrosamente tampoco había nadie. Lo agradecí. Podía asearme y arreglarme sin necesidad de las peripecias de la pasada noche. En la minimaleta había metido un vestido de algodón gris marengo por encima de la rodilla que, a pesar de ser entubado, no resultaba demasiado provocativo. Medias tupidas negras y bailarinas. Jamás hubiese pensado que necesitaría tacones para trabajar, como el resto de mis futuribles compañeras. Conseguí arreglarme sin mucho éxito el pelo. El cabello corto era más difícil de domar. ¡Maldita humedad!

Me lo había cortado a lo *garçon* hacía un mes y todo por una tontería posadolescente. Odiaba a las *girlies* (ese tipo de chica muy femenina, muy coqueta, muy cotilla, en fin, muy chica) y consideraba que el hombre que se fijaba en una mujer con el cabello corto seguro que tenía algo de lo que el resto de los comunes carecía o, al menos, más personalidad. Era una especie de acto de rebeldía, aunque he de reconocer que me sentía favorecida, diferente, una «Wild Thing», como decía la canción de The Troggs que sonaba en aquel instante en mi BlackBerry.

Discretamente maquillada, me armé con el superabrigo acolchado, guantes, bufanda. Aun así mi nariz no dejaba de pingar. Los clínex que mi madre había metido en mi bolso finalmente hicieron falta.

Llegué a la tienda, nerviosa, sudada y acelerada. Tenía sed. Sahid me recibió metido en su papel de jefe, indicándome dónde dejar mis pertenencias mientras me explicaba mi tarea aquella tarde. La prueba consistía en colocarme, cual florero, al lado de la puerta principal dando la bienvenida a los posibles compradores con la mejor sonrisa.

Y allí estaba yo, a punto de convertirme en estalactita humana, dando pasitos cortos frente a la entrada y frotando las manos disimuladamente para conseguir un ápice de calor. El resto de las dependientas cuchicheaban sin esconder su interés por la «nueva». Ninguna se acercó a saludar.

Aparte de las niñatas cotillas había alguien más que no me quitó el ojo de encima durante las tres horas que tuve para venderme. Al fondo, en los probadores, clavaba la mirada en mi nuca. Parecía una muñeca de porcelana. Tez pálida, sin imperfecciones, pelo largo, negro, liso, boca pequeña y carnosa, mirada férrea, oscura. Impertérrita, aguardaba en los probadores a sus futuras víctimas, las clientas.

«Debe ser alguien importante», cavilaba. Todas acudían a ella para pedirle opinión. Esa imagen de acero pareció difuminarse sutilmente cuando coincidieron nuestras miradas, improvisando una amplia y forzada sonrisa. Polina, así se llamaba, la rusa.

Si no puedes con el enemigo, únete a él, ¿no? Pues allá fui, a presentarme. Como en el parque de pequeña, solo me faltó preguntar: «¿Quieres ser mi amiga?».

Polina hablaba un perfecto inglés. Ni rastro de las erres rusas, su tono era agudo pero moderado. A pesar de que le constaba que acababa de llegar y me notaba algo perdida mantuvo su pose distante durante toda la breve conversación. Ante el rechazo tenía dos opciones, hundirme y ponerme a llorar pidiendo desconsolada un abrazo de mi madre o demostrarle y demostrarme que podía superar la jodida prueba y más.

¡¡¡A por mis primeras clientas!!!

—Hola, ¿les puedo ayudar en algo? —pregunté algo más confiada.

—No, gracias, solo estamos echando un vistazo —contestaron educadamente un par de señoras.

Cada vez que abría la boca, alguien tomaba notas en el otro extremo de la planta. Estaba siendo analizada. ¡Qué tensión!

En un intervalo de media hora, dos clientes más respondieron con amabilidad a mi saludo. Empezaba a soltarme. Si es que, al final, yo no había estudiado para eso, simplemente necesitaba perras para sobrevivir, y tenía claro que no iba a acabar el resto de mis días siendo la cajera de aquel comercio inglés, por muy popular que fuese.

Recibí con gracia a un grupo de niñas pijas, jugueteé con la hija revoltosa de una madre desesperada por cinco minutos de tranquilidad y charlé con una asturiana que venía a dejar su currículo. Todo iba sobre ruedas hasta que el mundo se paró en seco y casi se me cae encima.

Él cruzó fugazmente la planta de señoras, seguido de un séquito de fieles *groupies* que chismorreaban entre risitas adolescentes. El prototipo de hombre británico, que solo había visto en las pelis de Jude Law, tenía nombre y apellidos.

—Peter Harman —me susurró por detrás una voz aniñada. Sin duda era española.

Mi cuerpo estaba paralizado. No podía girarme, disimulaba para que nadie se percatase de lo embelesada que estaba con aquella estampa.

Caminaba con paso firme, enfundado en un impoluto traje azul oscuro, camisa beige y mocasines verdes de ante. Con aquellos ojos claros, cabello rubio engominado hacia atrás y cuatro pelos de una barba de tres días, parecía recién salido del último anuncio de Hugo Boss. Aquel hombre tenía poder o eso aparentaba. Le echaba unos treinta años.

A medida que se iba aproximando me empezaron a fallar las piernas, esforzándome por guardar la compostura. Estaba sola. Me sentía indefensa, débil, amilanada ante el atractivo inglés.

Se acercaba a paso rápido hacia mí, con las tres fans cuchicheando tras él. Estaba a dos pasos escasos, mi labio inferior tembloroso permitió mostrar parte de mi dentadura, incluso me atreví con un coqueto ladeo de cabeza. Y cuando llegó a mi altura impulsivamente solté:

—*Good aft…* —No llegué a terminar el saludo. Pasó de mi culo, como también lo hicieron sus chicas.

Con lo educados que supuestamente eran los ingleses, con esa cordialidad innata y pidiendo permiso o disculpas por todo, ¡y una mierda! Arrogante inglés, estirado, engreído, soberbio… Todos estos adjetivos y otros cincuenta más similares recorrieron mi cabeza en apenas dos segundos. Mis piernas ya no temblaban, perforaban el suelo, mi mandíbula estaba tensa y mi percepción sobre aquel *gentleman* cambió por completo. ¿Qué era yo, un jodido mueble? ¿Quién cojones se creía para ni siquiera mirarme cuando pasaba a dos centímetros?

Alguien adivinó mis pensamientos.

—Es el *Boss* —comentó la voz risueña a mis espaldas—. Tranquila. No se dirige a nadie que no le haga la pelota.

Entonces sí, todavía volada por el desplante, me giré.

—Hola. Soy Carmen. Tú debes de ser Andrea, ¿no? Me dijo Sahid que se iba a incorporar otra española y no sabes la alegría, chica… Al fin voy a poder comunicarme con alguien ágilmente… —No se callaba y yo tampoco quería interrumpirla pero reaccioné.

—Ah, ¿tú eres la dependienta de la que me habló Sahid…?

—¡¡¡Sí!!! ¡¡¡Tenía ganas de conocerte!!! Te digo que ya estás dentro. A Polina le gustas y Sahid babea —afirmó.

—Pero, Carmen, entre tú y yo, mi inglés…

—Bueno, *welcome to my world*… Tú échale morro y *pa'lante.* —Era de Huelva, concretamente de Valverde del Camino, de donde las botas.

—Oye, ¿y este…? —Me refería a Peter.

—Bah, ni caso. Tú pégate a Sahid. Es el hombre con el corazón más grande del universo.

Intuí que eran amigos.

—Además, Peter le odia porque sabe que todos en la tienda lo adoran… —retomó.

—Y ¿quiénes son esas chicas que…?

—¡Ah! Las *cheerleaders*. Así las llamo yo. —Se rio por lo bajo—. Angie, Fay y Grace. Ándate con ojo, que te la juegan en cuanto te despistes.

Era simpática, hablaba con desparpajo moviendo las ondas de su pelo negro y brillante. Ese pelazo que, por lo que observé el resto de la tarde, prendaba a las inglesas. Hablaba con los ojos, enormes y verdes. Podría hipnotizar a cualquiera. Así me hubiese quedado yo, hipnotizada con esa belleza andaluza, si no la hubiese dejado hablar tanto.

La dentadura era otro de sus rasgos más destacables y es que casi siempre la pillaba sonriendo. Su gesto era amable, transmitía mucha confianza. Por eso, a pesar de sus extraordinarias facciones, también caía bien a las mujeres. En el fondo era mucho más insegura de lo que aparentaba pero jugaba con ello. Cualquier ser humano sentía la imperiosa necesidad de protegerla y ella, por lo visto, desde ese mismo momento decidió cuidar de mí.

—Venga, nos tomamos una pinta al salir —impuso.

—¡Hecho! —Lo necesitaba.

Había ganado seguridad con el apoyo de mi nueva amiga, aunque no se me iba de la cabeza el desplante del día.

Un hombre de mediana edad entró por la puerta empapado, chorreando, portando un paraguas roto. Se acercó con gesto algo recio. Yo le esperaba con la ensayada sonrisa mientras canturreaba para mis adentros la última de Muse que sonaba en la tienda.

—¿Cómo puedo ayudarle, caballero?

—*I'm just looking for «pounsilkurt».*

Eso fue lo único que entendí.

—*One moment...* —resolví.

En dos zancadas alcancé a Carmen afanada en doblar la interminable mesa de los vaqueros. Me la llevé casi a rastras hasta el viejo del paraguas roto. Con apabullante firmeza se aproximó al hombre. Me quedé un paso atrás.

—*Hello, sir,* ¿le puedo ayudar en algo?

El inglés de Carmen era peor que el mío pero, claro, con aquella carita quién iba a contestarle mal. Hablaba despacio para que se le entendiera y con un acento andaluz muy marcado.

—Busco... *«apensualkurts»* —repitió el hombre más tirante la ininteligible palabra.

—Oh, ¿es para usted?

Su cara no se arrugaba, aunque no entendía «ni papa», como diría ella.

—*What the fuck are you talking about?* —La traducción elegante sería: «¿Qué está diciendo, señorita?».

La cara de la andaluza enrojeció de vergüenza con una carcajada a punto de explotar. Se dio media vuelta para ahogarla. Justo detrás, estaba yo mirándola, atónita. En cuanto Carmen vio mi jeta de susto, la risa retumbó por toda la tienda.

El hombre también enrojeció, pero de ira, reclamando a grito pelado al responsable de la tienda.

Yo tan solo me atreví a soltar un tímido *«sorry»* que encendió más a la bestia. Alzó su dedo acusador hacia nosotras y con espuma de saliva escupió todos los improperios del diccionario. Esto lo intuíamos por el tono, porque a no ser por un *«idiot»* poco más logramos comprender.

Sahid se acercó pidiendo calma. Éramos el foco de todas las miradas y tenía que cortar aquella situación como fuese, aunque el metro y medio del indio no intimidaba lo suficiente. En mi viñeta mental, la cabeza de Sahid quedaba ubicada entre los dientes del repelente y empapado inglés. Creo que Carmen también veía así la escena porque, con la mano en la boca, intentaba controlar la risa.

Se hizo el silencio.

—Hola, soy Peter Harman, el máximo responsable de la tienda. Ante todo, le pido disculpas. Este comportamiento no crece de la nada. Son extranjeras, ya sabe… Acompáñeme, por favor…

Sahid, Carmen y servidora nos quedamos pasmados viendo cómo nuestro jefe y su aversión por los inmigrantes le pasaban la mano por el hombro al repugnante cliente, sacándole una sonrisa.

Mi ceño estaba tan fruncido que casi unía mis cejas. Ni siquiera le había preguntado a Sahid qué estaba pasando. Daba por hecho que la culpa era de sus empleadas españolas sin cuestionar a aquel energúmeno y su medio paraguas. Cuando se deshizo del cliente, se metió directamente en su despacho ignorándonos. A Sahid también.

La impotencia me consumía. No sabía si echarme a llorar o partirle la cara a aquel hijo de puta y usar de fregona su cabellera de príncipe de Beukelaer.

—No te preocupes. Estás contratada —determinó Sahid con una palmadita en la espalda—. Empiezas el lunes.

Jamás me había sentido tan fuera de lugar, desubicada. Carmen me abrazó, dándome la bienvenida a aquella casa de locos. «¿Estoy soñando? A lo mejor me despierto ahora en mi cama de noventa de Vigo donde el día está encapotado...». Volví a aquel mundo paralelo más frustrada. «¿Para esto he estudiado? ¿Para que un hombre arrogante y pretencioso me ningunee y discrimine por mi nacionalidad? Puto cerdo». Al parecer este tipo de actitud se agravaba con italianos, griegos y franceses, a los que despreciaban con todas sus fuerzas por invadir su terreno. No podía alegrarme, me había metido en la boca el lobo.

—Mamá, me han cogido en una tienda de ropa. Empiezo el lunes.

—Anda, hija, muy bien, si tú estás contenta...

—Sí, lo estoy...

—Dice tu padre que no aguantas ni una semana...

—Dale las gracias por su confianza. Como siempre, es un gran apoyo.

A mi padre le hubiese encantado que estudiase Derecho, como a la mayoría de la familia, o alguna carrera de «provecho». Lo de perseguir tornados no llegaba a comprenderlo y el tiempo le había dado la razón. No había sitio en España para una Helen Hunt. ¡Ah!, ¿que no os lo había dicho?, me licencié en Ciencias Físicas y me especialicé en Física de la Atmósfera. Títulos que no me valían ni para limpiarme el culo dadas las circunstancias.

A mi padre le funcionaba la psicología inversa cuando era niña, pero a mis dieciséis años se acabó. Los deseos de papá se quedaron solo en eso, anhelos de un padre que nada tienen que ver con las motivaciones de una mujercita que crecía con otra visión de la vida. Quizá Carlos tuvo algo que ver en eso.

—Bueno, hija, no te enfades… —¡¡¡¡Ay!!!! Mi santa y conciliadora, aunque histérica, madre—. Espera un segundo que se pone el abuelo, que quiere hablar contigo…

Por fin alguien que me podía entender. De hecho era la única persona que sentía que me comprendía. Él esto ya lo había vivido.

—Hola, *filliña*…

4

Puerto de Vigo, 1951

—Volveré, os lo prometo.

Partía Jacinto con esta frase del puerto de Vigo rumbo a Buenos Aires, dejando atrás a su mujer y a sus dos hijos de seis y cuatro años. La pequeña apenas se enteraba de lo que ocurría, solo imitaba a su hermano despidiéndole con la manita desde el inestable regazo de su madre a punto de derrumbarse por el dolor.

El *Cabo San Roque* era uno de los mejores buques transoceánicos de la época, aunque las malas lenguas decían que a mitad de ruta, en alta mar, tenía que parar para refrigerar los motores. Tardó un mes y medio en llegar al Puerto Nuevo.

Tuvo suerte. Dormía tan solo con Alfonso, su compañero de camarote. Otros, apurando el embarque, se encontraron hacinados en salas separadas por literas en las que el hedor y la humedad los empujaba a buscar el aire en cubierta.

En los más de treinta días de viaje, aquellas bodegas presenciaron fiestas, lágrimas, alguna enfermedad y disputas entre los que decían pertenecer a una de «las dos Españas», sin querer ver que era solo una y les había dado la espalda a ambos. Denominador común que tejía lazos de amistad. Allá los iban a necesitar.

En el Atlántico, Jacinto olvidó quién era, a quién amaba y por qué partía, borró de su mente la imagen *da súa Terra* para que la morriña no le matase el alma.

Al alcanzar la otra orilla el mareo de tierra jugó malas pasadas. Muchos fueron atendidos en la dársena norte del puerto, donde se ubicaba el Hotel de Inmigrantes que desde hacía cuarenta años arropaba a miles de extranjeros a su llegada. Allí se despidió de sus paisanos.

Los enormes edificios de ladrillo rosado marcando el límite de Puerto Madero, el trajín de las maletas, el olor a mate y puro, los ganchos, los abrazos, el tranvía, el acordeón... lo embriagaron por completo. No la conocía y ya la amaba. La Argentina.

—¡Che!, ¡¡¡qué bueno que llegaste!!!

Era de Tui, pero los años de exilio le habían impuesto aquel deje inevitable. Jacinto abrazó a Daniel, primo de su mujer y el responsable de que él estuviese allá. Había emitido, hacía meses, la famosa «carta de llamada» mediante la que un pariente lejano podía reclamar su presencia en el país de destino. Facilitaba la obtención del pasaporte.

En la casa esperaba Marisa, la esposa de allá de Daniel, quien los recibió con un buen vino y una taza de caldo al más puro estilo gallego.

—Se puede quedar todo el tiempo necesario —insistió dulcemente Marisa.

Aquella promesa no tardó mucho en romperse. La encantadora sureña cambió de parecer a las dos semanas de manutención de su inquilino. Semanas en las que el incansable Jacinto logró sacar unos pesos como repartidor, obrero o limpiador de zapatos. Insuficiente.

A principios de los cincuenta, Buenos Aires se había consolidado como la capital de los emigrantes españoles, apodados «gallegos», al fin y al cabo casi todos salían de allí. Su carácter afable les facilitaba la adaptación al nuevo mundo sin dejar de cultivar su cultura, su tradición… De ahí que el Centro Gallego fuese uno de los primeros lugares con los que tropezó el joven Jacinto.

En una de esas grandes reuniones improvisadas en las que roncaban las gaitas y corría el orujo, conoció a Fabián, su compadre. Fabián había nacido allá pero se crio acá, consecuencias del mestizaje. Era alto, huesudo y de nariz prominente. Sus chistes enseguida atraían la atención de los asistentes. Tenían retranca y eso conquistaba. Su heredado amor por Galicia provocó una complicidad inmediata entre los muchachos.

—Mi familia es de Ourense, pero a mi papá le encantaba el olor de las Rías Baixas y vivimos en Moaña unos años.

—¡Uy! En la costa también está muy mal la cosa. Para que se haga una idea, el billete costó doscientas jornadas de labranza. Vivimos en la miseria.

—¿Y sos casado?

—No —mintió.

La charla siguió cogiendo cuerpo con un ribeiro para terminar la velada urdiendo el plan con el que se harían ricos.

Era verano y el verano en la capital podría asemejarse al de un típico agosto de calor extremo en Barcelona, con su insoportable bochorno. El frutero les fiaría una cantidad diaria de piezas exóticas variadas y de lo que sacaran de la venta ambulante les entregaría una generosa comisión.

El carrito de fruta más hermoso jamás visto, así lo imaginaron y así fue: Frutas La Paisanita. Azul metálico con grandes letras en amarillo y plata. Una pequeña sombrilla a rayas blancas y amarillas protegía los sabrosos ejemplares: sandía, melón, fresas, piña… Cortados en el momento y listos para tomar. Los peatones de la céntrica avenida Santa Fe daban la bienvenida con entusiasmo al refrescante negocio.

En dos días consiguió el dinero preciso para compartir habitación en una especie de corrala circular en la avenida Belgrano. Las condiciones de habitabilidad dejaban mucho que desear, pero dado el alto costo de los alquileres no había alternativa. La mayoría de sus vecinos también eran inmigrantes, con sus historias ni enanas ni banales.

En el cuarto de al lado vivía una familia de Burela con tres niños que no superaban los diez años. Por las noches peleaban, jugaban, cantaban, reían… en torno a una excelente tortilla de patatas de la que siempre sobraba un trozo para quien quisiera compartir mesa.

Su habitación contaba con dos camas pequeñas dispuestas en paredes opuestas, un hornillo, una caja en la que apoyaba un transistor y una bacinilla. El aseo estaba fuera, en el patio, y era de uso comunitario. Para usar la bacinilla, por tanto, se turnaba con José, un portugués que un día por semana esperaba impaciente a Lola, su puta. Esos jueves los aprovechaba Jacinto para hacer horas extras rematando el día en la timba de tute del bar Guacho bien entrada la madrugada.

La Paisanita esperaba a ser paseada aquel mediodía de sofocante calor porteño. Las horas de cansancio acumulado no perdonaron, la partida se había alargado más de lo previsto a pesar de la hoja de bacalao salado y de la botella de aceite con la que llegara a casa.

Las pestañas eran de plomo y aquel banco al sol de la avenida, demasiado atractivo para un veinteañero trasnochador. Decidió aparcar su carro al lado de la improvisada cama de piedra durante media hora.

Entraba ya en fase REM cuando los gritos de los viandantes lo despertaron. Diez minutos de despiste que habían abrasado su frente y robado el carrito de fruta que rodaba calle abajo ganando velocidad.

Salió como una liebre tras él. La Paisanita tenía claro su objetivo y este no era otro que la cristalera de la cafetería Santa Unión. La catástrofe era inminente. Los comensales próximos a las ventanas saltaron de sus mesas. Segundos más tarde el carrito yacía destartalado, derramando sangre de pomelo y piña.

Jacinto se echó las manos a la cabeza. «Ay, la puta». Le dolía. Necesitaba un sombrero urgentemente, ese fue su primer pensamiento. El segundo le vino con la aparición en escena del dueño del café.

—Pero ¿¿¿qué carajo está pasando acá???

No hizo falta que nadie sacase el dedo acusador, Jacinto se acercaba corriendo mientras el propietario del bar lo asesinaba con la mirada.

—¡¡¡La concha de la lora!!! ¿Vos? Reboludo, tenés los cojones como…

—¡¡¡*Sintóó!!!*

Bendito idioma.

—¡Esperá! ¿¿¿Gashego???

—Sí, ¡de Vigo! —soltó desconcertado.

—¡Vení acá, hermano! —respondió con los brazos abiertos.

Matías también lo era, bueno, sus padres, concretamente de Redondela y por tanto vecinos de Jacinto. Habían transmitido a su hijo la pasión por Galicia, su tradición y su gente, noble, impermeable y supersticiosa. Aquel muchacho era una señal.

Con La Paisanita todavía tendida, Jacinto explicó brevemente sus desventuras en el nuevo país. No hicieron falta ni diez minutos para que Matías, solidarizado con la crisis migratoria, le diese el puesto de friegaplatos que ofertaba en la puerta de cristal de la Santa Unión, su nuevo hogar.

5

CARMEN Y POLINA

Hogar, eso era lo que tenía que conseguir yo en aquel momento.

Colgué el teléfono preguntándome si aquella historia que tantas veces nos había contado desde chicas era real o la utilizaba de moraleja para que dejásemos de quejarnos por memeces.

Me crié con ellos, con mis abuelos. El único apoyo que tenían mis padres para que a sus hijas no les faltase de nada, y, la verdad, no les salimos del todo mal.

Mi abuelo nos llevaba al colegio todas las mañanas, salvo una temporada que se puso muy malito y nosotras nos negamos a hacer el camino sin él. Soportó todos los llantos y pataletas que mis padres se perdieron, se adelantó a mentirijillas y renuncios consiguiendo solucionar el problema antes de llegar a casa. En las horas extraescolares de ballet, baloncesto, kárate o lo que se nos antojase aquel trimestre, mataba el tiempo echando la partida en el bar Coraxe.

Sus años en el extranjero le habían hecho mucho más transigente y empático que a mi abuela, así que era él el que se metía en medio de la zapatilla y nuestro trasero infantil.

Los cuentos de La Pampa se sucedían todas las noches antes de cerrar los ojos y contar veinticinco ovejas blancas y un unicornio violeta. Pero con los años comenzamos a cuestionar la credibilidad de sus historias cambiantes según tuviese el día. Por eso no estaba yo muy segura de que en esta ocasión hubiese tirado de alguna real. De todos modos, había conseguido su objetivo: tranquilizarme.

Contaba con tres días para entregarme en cuerpo y alma a la búsqueda de piso. Después, con el trabajo, no dispondría de tanto tiempo.

—¿Me echas de menos...? —pregunté en un semiestado de melancolía pasajera que me había empujado a realizar aquella llamada.

—Bueno, sí, por momentos. La verdad es que estoy concentrado en tantas cosas que no me da tiempo ni a pensar...

Mi novio, ex o lo que fuese era un mamón. ¿¿¿Cuántos mensajes de amor me había mandado en veinticuatro horas??? Además, ¿qué tenía que hacer? ¿La cama por las mañanas? ¿¿¿Ir al gimnasio??? En el taller solo echaba un cable por las tardes y eso cuando no estaba de resaca. ¿Para qué habría llamado?

—Pues, nada, te dejo seguir con tus cosas...

—No seas tonta, luego te llamo, ¿sí?

—Como quieras... —Y colgué.

En realidad, necesitaba mimos y aunque fuesen virtuales me bastaban, pero ni un mínimo apoyo moral para seguir adelante a tantas millas de casa ¡¡¡ya era de coña!!! ¿Qué quería? ¿Hacerme sentir peor? Me arrepentí de haber marcado su número y juré no volver a hacerlo.

Dos horas después de haber recorrido numerosas callejuelas del centro de Londres, me entró ese hambre que los nervios habían eclipsado durante toda la tarde. Había quedado con Carmen en Vapiano, una cadena de restaurantes italianos en Wardour Street, próxima a la tienda.

Llegó apurada, con ganas de devorar. Me contó, mientras nos quitábamos las interminables capas de abrigo, que había sido la comidilla del vestuario.

—¡Tranquila! En general las impresiones han sido positivas...

¿En general?, a excepción de las tres animadoras que, al parecer, se cachondearon un buen rato del doble esfuerzo que les esperaba, ya que tendrían que auxiliarnos cada dos por tres con el idioma.

Carmen se había licenciado en Periodismo y Publicidad en la universidad de Sevilla, rematando sus estudios con un máster en Marketing y Moda, que por lo visto no le había valido de nada. Había llegado hacía dos meses con tres amigas andaluzas con las que compartía casa en Bevenden St., muy cerca de la estación de metro de Old St. El alquiler les costaba mil trescientas libras por cincuenta metros cuadrados de moqueta repartidos en un salón, una semicocina, un minibaño y dos diminutas habitaciones. En una de ellas dormían tres. Sí, dos de ellas compartían cama. El otro cuarto se lo turnaban por semanas o cuando alguna pillaba. Aun así me ofreció alojamiento.

—Si quieres te hacemos un hueco…

—Gracias, espero encontrar algo pronto…

—Pero… ¿vas a compartir?

—Esa es la intención…

—Pues entonces calma, porque hay mucha gente buscando y aquí es muy difícil dar con algo decente sin que se te vaya de las manos… —respondió con gesto escéptico.

—Malo será —confié sacando el ramalazo gallego mientras pedía unos espaguetis *crema di funghi*.

Entre bocado y bocado Carmen se explayó acerca de su experiencia en la tienda. El organigrama era el siguiente: Peter Harman era el encargado, Sahid le seguía en responsabilidad; además había un coordinador de hombre, de mujer y de almacén, aunque si estos faltaban nombraban a los mejores empleados como mánager de sección, normalmente los entrenados para lamerle el culo a Peter. Pero cuando los coordinadores «oficiales» volvían a sus puestos, los sustitutos sentían la necesidad de mostrarse superiores al resto, algo consentido por el jefe. El ejemplo más claro eran Angie, Fay y Grace, encargadas incuestionables de Peter, sin supervisar nada en concreto.

—Y ¿qué hay de …? —Mi pregunta se vio interrumpida por un saludo a mis espaldas.

—¡Polina!, qué tarde has salido, ¿no? —le recriminó Carmen sorprendida.

«¿Polina? ¡¡¡No, por favor!!!», creo que solo lo pensé. Casi me atraganto con los espaguetis. No esperaba a más gente y menos a la mujer/tanque blindado ruso que en cualquier momento sacaría la artillería pesada. «¡Qué pereza!».

Tendría que poner a prueba mi inglés en nuestra primera conversación informal.

—Sabes que no puedo dejar solo a Sahid —replicó en un correctísimo inglés.

—Lo sé... Te presento a Andrea... —zanjaba así el tema Carmen.

Logré tragar, no sin dificultad.

—Sí, ya intentamos hablar en la tienda... —comentó.

«¿Intentamos? ¿Cómo que intentamos? ¿Acaso estaba diciendo que no había entendido ni una palabra de las dos que intercambiamos?». No se había sentado y ya me estaba hundiendo.

—Hola —saludé con una escueta sonrisa. Fue lo que me salió.

Polina portaba en su bandeja una deliciosa *bruschetta* y una pizza *scampi e ruccola*. Se notaba que hacía tiempo que iba a comer allí. Se sumó a nosotras masticando medio bocado de pizza, disparando a discreción: de dónde era, cuántos hermanos tenía, qué había estudiado, dónde vivía, a qué había ido a Londres, qué me había parecido la tienda...

Intenté contestar con la mayor soltura y brevedad dadas las circunstancias que hacían que yo tuviese que empezar una nueva vida siendo cuestionada por una desconocida espía rusa. Carmen asistía al interrogatorio con naturalidad, mirando a una y a otra cuando tomábamos la palabra, mientras engullía sus macarrones integrales al pesto.

—Y ¿Peter Harman? ¿Qué te parece?

Intenté escabullirme de la pregunta metiéndome todos los espaguetis que entraban en mi boca, asintiendo con una leve y forzada extensión de labios, que no llegaba a completar una sonrisa.

—Vamos, Andrea, *he is a pRick*. —Entonces sí marcó la erre rusa.

Me quedé perpleja. Carmen se llevó la mano a la boca soltando su contagiosa carcajada. Por lo visto, un gesto muy habitual en la onubense.

—¿Qué significa eso? —ignoraba el significado.

—GI-LI-PO-LLAS.

Estaba desconcertada. Había estudiado español durante un verano así que pronunció cada una de las sílabas a la perfección. Acto seguido se bebió de un trago su copa de vino, se acercó a la barra y volvió con tres más. Más relajada, sonriente, incluso vacilona, comenzó a destripar a su insoportable jefe a la par que me ponía al día de su vida y el porqué de su estancia en Londres.

Polina Nemstova había nacido en Rostov, ciudad del suroeste ruso, hacía veinticuatro años. Sin entrar en mucho detalle contó que se sacó la licenciatura en Filosofía y Letras y acababa de terminar su máster en Gestión de marca corporativa en la Brunel University. Le atraía el mundo de la moda y consideraba que para poder alcanzar un puesto relevante debía conocer las necesidades del cliente en primera persona. De ahí que solicitara las prácticas en aquella tienda.

Dos vinos más y salimos a la terraza a por una de las bebidas favoritas de Polina: vodka, como era de esperar. Estaba a gusto, así que las ganas de fumar no tardaron mucho en llegar. Desesperada recorrí la calle de arriba abajo en busca de mi único vicio, que finalmente encontré en una tienda veinticuatro horas. La sorpresa llegó con el precio. Creí haber entendido mal, pero no, estaba claro, diez dolorosas libras por un paquete de ¡¡¡Marlboro Light!!! Las pagué convencida de que aquella sería mi última cajetilla de tabaco.

De camino a la mesa analizaba los gastos de las últimas tres horas: quince *pounds* de la comida y el vino, doce del vodka y ahora diez más de tabaco. «Mañana ya me puedo atiborrar a pan y mantequilla del *hostel* porque no pienso gastar ni un duro más en comida». Al escuchar las carcajadas de las chicas se me pasó el mosqueo. Me estaba tomando mi primera copa bajo las luces de la noche londinense. ¡¡¡Vivía en Londres!!! La metrópoli que irradiaba espíritu de futuro, plagada de oportunidades.

Aquel vodka dio para que nos acabásemos contando nuestras confidencias amorosas. Obviamente, les hablé de Carlos, de cómo nos habíamos conocido, de nuestra relación de amor-odio, de los desplantes, de los arrebatos de amor…, concluyendo con que los dos estábamos tan a la defensiva que el orgullo nos impedía ceder por el otro. En aquel momento, por desgracia, era mi único referente masculino, así que mi historia no duró más de diez minutos. Me aburría hablar de él.

La de Carmen era más interesante. Conoció a José, un torero sevillano que la llevaba de caza con su familia en Almonte. Detallaba la primera imagen que recordaba de él con fervor:

—Me escapé con unas amigas al Rocío…, él pasó trotando con su caballo, me miró y dijo: «¿Subes?»… y allí acabé, morreándome encima del pura sangre andaluz... Es que los pantalones de montar le quedaban de vicio.

Mi mente del norte no podía entender qué tenía de atractivo un hombre con unas mallas de tiro alto «fardahuevos» pero no tenía pensado debatir sobre lo sexi de la indumentaria folclórica andaluza, así que la dejé proseguir sin interrupción. Lo habían dejado justo antes de que tomase la decisión de irse a Londres. Bueno, lo había dejado él, incapaz de domar a su potrilla. Al parecer, José tenía más yeguas que montar. Un motivo más para escapar.

La historia de amor de Polina comenzó siendo la más romántica, como no podía ser de otra forma dentro de su perfecto currículo. Llevaba toda la vida con un chico de su ciudad, Dema, al que veneraba y amaba. Tuvo que beber una copa de más para que su políglota lengua cantara. Como su nombre indicaba, Dema era la calma, más bien la pachorra personificada. Ella llevaba más de un año en Inglaterra y él ni se había molestado en aprender el idioma. Mantenían su relación a través de Skype. Ella estaba decepcionada, desilusionada, y algo indignada por la actitud pasiva de su pareja. Pero, a pesar de la libertad de la que disponía la muñeca rusa, no tenía ojos para otro hombre. Veía su futuro junto a él, sin plantearse acceder a volver a Rostov.

De repente, Carmen recibió un mensaje de Pedro, un programador informático de Toledo que se sacaba algo de pasta como relaciones públicas en el Chinawhite, conocido garito de Winsley Street, una de las perpendiculares a Oxford St. De este todavía no nos había hablado. Según ella, no iba a darle importancia a cualquiera. Gracias al «cualquiera» nos saltamos la cola kilométrica para entrar en el local. Bueno, gracias a Carmen, que era la que tonteaba con él.

El club estaba abarrotado de estudiantes bastante colocados y algún que otro capo con canas. Música comercial y zonas VIP en las que se colaba todo el que quería. Sí, queridos, Pitbull también sonaba allí. Todo muy familiar.

La indumentaria de las inglesas fue lo que realmente me llamó la atención. Salían como para una boda, pero de las de los noventa. Acabados nacarados, metalizados, colores extravagantes, complementos estrafalarios por doquier. ¡¡¡Nosotras tres con guantes y orejeras y las británicas con cinturón ancho ceñido, taconazo y sin medias!!! ¡Qué frío!

Uñas postizas, pestañas postizas, pelo postizo...

—Son como Mister Potato. —Reía Carmen haciendo alusión al par de ejemplares del estilo que tenían en la tienda a la que pronto me incorporaría—. Ya las conocerás...

Y pensar que cuando me hablaban de Londres se me venía a la cabeza Vivien Westwood, Alexander McQueen, Stella McCartney... Pues no.

Sin embargo, los chicos *british* tenían una elegancia innata que hacía que cualquier cosa que se pusiesen les quedase niquelada, generalizando, claro. Una camiseta básica, unos chinos y la mítica *bomber* rescatada de los ochenta con el forro naranja bastaban para que llamasen la atención allá donde fueran. A ver..., concretamente uno, en el que me fijé tras dos margaritas.

No es que yo fuese modelo de lencería, pero he de reconocer que la naturaleza me ha regalado un buen escote y, aunque no me gustaba aprovecharme de ello, aquel momento requería que sacase a relucir todos mis encantos ocultos bajo la camiseta interior de algodón, la camisa vaquera de invierno, la chaqueta de lana, el abrigo y la maxibufanda que acababa de dejar en el ropero. ¡Menos mal que no cobraban por prenda! Seamos francos, era una chica común en España, pero quizá, algo destacaba entre cientos de rosadas y rubias inglesas.

Hasta el momento, os lo juro, no era consciente de que la camiseta interior de algodón me quedaba algo holgada y que aquello suscitaba un enorme interés en el de la *bomber* del forro naranja, que se sintió imantado cual galeón al faro con un par de parpadeos.

«Un par de besos y para casa, que eso no son cuernos», aquel era el popular lema de Carmen. ¿Cuernos? ¿A quién le iba a poner yo los cuernos? Si yo no estaba con nadie, ¡¡¡era libre como un pájaro!!!

Decidí seguir el consejo de Carmen a pies juntillas. El volumen de la música era demasiado alto, así que el coqueteo se basó en miradas, una presentación escueta, sonrisas provocadoras y algún roce explícito mientras bailábamos poseídos en medio de la pista. Polina ejercía de gogó en una de las mesas de los reservados y Carmen se dejaba seducir por Pedro.

Como era de esperar, pasadas unas cinco canciones, se envalentonó. No lo niego, yo incitaba, estaba a tono, despreocupada…, pero cuando intentó cruzar la línea de los tres centímetros de distancia de seguridad recibió un matrix en toda regla. ¡¡¡No era capaz de besarle!!! Imaginé a algún conocido de Carlos en aquella discoteca observando la secuencia y contándole a lo que me dedicaba en Londres. ¡Lo perdería para siempre! Me entró el agobio, el bajón y la medio depre… Todavía faltaba mucho para superarle. Polina se bajó de la improvisada tarima para acudir al rescate con ¡¡¡limón, sal y tequila!!! Funcionó…, pero a las cinco de la madrugada, los múltiples chupitos nos habían convertido en cuadrúpedos que vagaban por la aterida Oxford Street.

Con el metro cerrado, la única forma que teníamos de volver a «casa» era en autobús y a esas horas hubiésemos esperado unos cuarenta y cinco minutos a la helada intemperie.

—Os quedáis en mi casa. No se hable más.

Definitiva y precipitadamente, había hecho amigas.

Polina vivía a quince minutos a pie del mismísimo Oxford Circus. Justo detrás del edificio de la BBC. Hallam St. era una calle de judíos, o eso nos contó ella dejando clara su tendencia ortodoxa. Las fabulosas fachadas de las casas victorianas, con su cancilla de acceso a la vivienda y sus ventanales en la planta baja donde normalmente se situaba el salón, vestían con elegancia las aceras. El edificio de Polina había sido reformado. Vivía en uno de aquellos amplios salones, convertido en un enorme estudio exterior.

Dejando el sentido del ridículo a un lado, Carmen cantaba «Para volver a volver», de Siempre así, creo, a petición de Polina, que intentaba imitarla dando palmas arrítmicamente. Recuerdo que me dolía el estómago de tanto reírme. Hacía mucho tiempo que no escuchaba mis propias carcajadas.

Tardamos, entre risas y flamenco, una media hora en avanzar los últimos cinco metros hasta el portal de Polina.

Un hombre mayor, de unos sesenta y cinco años, con una rebequita granate y un ancho pantalón gris de algodón salió a recibirnos. Podía pasar por el padre de la de Rostov esperando en la puerta para echarnos una reprimenda por las altas horas de llegada, pero no, ya le hubiese gustado a ella que su padre estuviese allí y no de viaje de negocios en San Petersburgo, aunque ni siquiera eso fuese cierto, como nos enteraríamos más adelante.

—Sssschhhhhh, señorita Polina, por favor, baje el volumen. Ya han salido un par de vecinos al rellano y sabe que no es la primera vez que tengo que defenderla.

—¡Oh, George!, usted tan protector como siempre. Algún día le prometo que le sacaré de este antro de ratas y podrá renunciar a ser conserje de una panda de nuevos ricos estirados sin sentido del humor.

—Schhhh, señorita Polina. —El entrañable portero pedía silencio, aunque ligeramente encorvado escondía una medio sonrisa debajo del bigote—. Venga, pasen y no hagan ruido.

Había algo que no cuadraba. Polina vivía en una de las ciudades más caras de Europa, en un barrio prohibitivo del centro de Londres, en un estudio de diseño veinte veces más costoso que un mes en mi *hostel* y el triple de grande que mi habitación multicompartida. Pero esa no era la mayor incongruencia, tampoco el baño de lujo ni la deslumbrante encimera de la cocina sobre la que comería sin dudar. Decenas de zapatos, abrigos y vestidos de marca reposaban descuidadamente en los rincones de su habitación. Carmen alucinaba con cada paso que daba sobre aquel encerado parqué. Tenía la sensación de que iba a ensuciarlo, estropearlo con sus tacones de Bershka a los que ya se le habían caído las tapas. Y eso que mi madre hubiese catalogado aquel *loft* como una leonera. El vestido de Gucci en el suelo, el bolso de Louis Vuitton amarrado a la lámpara de la mesilla, los bolsos de Celine y Chanel abiertos sobre la cama y unos Dior rojos de espectáculo presidiendo una escalera de madera a modo zapatero. Estaba abrumada ante tanto lujo. Sí, algo ebria también y ya sabéis que es un estado en el que las sensaciones se ven potenciadas.

—Pero, bueno, ¡Polina! —exclamó Carmen—, para pagarme yo todo esto tendría que estar trabajando mínimo tres años y mantenida a base de pasta del Tesco. —Se refería a un popular y económico supermercado, mientras tomaba cuidadosamente entre sus manos los tacones de Dior rojos.

—Pero pruébatelos, son de tu talla —le animó Polina.

Ni se lo pensó.

—Ay, virgencita del Rocío, yo con esto hasta duermo. ¡¡¡Mira, Andrea!!! —Me los mostraba emocionada como un niño con juguete nuevo. Serían muy molestos pero le quedaban de vicio, haciendo de sus piernas algo interminable.

Yo rotaba sobre mi eje.

—Es espectacular, Polina. —Silencio. Me moría por saber... Me lancé—. Si no es mucha indiscreción...

—Dos mil quinientos *pounds* mensuales... Que por supuesto decidió pagar mi padre antes de que compartiese piso con ningún «rarito».

—¿¿¿¡¡¡Dos mil quinientos *pounds!!!???* —exclamamos a la vez las que jamás habíamos visto aquella cifra ni siquiera en papel.

—Sí... —Silencio—. ¿Ponemos música? —cortó tajante—. Todavía podemos tomar una más y en esta casa nunca falta el vodka ni el chocolate.

Esto último era cierto. Los logotipos más caros del mundo compartían protagonismo con las cajas de bombones y chocolate Alenka. Pecando de superficiales, y esto lo comentamos entre nosotras mientras nuestra anfitriona iba a por la botella de Smirnoff, Polina sería la envidia de cualquier chica posadolescente como nosotras. Solo le faltaba el sexo y eso, a no sé cuántos kilómetros de distancia de su amado Dema, era algo que se tornaba complicado. Al menos era un setenta por ciento feliz.

Una mirada a Carmen bastó para que ni se le ocurriese ponerse a analizar los ingresos y gastos de nuestra compañera en aquel momento. Las indagaciones sobre su vida tendrían que esperar.

A la rusa le hacían gracia las variantes fonéticas de nuestro idioma. Muerta de la risa, nos obligaba a repetir una y otra vez la misma frase a las dos. Así, mi «¿dónde están las casas?» para Carmen era «¿dónde ehtán lag casa?» y el cachondeo continuaba cuando Polina intentaba imitar el acento onubense de Carmen.

No recuerdo a qué hora caímos rendidas sobre el colchón, pero intuyo, por la leve luz que se colaba entre las contraventanas, que estaría a punto de amanecer. Lo último que escuché fue un *«Fuck off, Peter»*.

6

No podía abrir los ojos. La máscara de pestañas y las lentillas secas acentuaban los efectos secundarios de la juerga. «¿Este rímel es *waterproof* o *superglue?*».

Con los dedos conseguí despegar uno de mis párpados. Parecía Thom Yorke en estado de trance. El techo estaba borroso. No conseguía ubicarme. ¿Volvía a estar soñando? Aquella desorientación frecuente me alarmaba.

Mis dudas se disiparon con un giro de cabeza. Carmen dormía profundamente, tanto que soltaba algún que otro ronquido.

Eran las doce de la mañana y Polina ya había ordenado el desastre de la noche anterior. Duchada, peinada, perfumada, sin rastro de resaca, bebía un zumo de naranja, pomelo y apio, de pie, frente a la cama, observando nuestros cadáveres. Sonrió al ver que me esforzaba por mirarla y susurró:

—Me voy…, cerrad al salir.

Yo, el cadáver A, solo fui capaz de levantar la mano a modo despedida. El portazo me dio vía libre para incorporarme, arrastrar los pies hasta el baño, meterme en la ducha y abrir el grifo de agua fría. Me estallaba la cabeza. Carmen se despertó mientras me vestía.

—No te vayas sin mí.

—Eso jamás.

Me imitó. Se aseó, se calzó las botas y tras dejar el apartamento en perfectas condiciones, recorrimos el pasillo de la vergüenza. Con la ropa del día anterior y aquellas caras de agotamiento podríamos haber protagonizado un capítulo de *Walking Dead*. Saludamos, cual zombis, a la vecina de la bata rosa, al padre cargado con la bici de ruedines de un niño agotador y finalmente a George.

—Que tengan buen día, señoritas —deseó con sonrisa pícara.

—Y usted, George. *Thanks*.

Un rayo de sol por poco nos ciega. Tardé un rato en dejar de ver las líneas de colores metalizados. La sensación térmica era superior a los quince grados que marcaba el termómetro del iPhone de Carmen. IPhone que acababa de recibir un mensaje de Pedro, el relaciones públicas de Chinawhite, invitándola a comer. Qué mejor forma de aprovechar su día libre.

Mi jaqueca y yo teníamos que reactivarnos. Ya tenía curro, ahora necesitaba un hogar.

Quería dedicar todo el fin de semana a ello. Carmen me recomendó un par de webs en las que podría encontrar habitaciones en casas compartidas: Gumtree y Spareroom.

La primera era la más eficaz. Cada hora colgaban alguna oferta nueva. Tenía que estar avispada. Al parecer, había tanta gente en mi situación que alquilaban al minuto.

De camino al *hostel*, aproveché para liberar, de una vez, el móvil y obtener un número inglés. Fue fácil. En media hora mi BlackBerry estaba desvirgada y la tarjeta prepago de la compañía más barata funcionando. Introduje la SIM española en un móvil viejo de mi padre, de aquellos con tapa, por si acaso me llamaban de algún trabajo en España. Entonces volvería pitando. Aunque eso en aquel momento era lo de menos…, ya tenía WhatsApp. Mensaje y foto a mi madre, hermana, amigas y a Carlos. Ya, ya lo sé…, había jurado no volver a llamarle pero, después del incidente de la noche anterior, intentaba empatizar con su estado de pasotismo ante mi marcha, y conmigo misma, aceptando que seguía sin asimilar una vida sin él.

El siguiente paso era la Oyster Card, un bono de transporte recargable semanalmente con treinta y siete libras que abarcaba hasta la zona tres. Así estaba distribuido el mapa de Londres, por zonas.

Tenía claro que quería quedarme en el centro aunque, por lo que comprobé en las webs que me había sugerido Carmen, no a costa de vivir en un zulo con una cama de ochenta y compartir baño con seis o siete desconocidos. Otro de los hándicaps era mi premeditado rechazo a la convivencia con españoles, italianos o, en general, aquellos inmigrantes en Inglaterra con un suspenso en inglés, como el mío.

Tras dos horas de búsqueda en uno de los cinco ordenadores con wifi del hall en los que el minuto de conexión costaba cinco céntimos, decidí echarme un rato. La fiesta pasaba factura, estaba agotada y hambrienta. Miré el móvil. Todos habían contestado menos Carlos, claro, y el *double check* azul volvía a tener la culpa de mi decepción interna.

Me desperté empapada en sudor, incapaz de tranquilizarme y regresar a la habitación en la que a las nueve de la noche ya empezaba el movimiento. Había tenido una pesadilla y no recordaba de qué iba. Me hubiera gustado poder contarla para que no se cumpliera.

El móvil parpadeaba. Tenía respuesta a uno de los e-mails que enviara durante mi búsqueda intensiva de hogar.

«Sunday. 16 am at 220 de Pitfield Street. *C u*». Lo último me costó pillarlo.

Según Google Maps la casa estaba a ocho minutos andando de la de Carmen y a un cuarto de hora de la estación de metro de Old Street, una zona más alternativa. Pertenecía al distrito de Hackney, situándose paralela a Hoxton St., famosa por su Hoxton Street Market de los domingos. Puestos de frutas y verduras, comida, ropa, calzado... Un mercadillo común pero con productos de diferentes partes del mundo, de ahí su popularidad. Le di el visto bueno al barrio y pedí a mi futura vecina que me acompañase.

Mis músculos doloridos pedían más reposo aunque mi estómago pidiese a gritos alimento. Me di una ducha y salí a por un sándwich. Avancé por Guilford St. atajando por Herbrand St. para llegar al Pret a Manger de Bernard St., justo enfrente de la Russell Square Station. El bocata de mostaza con lo que fueran el resto de ingredientes verdes que lo componían me supo a gloria. Me hubiese comido otro, pero el cupo de gastos de aquel día estaba más que cubierto.

Era sábado noche por lo que mi habitación estaba casi vacía. Caí en un profundo y pesado sueño que no fue capaz de interrumpir ni el de los ronquidos, entre otras cosas porque, más precavida, había comprado los mejores tapones para los oídos en la farmacia de la esquina.

A las tres y treinta y cinco de aquel domingo lluvioso, Carmen y yo tomábamos un té negro con un delicioso *cheesecake* en el Curious Yellow Kafe, justo en la intersección de su calle y Pitfield Street, adonde nos dirigíamos.

El 220 era un edificio de ladrillo oscuro, antiguo, de seis plantas. Para acceder, teníamos que entrar por una puertecita de madera que daba a una especie de acera de hormigón rodeada de verde. El camino moría en un rellano con dos portales azules, uno frente al otro.

Un vecino y su bicicleta nos abrieron una de las puertas que daba directamente a un tétrico y pintarrajeado ascensor. Me recordaba a la mítica secuencia de las pelis de narcos americanas donde siempre se asesinaba a alguien en el ascensor, cuyo cadáver se desplomaba en cuanto se abrían las puertas, para ser arrastrado acto seguido por un pasillo que quedaría pintado por el reguero de sangre y que *sorprendentemente* a los dos minutos encontraría el detective listo. Estaba cagada.

—Vamos a ver la casa, Andrea. —Carmen se reía de mi desconfianza.

Nos bajamos en el quinto piso. Los dos edificios de sendos portales se hallaban unidos por un corredor/puente. Todas las ventanas estaban protegidas por rejas, las puertas también. Nada más tocar el timbre una mujer negra, alta y entrada en carnes salió a recibirnos con una amplia y acogedora sonrisa. Llevaba el cabello plagado de trenzas, algunas de colores salteados, al igual que las uñas. Me recordaba a Queen Latifah, o Lucrecia, para los de casa.

—*Hiya, come in.* —Nos invitó a pasar—. Soy Kelly.

—Hola, Kelly. Andrea soy yo. Ella es Carmen, una amiga —expliqué midiendo las palabras para que no hubiese malentendidos.

Era un piso antiguo pero muy cálido. Llevábamos el polar subido hasta las orejas así que agradecimos la temperatura de la calefacción.

A la derecha del mismo recibidor se encontraba el baño. Una bañera, algo desgastada por los años, el lavabo y el váter, lo normal. Enfrente un pequeño salón, con su mesa de comedor, *chaise longue,* mueble de madera cubriendo la pared con tele de plasma... Una luz muy tenue envolvía la cálida estancia incitando al descanso.

La visita coincidía, casualmente, con la entrega de llaves de la anterior inquilina. Era sueca, muy rubia, casi albina, y abandonaba la casa porque se iba a vivir con su novio recién llegado a la ciudad. Antes de marcharse se encargó de que nos quedasen bien claras sus estupendas referencias sobre la casera.

—¿Me está tomando por tonta? Una cosa es no entender ni hablar bien el idioma y otra que no sepa lo que pretende. Está claro, Andrea, ella está aquí a propósito. No es un encuentro imprevisto —murmuraba Carmen molesta.

Cierto es que de la manera que hablaba de Kelly casi la canonizaba. Además fue justo en aquel momento cuando me enteré de que la dueña ocupaba una de las dos habitaciones, es decir, que sería mi compañera de piso.

—Os haréis grandes amigas, te lo aseguro. Me entristece mucho irme, estoy por dejar a mi futuro marido —vacilaba la rubia. Nosotras le reímos la gracia aunque no la encontrábamos por ningún sitio.

Me sorprendí a mí misma al aceptar de inmediato la nueva situación. Me pareció un buen comienzo. Una mujer soltera, inglesa, que conocía la ciudad me podría ayudar a integrarme con más facilidad. Además parecía cariñosa, extrovertida, quizá acostumbrada a tratar con extranjeros. Me dio buen *feeling*.

Seguimos recorriendo el pasillo de parqué (esto era un punto a favor, odiaba la moqueta) con mente abierta y pensando en positivo. En la cocina entraban, como mucho, dos adultos de pie. Un mueble independiente con placa eléctrica de cuatro hornillos y horno. Escasa era la encimera útil con el minimicroondas y una alacena repleta. «Moviendo un par de cosillas, malo será…», resolví.

Y, por fin, la que sería mi habitación. Una cama de noventa y una suerte de armario empotrado. En realidad, era un socavón en la pared con una barra para colgar la ropa. Una pequeña tele decoraba la mesa de escritorio con su correspondiente silla.

—Son 450 libras mensuales. No hay contrato —comentó la dulce Kelly.

—*Perfect.* —Estaba de acuerdo. De hecho, eso era lo que yo quería. Sin contrato, así en caso de que regresase a España no tendría problemas con el cumplimiento de la duración, normalmente de seis meses para que no abandonásemos demasiado pronto. La fianza eran trescientos *pounds* en metálico que tendría que rescatar de algún ahorro que me quedaba en la cuenta corriente infantil.

Sí, el ansia por adaptarme a aquella nueva vida me hizo precipitarme un poco, pero ¿qué iba a hacer? ¿Seguir en aquel *hostel* de mala muerte malgastando el poco dinero del que disponía? Os recuerdo también que empezaba a trabajar el lunes, no tenía tiempo. Otro factor determinante fue la increíble vista que se podía disfrutar desde la ventana de aquel quinto piso. Veía gran parte del centro financiero de Londres. El horizonte lo dibujaba la silueta de The Gherkin, «la torre Agbar» londinense, rodeada de rascacielos.

—Me quedo.

—¿Estás comiendo bien? ¿Hace frío? Ponte la bufanda que te regalaron las tías... Bueno, si quieres arráncale el pompón... Ay, hija, te echamos mucho de menos, con lo bien que podrías estar aquí...

—¡Mamá! —zanjé el monólogo—. Voy a seguir con la mudanza... —Mudanza que constaba de una maleta y un par de abrigos. Ojo, más el maxibolso, iba cargada.

—Espera, no sé qué quiere tu hermana.

Tras un breve silencio la voz cantarina sonó al otro lado de la línea.

—¿An? —Sonaba preocupada con tan solo una sílaba.

—Dime, cebolla.

—¿Sabes algo de Carlos?

La maleta se detuvo. Ya sabía lo que venía después.

—Lo vi anoche en El Arenal… —prosiguió.

El pecho se me volvió a anudar como tantas veces a lo largo de los últimos siete años. Me faltaba el aire.

—Seguro que era una amiga… —sentencié con calma y contundencia.

—Seguro —contestó mi hermana escéptica.

Llevaba tanto tiempo a su lado que inconscientemente lo había encumbrado a futuro padre de mis hijos a pesar de las crisis cíclicas seguidas de un ramo de tulipanes blancos como símbolo de amor eterno. La conexión y el cariño que existía entre ambos había disculpado muchos errores. Errores que, en su caso, solían llevar faldas muy cortas. No era la primera vez que, en el último año, me llegaba el rumor de que tonteaba con esta o con aquella otra y que incluso se mostraba públicamente en actitud más que melosa. Yo confiaba en él. Era un tío de contacto, abrazaba y besaba a todo el mundo cuando estaba de buen humor. Ponía la mano en el fuego por que jamás me había puesto los cuernos. Y me quemé. ¡Ay, las redes sociales, cómo nos dejan en bolas!

Me sabía su contraseña de Facebook; no había que pensar mucho para adivinar que el nombre de su moto, la

Lola, más los dos últimos dígitos de su año de nacimiento serían la combinación correcta. Y maldito el día que me creí tan inteligente y descubrí aquella conversación subida de tono con Catalina, la camarera del Twenty Century Rock, un veterano pub de El Arenal.

Obviamente lo dejé, a pesar de que él jurase y perjurase que todo se había quedado en un chat. La excusa era que yo no le prestaba atención, que no tenía tiempo para él y se había sentido halagado por una chica atractiva. Aunque en la conversación, Carlos le comentaba que era un espíritu libre sin necesidad de dar explicaciones a nadie. ¡¡¡Toma ya!!! ¡Olé sus huevos!

Esto había pasado hacía no más de medio año y yo, gilipollas, tres meses atrás había vuelto a caer. ¡Era el hombre de mi vida!

Me sentía estúpida por no haber tenido el valor de haberle dejado cuando tomé el avión a Londres, hubiese sido el momento perfecto para salir del bucle.

Sinceramente, solo sentía la necesidad de llamar a Rebeca y ponerlo verde, pero la vergüenza me podía. Aquel ser por el que sentía una amistad incondicional repetía sin cesar que pusiese punto final a esa relación destructiva.

Sí, aconsejar es muy fácil, pero empezar de cero ya era bastante duro como para hacerlo sola, aunque ya lo estaba. Suspiré y seguí el camino hacia mi nuevo hogar.

La casa olía a carne y chili. Kelly no estaba. Sudada y satisfecha después de una mañana de orden y limpieza decidí darme una ducha rápida y aprovechar el resto del día descubriendo la ciudad. Me moría de ganas por visitar la

Tate Modern, que por aquel entonces acogía una exposición de David Hockney.

«Un momento, ¿y la alcachofa de la ducha?». Rebusqué por todos lados pero no la encontré, aquella bañera del siglo pasado no tenía cable de ducha. «¿Cómo se ducha Kelly?». Decenas de productos para el cabello y cuerpo se apelotonaban en una inestable estantería de madera quebrada justo encima, por lo que tampoco me podía incorporar. Abrí el grifo y, de cuclillas, me lavé como pude. Me sentía ridícula. «Prioridad del día: comprar urgentemente un mango para la ducha».

Mis planes, por tanto, dieron un giro de ciento ochenta grados. Primera parada, Sainsbury's. Cuatro piezas de fruta, yogur, pan de molde, queso, leche, Nesquik, cereales… De momento podía sobrevivir con eso. La alcachofa de ducha la encontré en una pequeña tienda en la que vendían desde productos de limpieza a herramientas y artículos de cocina. Para los melancólicos, un «Todo a cien» a la inglesa.

Serían las diez de la noche cuando Kelly entró por casa como un elefante en una cacharrería.

—Querida, ¿has tenido buen día? —Su tono denotaba una felicidad impostada.

—Todo bajo control y ¿tú? —me interesé de veras.

—Estupendamente, vengo de la iglesia.

Esta mujer era una caja de sorpresas. Kelly colaboraba en la iglesia anglicana de San Juan Bautista, ubicada a poco más de cuatrocientos metros de donde vivíamos. No terminó de definir cuál era su papel en ella, pero estaba segura de que bastante alejado del de Whoopi Goldberg en *Sister Act* o la siempre fiel traducción al castellano, *Una monja de cuidado*.

Se metió en el baño y desapareció. Continué preparando la cena. Leche, cereales y… «¿Nesquik? ¿Qué mierda es esto?».

Me chupé el dedo índice y lo planté sobre los polvos rosas: ¡¡¡era de fresa!!! Y yo que ya había empezado a salivar pensando en la taza de chocolate caliente que me llevaría a la boca. Menudo chasco. Hasta hubiese matado por un Cola Cao con grumos. Opción B, pan, queso y a dormir.

—Buenas noches, Kelly —alcé la voz.

No hubo respuesta.

7

Con los ojos clavados en el techo, mi mente se aventuraba a avanzar cómo sería aquel lunes 21 de octubre que acababa de estrenar. Los nervios de colegiala ante el primer día de clase habían vuelto. Llevaba seis días en Londres y parecía como si hubiera transcurrido un mes. Definitivamente, el tiempo era relativo y más en aquel universo paralelo.

No me hizo falta desperezarme. Me levanté con ganas de ducha y café. Hubiese sido más fácil conseguir lo segundo porque la alcachofa de la ducha había desaparecido de nuevo. Os juro que busqué por todos los rincones del lavabo, entre champús, geles, cremas... En el salón, detrás del sofá, encima de las sillas... En mi habitación, en el zapatero, entre los bolsos... Alcancé con la silla de mi escritorio el altillo del papel higiénico, y nada. Hasta miré en la basura. Total, que agachada de nuevo y cabeza abajo me aseé. «¡Si me viese mi madre!».

Hora y media después entraba en la tienda buscando a Sahid. Sin embargo, me topé con la exuberante Angie, la versión barata de Megan Fox, una de las *cheerleaders*.

—*Hello, beauty, your first day, yeah? Come...* —La seguí sin entender demasiado, no me quedaba otra. Entré en una sala en la que habían empezado la reunión matutina. Una mesa se extendía por el cuartucho donde los empleados, hacinados, atendían a Sahid. Ante la falta de espacio, muchos se quedaban de pie. Detrás de estos últimos me situé, semiescondida. Intento fallido, en cuanto el encargado me vio, presentó a la nueva incorporación. Llamadme lo que queráis, pero no fui consciente de que se refería a mí hasta que escuché mi nombre y me convertí en el centro de todas las miradas. Sonreí avergonzada. Por desgracia, Carmen y Polina tenían turno de tarde.

Levantada la sesión, cada empleado guardó sus pertenencias en las taquillas que abarcaban la pared de uno de los laterales. Enfrente había un mostrador con un microondas, tetera eléctrica y una máquina dispensadora de chocolatinas, chuches, patatillas... La sala también se usaba como comedor.

—¡Eh, tú! ¿Tienes candado? —preguntó Jaz con chulería tocándome el hombro con el dedo acusador.

¿Quién no sabía su nombre? Intimidaba solo con que te mirase de refilón. A sus veintiocho años, Jaz era una de las viejas de la tienda. El resto eran estudiantes, ninis o inmigrantes muy jóvenes.

—¿Perdón? —Me sentí como los primeros días de curso. La macarra repetidora venía a tantearme. Casi me meo encima.

Jaz me mostró su candado y yo solo pude responder con un movimiento negativo de cabeza, apretando los dientes (como el emoticono de WhatsApp).

—¡Deja tu bolso en mi taquilla! —ordenó.

Como para no hacerlo. No me dio tiempo a reaccionar. Me lo cogió y lo lanzó dentro de su consigna. La seguí.

El equipo humano ya se había colocado estratégicamente en el lugar indicado por el encargado. Yo todavía no tenía lugar. Por no tener no tenía ni alcachofa de ducha. En teoría, me tenían que analizar para comprobar en qué destacaba. Eso o comerle la polla a Peter y te convertías en encargado.

—Recibirás a los clientes como el día de la prueba. Solo tienes que sonreír —indicó Sahid con una palmadita en la espalda.

Ese trato excesivamente servicial que nos obligaban a ofrecer al comprador me ultrajaba.

«Hola, soy Andrea, la mujer florero». Aquello contra lo que llevaba luchando toda mi vida resultaba ser el único medio de supervivencia. Solo imaginaba la cara de decepción de mi padre.

Creedme si os digo que las tres horas frente a la puerta principal, abierta de par en par, del reputado comercio se me hicieron eternas. Sumadas a la temperatura de Regent Street colándose en el interior, tiritaba.

—Es la hora de tu *lunch*. —Sesenta minutos para comer.

Cogí mi abrigo de estampado de leopardo y crucé la acera. Deseaba un café ardiendo, así que, a pesar de mi mala experiencia, entré con las manos congeladas en aquel Starbucks de Princess St.

—Café con leche… pero ¡fuerte, por favor!

—*Short latte with extra shot?* —Las dosis de café las medían en chupitos. El *«extra shot»* suponía doble cantidad.

—Sí, como en España.

—Hombre, ¿eres española? —El camarero volvió a su idioma natal.

—Sí.

—¿De dónde?

—De Vigo.

—¡Qué casualidad! Yo de Cangas. Soy Miguel.

La sonrisa no alcanzó mis orejas de milagro. Quería saltar la barra y abrazarle.

—¡Encantada, Miguel! Yo, Andrea… ¿Llevas mucho tiempo?

—Un año.

—¿Trabajando aquí?

—Sí, tengo un buen horario aunque paguen poco. Allá ya sabes cómo está la cosa.

«Hostia, ¿cuánto voy a cobrar yo?». Estaba tan empalmada con el curro que ni siquiera había preguntado mis condiciones. La sonrisa se fue desvaneciendo.

—Nos veremos más, te lo aseguro —me despedí contenta por haber encontrado a alguien de casa, que tanto extrañaba.

—Eso espero. *Bo día* —respondió Miguel con algo más de acento de O Morrazo.

Cuando uno se cría al lado del mar, con el olor a algas, el sabor a sal y las caricias de la brisa, es muy poco probable que encuentre un entorno más deseable. Sí, en Galicia llueve, por eso crece vida, por eso huele a pino, eucalipto y carballo; sopla el viento, puro, desintoxicante y provocador, que acentúa el frío y enfurece al mar. Ese mar gélido, indomable, purificante, medio de vida y pasiones… ¿Cómo no iba a extrañarla?

Y ¿cómo podía ser tan gilipollas para no haber preguntado por mi horario y mi sueldo? Con el vaso de cartón calentando mis manos, barajaba la posibilidad de adelantar mi hora de entrada para resolver mis dudas. Aunque, pensándolo mejor, disponía de veinte minutos escasos, que no sabía cómo aprovechar.

Hacía demasiado frío para pasear y las nubes avisaban de que soltarían alguna gota en un periodo breve de tiempo. Como todos los días, a cualquier hora parecía las siete de la tarde de un invierno cualquiera en Galicia a punto de llover.

Al final de la calle había un parque donde la gente se sentaba con su bocata, llevase corbata o no. Emulando a los ingleses, terminé mi café mirando al cielo desde uno de los bancos de Hanover Square.

Aproveché para enviar los mensajes de rigor a mi madre, a la cebolla, a Rebeca y… ¿a Carlos? «Ni de coña. *Acabouse*». Me autoconvencí.

Volví a la tienda a toda prisa y con el objetivo de encontrar a Sahid para que me aclarase mi horario y salario. En cambio, como aquella misma mañana, Angie era la que esperaba.

—Baja al probador ya y haz el *«becap»*. —El calor abrasador del bochorno regresó a mis mofletes.

Eso hice. Bajar las escaleras, que era lo que había entendido claramente. Jaz parecía el segurata de una discoteca en la entrada de los probadores. Acojonaba, con esa mirada oscura y penetrante, nariz aguileña y rasgos afilados, a pesar del ligero sobrepeso. Me dirigí a ella.

—Jaz, ¿quién es «Re-be-cap»?

—¿Rebecap? ¿Qué dices, tía? —Fruncía el ceño como si le estuviese tomando el pelo.

—Angie me dijo que viniese al probador y preguntase por Rebecap o algo así. —Me estaba poniendo muy nerviosa.

La carcajada de la india se escuchó hasta en la planta de hombres. De hecho, alguno de los chicos de la plantilla se asomó a la escalera.

—*Back up!!!!!!!!* —gritó. Su saliva se estrelló en mi ojo izquierdo.

Dio media vuelta, agarró de un burro metálico toda la ropa que le permitían sus brazos y la plantó contra mi pecho. Mis extremidades no abarcaban tal cantidad de prendas. Había quedado enterrada bajo una montaña de pantalones, vestidos, abrigos y chaquetas. Alguna clienta miraba de reojo.

«Zorra», solo lo pensé. Seguía sonriendo, tal y como me habían ordenado.

—Tienes que poner cada prenda en su correspondiente lugar… «Rebecap» —seguía *rosmando* entre risas.

Solo quería enterrar mi cabeza cual flamenco y desaparecer, pero, no, señores, con la poca dignidad que me quedaba, colgué, doblé y coloqué aquella bola de diseño.

Serían las cuatro de la tarde cuando llegó. Peter «Beckham» Harman hizo su aparición en la tienda como si estuviese desfilando por ella. Me esforcé por apurar el paso en la jodida ronda de *back up*. No quería verlo ni en pintura. Con el ojo de la nuca lo vi pasar por la caja donde cada miembro del personal firmaba el *check-in*.

No sé cómo explicarlo, provocaba en mí un estado de nerviosismo extremo incapaz de controlar. Hice como si no me percatase de su presencia, colocando un par de vestidos en un frontal. Él se detuvo cerca, muy cerca, frente al espejo del probador. Estuvo, sin exagerar, unos tres minutos atusándose el pelo.

Estaba aterrorizada. «¿Estará escuchando mis latidos?». Al parecer no, porque Peter volvió a pasar de largo. Ni se giró. Yo tampoco. Tenía ganas de vomitar.

Al poco entraron Polina y Carmen con un café en la mano y de buen humor, como casi siempre cuando estaban juntas.

—¿Has sobrevivido sin nosotras? —bromeaba Polina tras un largo trago de café.

—Casi...

Lo cierto es que tenía los brazos reventados de cargar con la ropa y las piernas entumecidas de las horas de pie danzando de un lado para otro.

Aproveché para contarles, consternada, el par de malentendidos en su ausencia, de los que, como era de esperar, se cachondearon un buen rato para posteriormente restarles importancia. Carmen era una experta en ese tipo de meteduras de pata con el idioma.

—Y, además..., este ni saluda... —comenté indignada.

—¿Para qué quieres que te salude? Andrea, abre los ojos, o le haces la pelota o solo se acercará a ti para despedirte... —replicó Polina con gesto más recio.

—Pues mejor que se quede a una distancia prudencial si no quiere que le meta... —Mi camorrista adolescente revivió.

—¿Te has fijado en su paquete? —cortó Carmen—. Es lo único aprovechable que tiene...

—¿Qué? —A cuadros me quedé ante el comentario. No sabía si mosquearme con ella por no tomarme en serio o besarle en la boca por quitarle hierro al asunto. Ahí la teníais, Carmen en su pura esencia.

Logré reaccionar cuando divisé a Sahid entrando por la puerta.

—¡¡¡¡Sahid!!!! —Me apresuré hacia él cargada de pantalones—. ¿Tienes un momento?

Se empezó a reír nada más verme salir acelerada a su encuentro.

—Tranquila, Andrea, dime...

Comprendí que era la frenética Andrea la que le divertía.

—Todavía no sé cuánto voy a cobrar... —me sorprendí por la fluidez con la que me había salido aquella frase.

—6,09 libras la hora.

—¡Ah!, ok... —acepté.

Menuda cara de pánfila se me quedó. ¿Ok?, por qué había dicho ¿ok...? ¡Era una miseria! 6,09 *pounds* a la hora por cuarenta horas semanales son... 974 libras brutas. Teniendo en cuenta lo que pagaba de piso y lo carísima que era aquella ciudad, muy poco iba a salir de casa.

—Sí, muchacha, pero para empezar no está mal. —Una Carmen más realista conseguía calmarme—. Primero tienes que perfeccionar el idioma, no te olvides. Aquí ya no vale tu carrera.

La rotación en la tienda era alta. La mayor parte de los contratados, al ser estudiantes o inmigrantes, solían aceptar ese salario de entrada. Los primeros encontraban al poco un empleo relacionado con sus estudios y la probabilidad de que los segundos regresaran a su lugar de origen era muy alta. Al resto se les daba un incentivo por ser responsable de algo que se inventara Peter, a quien a pesar de haber declarado la guerra abierta a Polina no le había quedado más remedio que convertirla en encargada de probadores ante su evidente eficacia en la venta y el respeto que le tenía el resto del personal. Era una líder en potencia.

Con ella pasé el resto de mi primera jornada laboral, interiorizando los nombres, materiales y colores de las distintas líneas de la colección de otoño/invierno. Intercambié un par de palabras, literalmente, con alguna de las compañeras que cubrían la primera planta de señoras: una francesa promiscua, una estudiante de veterinaria inglesa y, cómo no, una italiana más pija que las clientas.

—¿Un vino? —propuso Carmen.

—No puedo con el alma. Me voy a casa. —La tensión de los nervios del primer día pesaban como una losa en la espalda, las piernas y los brazos, partes que por cierto tenía doloridas.

—Descansa, *beauty*. —Con un beso me dejó marchar.

Tomé la línea roja de Oxford hasta Bank y de allí la negra (Northern Line) hasta Old Street, desde donde llegué caminando a casa. Me dolían los oídos del frío. Menos mal que había parado de llover porque no sabía dónde diantres había metido mi paraguas de cuadros.

Agotada, por fin llegué a casa. Nada más abrir la puerta, una lengua de humo salió huyendo. Se escuchaban risas y algún chillido ahogado al fondo. Sonaba una mezcla de rap reguetonero y... ¿olía a marihuana? Efectivamente. Me asomé al salón y allí estaba Kelly bailando descalza con un armario de dos por dos a lo Seal y una rubia menuda tirada en el sofá con una trompeta de maría enganchada a sus *brackets*.

—¡Oh! ¡¡¡Andrea!!! Pasaaa, voy a presentarte a mis amigos. —Kelly estaba claramente fumada.

—*Sorry*, Kelly, estoy muy cansada... —En otras condiciones no le hubiese dado ninguna explicación pero necesitaba tumbarme pronto.

A pesar de mi negativa, me agarró de un brazo, lanzándome contra su amigo Joe para que le diera con educación un par de besos, mientras la pequeña Mary, doblada de la risa, era incapaz de terminar el saludo.

«¿Acaso me toman por el mono de feria?». Habría montado en cólera si no fuese por el cansancio y la necesidad de alcanzar la paz interior en mi habitación, sola, tras una jornada de sentimientos intensos y contradictorios.

No cené, ni siquiera me duché, no era el momento de preguntar por la preciada alcachofa de ducha. Me lavé los dientes y a la cama.

La música siguió sonando hasta, como mínimo, las dos de la mañana. Entremedias, mensaje de Carlos: «Te pienso». Ya no me pude reprimir: «Olvídame». No pegué ojo.

Estaba incómoda en aquella cama. Kelly me había dejado unas sábanas de «raso», que por supuesto no eran tal, y se escurrían con cada vuelta que daba. Entre vuelta y vuelta dieron las siete de la mañana. Me levanté encabronada y fui directa a la bañera, me arrodillé y comencé mi ritual de higiene corporal. En cuanto volviese de currar exigiría saber dónde había metido la alcachofa, es más, la obligaría a comprar una nueva como me la hubiese tirado.

La mañana fue similar a la del día anterior. Recibía sonriente a los clientes e intentaba entablar conversación con alguna compañera, aunque solo se quedara en el intento.

—*Am shon! Ha lon be here?* —Así hablaba Sian.

—Ahá. —Era lo único que podía responder.

Polina se acercó.

—*Cockney* es la jerga del East End.

Se comían las vocales, pronunciaban casi rapeando, entonando sílabas que escandalizarían a mi estricta profesora de inglés del concertado. Ahora me pregunto si ella tendría algo que ver con el altísimo nivel de inglés de nuestra generación.

Ese argot, al parecer, estaba tan integrado en los barrios del este que incluso uno de los mayores bancos británicos hacía un guiño dando la opción de usarlo en sus cajeros.

En *cockney*, ciertas palabras eran sustituidas por una frase con rima. Por tanto, *«Huckleberry Finn Change»* sería la opción para cambiar el *«pin»; «Balance on Charlie Sheen»* mostraría el extracto en la *«screen»*, pantalla, y *«Sausage and mash with receipt»* suministraría la cantidad en metálico, *«cash»*, necesaria con recibo.

En fin, mi esfuerzo se veía triplicado a la hora de comunicarme con la tatuada Sian, estudiante de Bellas Artes.

Para comer, Polina y Sahid me invitaron a una *jacket potato* en el Plaza, un centro comercial en la mitad este de Oxford Street. Merece mención especial esta patata horneada con judías en salsa de tomate y queso fundido. Una bomba, pero ¡qué bomba!

Mientras devorábamos la superpatata, comprobé in situ la estrecha relación entre Polina y Sahid. Polina lo sobreprotegía.

Sahid era inglés de ascendencia india, algo evidente en sus rasgos, musulmán y gay. Esto último estaba oculto bajo llave en el fondo de sus entrañas y tan solo en alguna ocasión en la que bajaba la guardia se podía llegar a intuir. La tienda era el único trabajo que había desempeñado en toda su vida, superando ya la treintena, y sabía que si exponía su vida personal tendría consecuencias. Además, su superior se encargaba de acentuar su frustración profesional y personal con desplantes, bromas de mal gusto y alguna que otra colleja.

—Sahid debería ser el jefe. Los empleados le adoran —repetía Polina.

Normal, siempre defendiendo a su gente del despotismo personificado, Peter. «Peter», inevitablemente, mi mandíbula se contraía cada vez que escuchaba su nombre.

—No puede ser más odioso. Si yo estuviera en España ya le hubiese dicho un par de cosas —reafirmé mientras masticaba un trozo de patata.

Pero no era el caso. Estaba en otro país y en un recién estrenado trabajo que tenía que conservar al menos hasta que empezase a soñar en inglés o llegase a entender a Sian.

El resto del día lo compartí nuevamente con Polina en los probadores, ejerciendo de chica de los recados en cuanto la rusa me indicaba que la clienta necesitaba una talla más u otro color de vestido. Aquella matrioska tenía un enorme poder de persuasión y siempre conseguía engañar a la compradora, convenciéndola de que aquellos pantalones no podían ir sin determinada camiseta combinada con las alpargatas más caras.

Amigos, me quedaba mucho que aprender, sobre todo el verdadero significado de la palabra paciencia.

Las clientas me desesperaban. Pocas, porque lo cierto es que la educación de los británicos era excelente. Siempre con el *Sorry* o *Thank you* en la boca, preguntaban pidiendo permiso y, para mi sorpresa, antes de salir de los vestuarios colgaban adecuadamente en sus perchas aquellas prendas que no iban a comprar. En parte, era una manera de agradecer la labor de las dependientas facilitándoles el trabajo. «Que se lo digan a las de Zara en España».

Horas después llegaba a mi peculiar hogar. Algo me impedía abrir la puerta de casa por completo. Me colé por el hueco mínimo que permitía el obstáculo. Mis botas moteras negras tropezaron con una caja. «Calle Rosalía de Castro, 15». ¡Mi ropa había llegado!, pero «Un momento, ¿esta caja está abierta?».

Levanté la mirada hacia el salón…, cómo no, la marihuana aromatizaba el ambiente. Abrí la puerta y…

—Perdón. —¡Dios!, no sabía dónde meterme. Entre el corte y la grima, ¡ahí danzaba la sensación al ver a la mole negra rozándose sobre el dos por dos de la noche anterior! Me miró con ojos achinados y vaga sonrisa. Se me debió de quedar cara de lela porque se atrevió a reírse y chillando ordenó: *«Close the fucking door»*. El maromo escondió su cara entre las ubres de mi tierna casera. Cerré la puerta. «Qué *noxo*».

La caja abierta era una nimiedad tras lo que acababa de presenciar. «¿Realmente tengo que soportar todo esto?». Sí, y no podía decir ni mu. Así concluía mi primera semana en Londres, con una llamada a mi casa en la que confirmaba la llegada de la ropa y agradecía las tabletas de chocolate Antoxo ocultas en el fondo la caja.

—¿Las abriste? —preguntó mi abuelo, autor de la sorpresa, en cuanto descolgué el teléfono.

—No…

Los cincuenta euros escondidos entre la caja y el dulce me darían de comer esa semana. Según empezó a contar…, sesenta años atrás se hacía de otra manera.

8

Buenos Aires, 1952

Querida Celia, has de saber que gracias a Dios ya encontré trabajo. Espero que los chicos se encuentren bien de salud al recibo de estas dos letras. Plácido me cuenta que van a la escuela y que te ayudan con el campo. Espero que nos podamos reunir pronto.

Siempre tuyo,
Jacinto

P. D. Te envío seis plantas.

Seis mil pesetas era lo que representaban aquellas plantas, remitidas en un sobre sellado a través de Plácido, un amigo del pueblo que trabajaba como camarero en el *Cabo San Vicente*, otro de los grandes buques que cruzaba el océano. De esta manera se aseguraba de que la cantidad llegase limpia a su destino.

Jacinto no había escrito hasta el momento y, como veis, le costaba superar las tres líneas. Sabía que lo que anunciaba la carta daba para tres pares de zapatos, que Celia reservaría para los domingos, una ración de pescado a la semana y la máquina de coser con la que su esposa remataría los vestidos del sastre, propina extra.

Una peseta al día como jornalero no llegaba para alimentar a su familia y no estaba dispuesto a ser esclavo de nadie. Así se lo dijo al terrateniente que le increpaba para que cortase la leña más rápido el día que decidió partir. Recordaba las mordidas para pasar el café en el puente da Fillaboa, los cincuenta kilos de fardo al hombro monte a través, la siembra del maíz, las vacas arando... Todo aquello no era más que pasado para un Jacinto mimetizado con el centro de Buenos Aires.

En la Santa Unión, se movía como pez en el agua. No tardó mucho en pasar de friegaplatos a mozo y de mozo a camarero.

—Buenos días, Jacinto. ¿Querés vos que prepare un mate...?

Paola, la única hija de Matías, estaba fascinada por la irrupción del apuesto *gashego* en su rutina. Era un joven divertido, educado, con un punto canalla y buen porte. Así lo veía ella.

—Este es el segundo, Paoliña... —contestó detrás de la barra levantando la bombilla de plata que le regalara Matías.

Sin duda era el brillo de aquellos ojos lo que atrapaba a la joven. Aparentemente comunes, marrón claro, hablaban por sí solos.

No hacía falta mucho más para caer en gracia a las damas y meterse en el bolsillo a los caballeros, a los que deleitaba con historias del otro lado del Atlántico en las que las *meigas* y los contrabandistas del Miño compartían protagonismo.

—Nena, ¿por qué no me lo preparás a mí...? —preguntó Matías a su hija desde la cocina donde colocaba la última bandeja de pinchos antes de subir la verja de la Santa Unión.

Matías se levantaba diariamente a primera hora con Jacinto, y no se metía en la cama con él porque Romina, su mujer, necesitaba su cuota de marido. Ella era la responsable de los completos desayunos, suculentos menús y variadas cenas que se servían de lunes a domingo en el bar. Precisamente, bajaba las escaleras de acceso a su vivienda en aquel momento.

—¿Han dormido bien? —preguntaba al aire mientras se recogía el pelo con una de esas pinzas de rastrillo y plástico rosa de las peluquerías.

Era una mujer hermosa, quemada por las infinitas horas de trabajo tanto dentro como fuera de casa. Jamás, y recalco jamás porque así lo contaba él, tenía un mal gesto o una palabra fuera de tono para nadie y mucho menos para su amor, su marido, el padre de su hija.

¡Ay, su hija!, «la Flaca», así llamaban a Paola, quien seguía sin quitar ojo a Jacinto. Por aquel entonces, se estilaba la media melena recta con flequillo como la llevaba ella.

—Flaca, andate a por cambio... —ordenó Matías al observar a su hija en la distancia.

Paola se cruzó con Fabián al abrir la puerta de la calle.

—¡Ayyyy! ¡Flaquita mía! Si yo pudiera bajar a un rincón de sus pier...

—¡¡¡Fabi!!! —frenó Jacinto.

Largas y definidas. Su padre le tenía terminantemente prohibido mostrarlas en la cafetería desconociendo la soltura con la que las movía los viernes por la noche en el escenario del café Tornoni, en el 825 de la avenida de Mayo. De todos modos, no hacía falta que mostrase nada, los clientes de la Santa Unión quedaban igualmente prendados cada vez que se deslizaba entre las mesas. Parecía levitar. Y qué decir de los muchachos del barrio, dejando la huella de sus caras y manos en los ventanales hasta que la *mina* les deleitaba con una de sus amplias sonrisas de fuego.

Poco a poco Matías iba aceptando que su hija poseía un cuerpo y un desparpajo que no ayudarían a ahuyentar a sus pretendientes, sino todo lo contrario.

—Che, Fabi, por qué no te andás al carajo… ¿No hay laboro para vos? —gritó enfurruñado Matías con uno de los pinchos a medio hacer en una mano y el cuchillo en la otra.

Fabián tomó de un trago el café solo que le esperaba en la barra.

—¡¡¡Con Dios, guachito!!! —se despidió.

Jacinto se rio. A su jefe no le hizo tanta gracia. Salió disparado hacia la puerta con el puño en alto. Nada podía llevarle más a los demonios que aquel mote con el que algún mexicano le debió de bautizar. Su pequeña estatura y el moreno de piel eran los rasgos a exagerar en su caricatura, en la que se convertía cuando sacaba a relucir su carácter. Ese que solo Romina podía soportar.

Matías no era especialmente atractivo, pero sí argentino, suficiente para encandilar a las mujeres que acudían al mate y con las que solía terminar compartiendo algo más.

—No le hagás caso, ya sabés cómo es... Escuchame, ¿por qué no te llevás a Ro al cine por la tarde? Yo me encargo del cierre... —Se le había pegado hasta el acento tras seis fugaces meses en Buenos Aires, aunque su forma de hablar seguía siendo exótica para los clientes.

—Mati, sí, me encantaría, por favor... —Romina hablaba desde la cocina.

—Yo ayudaré a Jacinto —se ofreció Paola descargando el cambio en la caja.

Ya era parte de aquella familia con la que convivía en la primera planta del edificio de la Santa Unión. Matías por fin delegaba en alguien responsabilidades, pudiendo descansar cuando le viniera en gana. Se lo había ganado tras veinte años levantándose diariamente a las cinco y media de la mañana para abrir el negocio. Negocio que no paraba de dar beneficios. La verborrea de Jacinto, excelente relaciones públicas, había captado más clientes, convirtiendo así aquella antigua cafetería en un punto de encuentro burgués del que nadie salía insatisfecho. Perón había ganado las elecciones.

Bien entrada la madrugada, Jacinto fregaba el suelo con esmero y Paola recogía los últimos vasos y ceniceros de la barra. De pronto, la voz de Carlos Gardel comenzó a vibrar en el transistor cercano al fregadero para interpretar *A media luz*.

La lentitud con la que Paola lavaba la vajilla se vio interrumpida por un arrebato de frenesí. Rápidamente se acercó a la ventana de las rejas verdes oxidadas y arrancó uno de los claveles que daban vida al escaparate. Con andares felinos, ojos achinados y sonrisa incitadora se dirigió a Jacinto. Este, al observar su reacción, dejó caer la fregona con gracia mientras extendía la mano. El clavel entre los dientes confirmaba las pretensiones de la argentina, que, en segundos, se hacían evidentes entrelazando una de sus piernas en las de su oponente. Él correspondió rodeando su cintura con seguridad y en un ligero pero rotundo movimiento comenzaron a bailar.

Su característico humor le permitió inventarse una nueva modalidad de tango y la *mina,* graciosa, se dejó llevar. Jacinto acompañaba cada paso con muecas de profesional cuasi convincentes. Paola no podía ocultar su sonrisa. Paso, paso, pierna, giro…, perfecto para acercar su boca al cuello de su pareja de baile. Respiraba fuerte.

—Flaca… —regañó picaresco Jacinto prolongando la última vocal.

Giro, pierna, pierna…, el brazo de Jacinto bajó hacia la cadera, tocando suavemente su cresta ilíaca… y antes de que Carlitos Gardel terminase de cantarles «… qué suave terciopelo la media luz de amor», hizo que la espalda de la bailarina se doblase hacia atrás. Se inclinó sobre ella y tomó el clavel de su boca. Se miraban fijamente, sonreían.

—Eras todo un seductor, ¿eh?

—Lo sigo siendo… Mira tu abuela qué contenta está…

—Uy, sí, radiante… Anda, vete a cenar, que aún te vas a ganar una bronca…

—Bicos.

—Chau.

Al menos el viejo me había hecho sonreír.

9

Llevaba casi un mes allí y todavía me costaba situarme en la habitación ligeramente iluminada por la luz que entraba entre las tupidas cortinas, que no persianas, allí no había de eso. Seguía en aquel zulo que había alquilado por 450 libras, compartiendo casa con la que, en principio, iba a ser mi gran apoyo y ahora se había convertido en un lastre que me impedía vivir en paz. Bueno, al menos desde ese día tenía la casa para mí sola. Se había ido a ver a su hijo. Tenía un hijo, sí. Yo tampoco me enteré hasta una semana antes de que se marchara. El niño de siete años estaba en un internado en Berkshire, a cincuenta kilómetros.

Era mi único día libre. Para Polina también. Habíamos quedado temprano en el Villandry para mi primer *English breakfast.* Huevos escalfados, salchichas, beicon, alubias, tomates a la plancha y tostadas, acompañado del mítico *white tea,* té con leche, vaya.

Delante de aquel apetitoso y suculento manjar británico, me sentía revuelta, hundida, angustiada… Treinta minutos más tarde de la hora acordada se sumó Carmen, aquel ser con la capacidad innata para levantar el ánimo a cualquiera. El Bloody Mary también ayudó.

Os pongo al día. En las últimas semanas no había vuelto a saber nada de Carlos, ya sabéis, el chico con el que llevaba enrollada media vida y que se dejaba ver con otras por mi ciudad natal. Cierto es que le envié aquel «Olvídame», pero no esperaba que se lo tomase al pie de la letra.

La única persona que me conocía desde niña y que me podía comprender, ¿por qué? Porque me conocía más que yo a mí misma. Sabía llevarme, se adelantaba a mis reacciones y, si hubiese querido, me hubiese hecho la mujer más feliz del mundo. Pero, como por lo visto no quería, procuraba evitar referencias carlistas.

Tras distendidas charlas en mis cafés rutinarios con Miguel, el camarero del Starbucks, me conciencié de que debía acudir a una academia para poner en práctica mis conocimientos del idioma. Edward Academy estaba en Covent Garden. Él también iba. Él y una veintena de emigrantes procedentes de Italia, Rumanía, Hungría, Polonia, Grecia, Brasil…, que hacían que mi nivel fuese superior a la media. Aprendía rápido y volvía a sentirme motivada a costa de quedarme sin vida: me levantaba a las seis y media de la mañana, y tenía clase de ocho a once y media. A las doce entraba en la tienda, de la que no salía hasta las nueve de la noche. La mitad de mis días libres, que no eran consecutivos, dormía y la otra mitad intentaba mantener mi feminidad íntegra: uñas, cejas, pelo… En aquel estrés de vida no me daba tiempo a extrañar nada, ni siquiera la comida. Los sándwiches, normalmente de alguna cadena de cocina rápida, se convirtieron en alimento base, y las chocolatinas en el postre. Engordé, sí. No sé cuánto porque las básculas eran muy caras para mi diminuto presupuesto.

La culpa como siempre era del clima, húmedo, frío, gris, que incitaba a ingerir cantidades extra de chocolate. Además, dejé de tomarme el desayuno en casa cuando una mañana utilicé una sartén de la alacena para tostar pan. Al llevarme la tostada a la boca, el sabor ácido del chili requemado me hizo vomitar al momento. Las ollas siempre estaban sucias o con comida durante días, así que, entre la falta de tiempo y de limpieza de aquella cocina, opté por prescindir de ella. No tenía ganas de discutir con Kelly. Tampoco usaba el salón, permanentemente ocupado. Por lo que, en casa, solo utilizaba la cama y la alcachofa, que escondía después de ducharme. Había decidido guardarla bajo llave tras la esperada discusión en la que llegó a insinuar que «muchas de nosotras» la usábamos para masturbarnos. No sé si se refería a las españolas o a las mujeres de mi generación, lo que estaba claro es que no iba a perder el tiempo con comentarios estúpidos. Decidí dejar de darme cabezazos contra el gotelé y ocultar la nueva.

—¿Qué? ¿Te volvió a decir algo? —preguntó Carmen.

Se refería a Peter. En el trabajo empezaba a desenvolverme con soltura. Corría de un lado a otro para atender al mayor número de clientes con eficacia y había aprendido bastante vocabulario relacionado con el mundo del *retail* pero…, por fin, el gran jefe me había dirigido la palabra y estaba convencida de que sería la primera y la última vez. Vamos, que estaba esperando que me entregase la carta de despido como muy tarde en las siguientes veinticuatro horas.

Tres días atrás había llegado enfadado al trabajo. Su equipo de fútbol había palmado. Sí, de fútbol, y solo le faltaba ponerse a llorar.

En uno de aquellos ratos muertos de las mañanas en los que yo me paseaba por la tienda con las manos en la espalda, charlando brevemente con alguna de mis compañeras, Peter comentaba con Rabbie, el segurata, lo bien que había jugado el Chelsea y lo injusto que había sido Undiano Mallenco. Se notaba que quería debate, o más bien que le dieran la razón, como siempre.

Rabbie, muy inteligente, hizo mutis por el foro para evitar follones asintiendo a todo. Yo, que tenía el día simpático, decidí, de repente, hacerme ultra del Manchester United. Los *blues* ya no se podían permitir esa derrota en la primera mitad de liga y menos en el mismísimo Stamford Bridge. Ancelotti era el entrenador.

—Vamos, no sé de qué te sorprendes, si Torres se ha dejado todo lo bueno en el Liverpool —solté en alto mientras colgaba un par de vestidos en uno de los frontales cercanos. Rabbie se rio. Él giró asombrado la cabeza y a continuación todo su cuerpo. Se puso de frente.

—¿Perdona…? —preguntó extrañado. Yo empequeñecí, la lengua se me secaba, respiraba entrecortado, intentando mantenerme—. ¿Te gusta el fútbol? —preguntó más amigable.

—Algo —respondí fingiendo pereza.

—Pues no lo parece, querida, porque aunque hayamos perdido este partido... —Al sentirse amenazado, atacaba. Estaba claro que su intención sería dejarme en evidencia.

—¿Qué? Va a ser Rooney el que os va a ayudar a remontar, ¿no? ¡Ja! —Mis piernas volvieron a consolidarse, el corazón a latir y la lengua se relajó. Peter no daba crédito a mi pose insolente.

—Como decía... —intentó ignorar mi comentario—. Aunque hayamos perdido este partido, en cuanto vuelva The One...

—¡Oh!, ¡sí, sí! The Special One, tan arrogante como los seguidores del Chelsea. —Ahí me pasé, o eso creía yo.

—Pues sí, bonita, y este arrogante se está dando cuenta de que no tienes ni puta idea de lo que hablas y, si no, a ver si eres capaz de recordar algún título reciente del ManU... —Dejó caer con una actitud déspota, buscando el apoyo de Rabbie, que no movió ni una ceja.

La verdad es que no, no tenía ni puta idea y mi gracia se estaba tornando incontrolable al no poder consentir que aquel chulo superficial y egocéntrico me hablase en ese tono y menos delante de nadie.

—No llores, hombre, ¿quieres un pañuelo? Habéis perdido la ida del derbi en casa..., pero tú sigue soñando con la vuelta de Moooouuuuuu... —vocalicé mucho, en exceso, prolongando las vocales, enfatizando mis palabras con el cuerpo, que se iba aproximando involuntariamente a él a la vez que le sonreía.

—Primero aprende a hablar y luego dirígete a mí, *spaniard* —escupió.

Os juro que quería llorar. No había cosa que más me avergonzase. Menudo hijo de la gran p...

—*Bastard!* —No me pude contener.

Se hizo el silencio en la tienda. Si le dio tiempo a reaccionar o no, nunca lo sabré porque cinco segundos después yo ya estaba encerrada en el cuarto de baño echándome las manos a la cabeza. Tardé en salir y desde entonces no me volvió a dirigir la palabra. Por otro lado, me había convertido en la heroína de los empleados. El despido era inminente.

—No, solo me lo crucé una vez y alzó más la cabeza —contesté finalmente a Carmen.

—No te puede echar por eso, él también te faltó al respeto —afirmaba Carmen.

—Si vieseis la cara que se le quedó... Hacía tanto tiempo que nadie le ponía en su sitio —seguía recordando Polina, orgullosa de su brava amiga.

Sí, si yo también me había ido satisfecha. Se lo merecía. Pero entonces también me quedaba sin trabajo y los ahorros ya los había invertido en dos meses de academia.

—Pues buscamos otra cosa y listo, no te preocupes. —Carmen mordisqueaba un bacón tostado.

La verdad es que no me preocupaba. Siempre me quedarían las cadenas españolas, allí eran las clientas las que se tenían que adaptar al idioma de la dependienta, aunque vuelvo a repetir que había mejorado, y mucho, mi nivel de inglés, sobre todo de noche y borracha.

Con la panza llena cogimos el metro dirección Liverpool Street, cruzamos la calle y nos introdujimos en el fabuloso Spitalfields Market, donde recorrimos sus variopintos puestos. Podías encontrar desde una tetera china de los cincuenta hasta unos *shorts,* muy *shorts,* Levis desgastados y de cintura alta de los que acabé adueñándome. Se llevaba el vintage, o sea, la segunda mano. Seguimos avanzando por Brick Lane. Parecía más una sección de Street Style de *Vogue* que una calle alternativa del centro/este de London plagada de hipsters auténticos, con sus cazadoras vaqueras, los pantalones pitillo rotos en las rodillas, las Martins, la bolsa de tela y el pucho de lana. Entramos en otra de las tiendas retro al peso donde cayeron un par de jerséis y una falda de vuelo de cuadros escoceses mostaza, muy años cincuenta. «Si yo te hubiese obligado a ponerte eso, me lo plantabas de sombrero», eso hubiese dicho mi madre.

Aquella zona me fascinaba, era uno de los referentes de estilo de vida londinense que tanto mostraban las revistas de moda. A Polina, sin embargo, le resultaba barriobajera, sucia. De hecho, creo que era de las primeras veces que se metía por aquella calle y poco menos que iba de puntillas. No tardamos en resguardarnos de la lluvia en un *lounge bar* con música *chill out* y un par de cachondos camareros que fumaban en la puerta.

—*Hello,* ¿¿¿españolas???

—Sí —afirmó rápidamente Carmen con ganas de ligoteo.

—¿Os apetece un mojito?

En realidad no, hacía frío, quería un té, pero no estaba de más un poco de alcohol para sobrellevar la desastrosa situación en la que me encontraba. Además, nos invitaban.

Tomamos hasta tres mojitos y una caipiroska…, Polina ya se había remangado la falda y hasta había ido dos veces al inmundo baño sin protestar. Las luces rojas del Montys Bar comenzaban a bailar a mi alrededor, o ¿era yo la que bailaba? Mi estómago vacío me estaba jugando una mala pasada. Por suerte, a diez metros abría las veinticuatro horas, los siete días de la semana, la Beigel Bake, una famosa panadería de la zona por sus sabrosos y contundentes beigels, esos bollos de pan con forma de donuts. Aquel beigel de salmón con crema de queso revivió mi cuerpo y despejó mi mente, cansada de traducir.

—Me voy a quedar a tomar la última, chicas. Os veo mañana… —Carmen ya se había dejado besar por uno de los atléticos barmans y no estaba dispuesta a que se quedara solo en eso.

—Eh, y ¿Pedro?

—No sé…, ¿a ti te llamó? A mí no…

Alguien estaba algo resentida.

Polina se cogió un taxi en Commercial Street y yo tomé la Circle Line, la línea amarilla, fundida en el asiento del vagón. Por poco me paso Morgate. De ahí, la negra a Old Street.

La lluvia y la pateada de compras me habían dejado KO.

10

Faltaban tres semanas para que empezaran las rebajas, anticipadas en Reino Unido con respecto al resto de Europa, y Peter comenzaría con los preparativos al día siguiente, así que estaría todo el día dando por culo en la tienda. En algún momento me metería en su despacho para reprocharme lo maleducada que era, motivo por el cual no me consideraba digna de servir en su famosa boutique, para acto seguido ponerme de patitas en la calle, no sin antes humillarme delante del resto del *staff*, por aquello de dar ejemplo, por supuesto. A punto estuve de llamar con la excusa de que estaba enferma o me había caído por las escaleras... Me armé de valor y cinco minutos antes de mi hora de entrada saludaba a Rabbie, el de seguridad, con un par de besos a la española.

—¿Ya está aquí? —le pregunté.

—Sí... *Sorry!* —afirmó con una palmadita en la espalda.

—*Thanks!* —agradecí resignada.

Mis músculos estaban tensos, mi cabeza dispersa y olvidadiza. Durante la primera hora abandoné mi puesto en los probadores unas tres veces para ir al baño, poniendo como pretexto una menstruación anticipada. Sahid, que me observaba detenidamente sin que yo me percatase, se acercó finalmente para tranquilizarme.

—Vamos, An, que yo sepa no ha reportado nada a la central acerca del incidente.

—¿En serio?

—Tranquila…, está demasiado estresado cuadrando números…

Por lo visto, el que había recibido una llamada de atención había sido Peter. La central de la marca estaba disconforme por la caída de las ventas el mes anterior. Tenía que triplicarlas en rebajas si quería seguir siendo la tienda imagen al cierre del año.

—¡Méteme en el almacén, por favor! No quiero cruzármelo…

Sahid comprendía mi inquietud, él conocía esa tensión previa a la esperada reprimenda… Cambió mi ubicación, dejando al mando de los probadores a Sian, con la que ya empezaba a entenderme, literalmente.

Pasaban las horas en el oscuro y gélido sótano, poniendo alarmas cual autómata a cada una de las cientos de prendas que se apelotonaban delante de mí. Mientras, viajaba al paseo de Bouzas, donde podía sentir el viento húmedo del Atlántico, después al cabo Home, saludando a las Cíes a la cara. Mi excursión espiritual remató en La Guía, mi rincón de pensar, desde donde las luces de la noche vestían de gala la ciudad.

Volví al almacén al sentir la mano de Sahid en mi hombro. ¡Me sobresalté!

—¿Qué ocurre? ¿Qué pasa?

Se llevó el dedo índice a la boca pidiendo silencio, calmándome. De aquel indio emanaban paz, buenas vibraciones... Sus palabras siempre resolvían, ayudaban o cuestionaban para encaminar. Sahid era sabio y demasiado bueno.

—Ven —pidió tendiendo su mano.

Subimos las escaleras, nos dirigimos a la puerta principal, cruzamos el umbral. El contraste térmico era más que notable. Me arrebujé en el cárdigan del uniforme y abracé mis hombros para entrar en calor.

—¿Qué hacemos aquí, Sahid? —estaba intrigadísima.

—Cinco, cuatro, tres, dos, uno... *Voilà!*

De repente, las luces blancas, rojas y azules se encendieron ante mis ojos en la majestuosa Regent Street. Era 15 de noviembre, la Navidad había llegado a la gran City. Me quedé embelesada con aquella puesta de largo. Emocionada, le abracé.

—¡Gracias! —susurré.

El cariñoso apretón devolvió el agradecimiento.

—¿Puedo coger el móvil? —Tenía que inmortalizarlo.

—Por supuesto, pero hazlo rápido... Tengamos la fiesta en paz... —puntualizó cómplice.

Salí corriendo escaleras abajo, entré en la sala de reuniones, abrí el candado de Jaz, a la que me había ganado con un par de coberturas de espalda mientras se rascaba el ombligo en el baño. Eso sí, si algo desaparecía de su bolso, estaba muerta. No había suficientes taquillas para todo el personal, o al menos para las «incorporaciones recientes». Vamos, que tenía que llegar otra detrás para que yo dejase de ser «la nueva».

Aprisa, metí la mano en la taquilla y alcancé mi Black-Berry. Aquella foto tenía que ser compartida con todos mis seres queridos, a tantas millas de allí. Era mi postal de Navidad.

Un mes en Londres, para mí parecían cinco, así que momentos como el que acababa de presenciar me devolvían la ilusión que había empezado a disiparse. También me hacían débil, ante los infinitos obstáculos con los que me encontraba a diario y que tanto dificultaban mi aclimatación.

La decoración de los escaparates, los villancicos, los míticos Papás Noel de barba desencajada repartiendo abrazos y caramelos... evocaban el espíritu navideño que todos los años yo respiraba en la céntrica calle del Príncipe. Al final llegó... la morriña, ese sentimiento que los gallegos comprendemos al estar lejos de nuestra tierra y que sobrellevamos con alcohol.

Así que esa noche, para festejar la invasión de la Navidad, Polina nos llevó a Aqua, un restaurante hispano-japonés con un *lounge bar* donde los *londoners* acudían al *afterwork*.

—Maquillaos un poco, por favor —nos indicó antes de salir.

Cruzamos la calle, entramos por Little Argyll Street y torcimos a la derecha.

—Vamos a Aqua —apuntó Polina a la señorita que nos recibió en la entrada del edificio.

—¿Tiene reserva?

—No, vamos a beber… —contestó descarada.

—Quinta planta.

Tomamos el ascensor. Cuando llegamos al piso indicado, una elegante recepcionista nos esperaba para guardar nuestras pertenencias en el ropero.

—Adelante.

El cóctel bar estaba plagado de tíos con traje y corbata que no escondían su interés por la carne fresca que acababa de entrar por la puerta. Luz ambiente cálida, música erótica (o eso me parecía a mí tras meses sin follar) y una original carta de cócteles.

—Tres Long Island, *please*. —Polina decidió por nosotras.

—Yo no me puedo permitir esto, Polina —susurré.

—No te lo vas a permitir. Yo lo haré.

Nos quedamos en un punto de la barra circular sin que nuestro espacio tardase mucho en ser invadido. Greg era abogado, Daniel actor y Shawn médico. Nosotras, Silvia, Raquel y Arusay, publicista, diseñadora y productora musical, respectivamente. Ninguna estaba interesada pero nos divertíamos inventando vidas. Además, pagaban las copas.

La casa de Polina nos volvió a dar cobijo esa noche, sin taconeo ni vodka, pero con confidencias de portada. Una llamada de Dema abrió la veda. El alcohol favoreció el bajón. Polina estaba inquieta y preocupada y no era para menos. El estado de nerviosismo le hizo desembuchar. Su padre había sido objetivo de un atentado. A Carmen le costaba cerrar la boca a medida que se imaginaba el titular.

—Dema me dice que está bien, pero no le acabo de creer…

Según le contó, los dos disparos habían rozado la oreja de uno de sus guardaespaldas en pleno *meeting* en la Plaza Roja de Moscú. Se exponía demasiado. Polina reconocía asustada que rezaba todos los días por que algún día valorase más a los que le querían que a los que odiaba, y abandonase de una vez la primera línea de una guerra que traspasaba lo dialéctico.

Distendida, se explayó más de lo que le estaba permitido, por lo que no le quedó otra que admitir quién era delante de sus amigas. Polina Nemstova era la única hija del líder de la oposición de su país, amenazado de muerte desde que comenzó a desvelar informes que ligaban al presidente de la Federación Rusa y a su círculo más cercano con la corrupción, entre otros delitos. Por eso habían enviado a Polina a Europa con la excusa de rematar sus estudios, y por eso tenía que pasar desapercibida, llevando una vida corriente, como cualquier inmigrante del montón. Dema la mantenía informada, sin pormenorizar.

La foto de su padre salía en primera plana de los principales periódicos digitales que refrescábamos cada cinco minutos esperando alguna novedad. Cuando consiguió hablar con él, se durmió. A nosotras nos costó algo más. Eran las cinco de la mañana, las ocho en Moscú y las seis en Vigo.

No sé si ya era inmune a aquel combinado de alcohol blanco, pero apenas tenía resaca. Me desperté como una rosa y menos mal, porque nos quedaba por delante un intenso día de trabajo, ¡¡¡era domingo!!!

—Andrea, al probador de señoras con Sian y Surica. —Aclaro que Surica era una niña india que no había cumplido la mayoría de edad… — De vosotras depende que las compradoras se lleven una, dos o cinco piezas… —presionó Fay, *cheerleader* número dos, con tono amenazante.

Sentí que la carga de la responsabilidad caía sobre mi nuca y ya empezaba a doler. La inexperiencia vital de Surica resultaba impertinente por momentos y las pintas y el *cockney* de Sian producían cierta desconfianza a las clientas potenciales. Me convertí en una especie de líder tomando las riendas de aquel *fitting room* ante una infinita cola de treintañeras, posadolescentes con descuento educacional, sexagenarias, madres recién paridas…

Lo mío me costó. Carreras al almacén en busca de tallas, asesoramiento de imagen temerario, alerta por posibles robos… No comí. ¡¡¡No tuve tiempo ni para ir al baño, de hecho ni se me pasó por la cabeza hasta que me dejaron salir veinte minutos para que me relajara y me fumase un cigarro cortesía de Sian!!! Hubiese preferido seguir hasta reventar.

La vuelta al ruedo me costó todavía más. Quedaban tres horas hasta que pudiese respirar y mis brazos empezaban a dar de sí con tanta percha al hombro.

—*Girls!* —Peter Harman se dirigía a los probadores…

Mi cuerpo se hizo flan. ¡Joder! Disimulé subiéndole la cremallera del vestido a la mujer de la última cabina.

Visto que yo no respondía a la llamada, Peter se dirigió a Surica.

—En breve llegará una mujer de mediana estatura, robusta y probablemente vestida de negro. Sabréis de quién os hablo por su característica melena recta plateada. Tratadla como a Jesucristo —advirtió con su «s» reptiliana.

—¡Ahhhh!, ya sé... —asintió Sian. Sabía de quién hablaba.

A Surica le dio igual y yo, desde el fondo, ni lo escuché. El resto de las dependientas daban ejemplo de atención al cliente llevando a mi probador la ropa que las clientas deseaban, olvidando toda la que, una vez descartada, se acumulaba en la entrada de aquel pasillo estrecho de cinco cuartuchos con banco. La cola se impacientaba.

—¡Angieeeee! —grité desesperada. La muy zorra le estaba haciendo ojitos a Nick, el francés, mientras mi camiseta dejaba de transpirar.

—*What?* —«¿Qué cojones quieres?», venía a significar eso con medio labio levantado.

—*Help!* —Vamos, que me echaran un cable, que ya bastante puteada estaba dentro de la muralla humana que se hacía cada vez más larga.

Me dio la espalda. Nick me miró, la miró a ella y se rio. Habría hecho un salto mortal sobre la gente, la habría agarrado de las extensiones para barrer con ellas el suelo hasta que quedase impoluto.

—*Bitch*.

Surica se rio.

—No te preocupes, ella es así. A mí me dejó encerrada una noche en el almacén. Se olvidó de que estaba allí, dado que no me había movido de la cueva en todo el día.

—¿Y qué le dijeron?

—Nada, se rieron de mí durante todo un mes.

—¡Cerda! Ojalá se pudriera en...

—¡No!, no desees a nadie el mal, si no quieres que vuelva por triplicado.

¡Ay!, ¡¡¡el karma!!!

Mis piernas no aguantaban más de pie. Tenía hambre y sed, me notaba sucia, y todavía quedaba clientela como para no cerrar antes de las doce. Menos mal que eso sí se respetaba y a las nueve echaban el candado. Faltaban cinco minutos.

—¡Me voy a probar todo esto! —impuso una señora que bien podría pasar por la reina. Su discurso era exquisito.

—Discúlpeme, madame, pero estamos a punto de cerrar y en todo caso hay gente esperando, como puede ver —indiqué con educación.

—He dicho que me voy a probar, no que me gustaría probármelo —repitió con media sonrisa.

—Madame, ya le he dicho que estas personas llevan esperando su turno mucho antes de que usted llegase.

Hacía media hora que había mandado a Sian y Surica a ordenar parte de la tienda para salir lo antes posible.

—¡PETEEEEEEEEEER! —chilló enloquecida. La cola dio un paso atrás, yo también retrocedí.

Al instante Peter apareció en escena, sostuvo rápidamente la ropa que la chiflada portaba en sus brazos, me apartó y abrió uno de los vestuarios indicándole que pase. La mujer mayor de cabello plateado pasó a mi lado con rictus obstinado y se metió con sus prendas dentro del probador.

—Sal de aquí ya —me susurró Peter—. Y ustedes, señoritas, disculpen las molestias pero tenemos que cerrar. Mañana a partir de las diez estaremos disponibles para ustedes —explicó en alto dedicando una de sus miradas seductoras a aquella línea de mujeres mientras se pasaba la mano por el pelo.

Babeaban.

«Pero, ¡bueno!, esto ya es el colmo. ¿¿¿Qué le ven a este tío con delirios de estrella del cine???». Cuando se empezó a disipar la marabunta, se volvió hacia mí, ignorándome, elevó la cabeza sobre mi hombro y preguntó:

—Anne, ¿todo bien?

—Sí, querido, todo perfecto. Me gustaría que vieses cómo me queda.

«Y de paso que le coma el coño, no te jode. ¿Es su puto o qué?». Creo que me leyó la mente.

—¡¡¡¡He dicho que salgas de aquí ya!!!!

¡¡¡Ser despreciable!!! Le odiaba con todas mis fuerzas. Al día siguiente tiraría la toalla. En mi vida me habían hablado así, ni siquiera con motivo aparente. Ya era la segunda vez que me escupía con sus actos. Quizá el resto del *staff* estaba dispuesto a aguantar, pero yo no, por mucho que necesitase el trabajo.

El cansancio me pudo. Me arrimé a una de las mesas, castigada, y no levanté la mirada de las chaquetas de lana hasta que llegó la hora de irnos para casa. Polina y Carmen, destinadas a los probadores de la planta baja, no se habían enterado de lo ocurrido. No me apetecía hablar del tema, así que me fume un pitillo con ellas y me fui. Mi querida alcachofa de ducha me alivió.

11

Los cuatro grados de temperatura ambiente cortaban mis manos. La sequedad y el frío extremo abrían finas grietas sangrantes en mis nudillos a pesar de los guantes. Mi cuerpo solo ansiaba llegar a casa, tomar un té y tumbarse; mi mente, estar en Galicia y poder poner en su sitio a semejante ejemplar.

—¿Kelly? ¿Estás en casa? —Silencio.

Su maleta estaba tirada en medio del pasillo. Decidí no hacer ruido por si dormía, aunque todavía eran las once.

Dejé el abrigo, me quité el gorro, la bufanda, los guantes, el jersey, los calentadores, las botas... Desnuda tiritaba más. Cerré la ventana de la habitación extrañamente abierta: «Qué cabeza tengo»; me puse los calcetines gordos y el pijama de algodón. Tenía frío. Todavía no había necesitado tirar de nórdico. Me tomé el té esperando que me devolviera el calor, pero nada. Se me quitó el hambre, así que me metí en la cama y me tapé con las sábanas de raso falso que me regalara mi agradable compañera.

Media hora apretando los ojos para huir de la luminosidad y así caer en mi profundo sueño, imposible de conciliar con mis dientes castañeteando.

Me levanté, me acerqué al radiador y efectivamente comprobé que estaba frío.

Me dirigí al termostato… ¡Apagado! «ON», no se encendía. Otra vez. Y otra. Otra más. Pulsé hasta que semihundí la esponja del botoncito. No había calefacción. De repente, descubrí la silueta de un candado sobre el cuadro del termostato en rojo. ¡¡¡Lo había bloqueado!!!

Llamé a la puerta de su habitación. No respondió nadie. El mosqueo que tenía era como para entrar directamente, y así lo hice. No había nadie, solo un olor nauseabundo proveniente de un par de sándwiches resecos y patatillas sobre la cama deshecha, latas de cerveza abiertas, un cenicero abarrotado, el saco de la ropa sucia desbordado… ¡Vivía con una auténtica guarra! Y la guarra casualmente no estaba en casa.

Regresé a mi cuarto desesperada por algo de abrigo. Me empezaba a doler la barriga. Cogí del armario un jersey gordo y unos calcetines y me metí en la cama. Me acurruqué en posición fetal echando aliento a las manos. Imposible. Recordé que absorbemos el frío por la cabeza, así que me coloqué el pucho de lana, otro jersey más y unas medias por debajo del pantalón de pijama. Cuando estaba a punto de caer, la temperatura ambiente y mi cuerpo estático me devolvieron la tiritona. Otro jersey más, un pantalón de chándal, los guantes, la bufanda, más calcetines y el abrigo. Las lágrimas resbalaban por el rabillo del ojo, mojando la almohada. Ya eran las seis y media. No había dormido. Daba igual, solo quería una ducha caliente y café.

Me duché, me vestí y cagándome en todos sus muertos salí de casa con un portazo. Llovía, abrí el paraguas de cuadros amarillos y caminé en dirección a Old Street Station; cogí un café en el Shoreditch Grind y tomé la línea negra cambiando a la azul en King's Cross St. Pancras en dirección a Covent Garden, evitando sus escaleras infinitas para salir a superficie. Mucho tiempo después leí en algún lado que eran en total ciento noventa y tres peldaños, equivalentes a la altura de quince pisos.

—Andrea Alonso. —Le costaba pronunciar mi erre de «AndRea» a Philippe, mi profesor del nivel intermedio de inglés.

—¿Sí? —cabeceaba.

—Cuéntanos, ¿por qué decidiste estudiar Ciencias Físicas?

Instantáneamente un pinchazo de motivación me espabiló. No era la primera vez que lo contaba, aunque nunca en otro idioma y a mi vocabulario todavía le quedaba mucho por adquirir. En eso consistía el ejercicio, en recurrir a la pasión que el alumno sentía por algo para despertar las ganas de expresarse a toda costa. En mi historia, el tornado de *El mago de Oz* era un «aire fuerte que hace volar casas, coches, e incluso destroza árboles», y esto apoyado obviamente por lenguaje gestual, con mi brazo derecho doblado y girando en espiral sobre el eje del codo. ¿Qué? No recordaba lo de «twister», estaba dormida.

A los siete años vi cómo un tornado se llevaba la casa de Dorothy por los aires empujando a la niña de los zapatos rojos a empezar un camino lleno de aventuras en Oz. No se me pasó el susto hasta que conocí al hombre de hojalata. Me había impactado de tal forma que a partir de ese momento mi mayor hobby era recortar noticias de fenómenos adversos en los periódicos y ver con mi padre algún documental, así que para cuando mis compañeros de instituto se tiraban de los pelos ante la incertidumbre de qué futuro elegir, el mío ya estaba escrito.

Me aplaudieron cuando terminé. Al menos empezaba el día con buen pie. Pero el izquierdo se hacía de rogar. «Soy dependienta de una tienda de ropa con un jefe que maltrata a sus empleados, una casera loca y sin dinero suficiente para comer un buen trozo de carne o pescado…, pero vivo en Londres, ¿no?». Esa frase que todo lo solucionaba hizo que, en vez de coger el metro, me diese un paseo hasta la tienda. De Long Acre a Leicester Square, que a esa hora ya estaba plagada de turistas delante de la tienda de M&Ms. En vez de seguir la calle, bordeé el Leicester Square Garden, aislándome del asfalto entre los árboles. Alcancé Piccadilly y subí Regent. Luego lo pensé, el letrero de Sanyo ya no impresionaba como al principio.

Sin querer lloraba, triste, débil, aturdida. No se notaba bajo la lluvia. ¿Tenía sentido seguir caminando? ¿Por qué continuaba allí? ¿Para qué me mataba a trabajar seis días a la semana?

Llegaba tarde. Crucé la puerta y Sahid salió a mi encuentro.

—Por favor, Andrea, te necesitamos. Peter ha preguntado por ti.

Bajé las escaleras y fui directa al servicio. Me maquillé, como una actriz antes de salir a escena. Un poco de colorete y la eterna sonrisa bastaban para que mis espectadores me creyeran. Subí apresurada a la sección de señoras, saludando al paso a mis compañeros.

—Andrea, ¿dónde te habías metido? Menudo follón hay aquí montado. ¡La gente compra sin control! —comentaba la bola de ropa que eclipsaba a una Polina descontrolada.

—Pero ya estoy aquí… Venga, dame, que te ayudo —me ofrecí con algo de pereza.

—No, no, no. Peter me ha preguntado por ti dos veces. Sube al probador, anda.

«Paso». Me concentré en asear el aspecto de la tienda, ayudar al *staff* a recolocar las prendas y, pasada la hora sin tener noticias del Nick Carter inglés, me posicioné en el probador dispuesta a vender diez mil euros. Me lo tomaba como un juego, así le quitaba trascendencia a todo desde que tenía uso de razón. Funcionaba a veces, como en esta en la que a las dos horas ya le había ganado la batalla a Grace, la *cheerleader* número tres.

—¿Sabes que es *stripper?* —Voló Carmen a mi lado.

—¿Quién? ¿Grace? —pregunté.

La verdad es que no sé de qué me sorprendía. Quizá porque no solía juzgar a simple vista, pero lo de esta muchacha era cantoso. Parecía una drag. Su pelo naranja deslumbrante y cuidadosamente planchado tocaba sus portentosas nalgas de acero, la raya del *eyeliner* negro llegaba hasta la sien, por donde también se extendían sus gruesas pestañas postizas. Al igual que sus uñas, largas como garras y pintadas de los colores de la Navidad: una roja, una verde, una roja, una verde…, con purpurina, por supuesto. El color de su piel también se había convertido en una tierra del desierto anaranjada, como el de una maceta tras excesivas sesiones de solárium. Ella era excesiva en sí.

Curiosamente, el sector masculino de la planta de caballeros se veía inevitablemente atraído por ella. Era su sección y por eso me resultaba tan difícil superar sus cifras. En el fondo, creo que era buena tía y se dejaba arrastrar por las otras dos. Me divertía observando cómo colocaba las camisas de los hombres, rozando ligeramente con la punta de la uña el pecho, la nuca o la baja cintura de sus clientes. ¡Era su poder!

—¡Andrea!

—Me vais a gastar el nombre…, ¿qué? —Salí de los mundos de Grace.

—Tenemos que hablar.

«Mierdaaaaaaaaa, ¡es Peter!».

—Lo siento, ahora estoy ocupada —espeté seria.

—Espero que luego no sea tarde.

Y allí me quedé, quieta, con ganas de romperle el cuello de una coz. Eso o salir corriendo tras él a ver qué era tan urgente que no podía esperar. Yo no quería pero mis piernas optaron por lo segundo.

—Peter… —Me mantenía firme.

—Ven, entra.

Así que aquello era su oficina. Gris, oscura, sin una foto ni un calendario. Un ordenador y papeles desperdigados por la mesa. Un teléfono y los turnos de todos y cada uno de los empleados colgados en un corcho.

—Siéntate, por favor.

Estaba demasiado cansada como para no hacerle caso.

—Verás, ayer como recordarás conociste a Anne, la directora de la firma.

—Sí..., muy agradable... —contesté irónica. No me podía callar cuando estaba con él, aunque el corazón estuviese a punto de salirme por la boca. Me ponía... alerta, a la defensiva me refiero, preparada para el contraataque.

—Pues sí, lo es... Ha sido ella la que te ha propuesto como empleada del mes..., ¿qué te parece?

Eso sí que no me lo esperaba. Era una de las cosas más surrealistas que me habían pasado jamás. Fuera de la cama, claro.

—Pero si yo pensaba que...

—Ya. Pues al parecer tu actitud es un ejemplo a seguir para el resto de empleados. Firme con las reglas y sin peloteo gratuito. Además te vio vendiendo y dice que lo llevas en la sangre. Tendré que observarte más... —Sonrió.

¿Me estaba sonriendo como a las mujeres de la cola del probador para que me derritiera? ¡Venga ya! Contuve la primera alegría del día.

—¿Algo más? —Le desconcerté. Se hizo el silencio—. Voy a seguir ganándome el título... —Involuntariamente, le guiñé un ojo. ¿Qué cojones estaba haciendo?

Cerré la puerta y respiré profundamente. Fui al servicio y ahogué el chillido contenido durante días en el jersey. Una vez controlada la euforia, regresé a mi puesto de trabajo.

—Soy la empleada del mes —comenté a las chicas.

—¡Yuhuu! Enhorabuena, eso es porque te has esforzado mucho, no paras, ya controlas todas las secciones y con el idioma has progresado un montón —me felicitaba Polina.

—Venga, no me jodas, Polina... —respondí. Se rio—. Este era el objetivo en mi vida. Ser la empleada del mes de una tienda pija plagada de chiflados. —Me recreaba irónica.

—¡¡¡¡¡¡¡¡¡LA EMPLEADA DEL MES!!!!!!!!!!!! —gritó Carmen.

La maté con la mirada.

Acto seguido, compañeros, encargados y consumidores estallaron en un aplauso que duró más de lo esperado. «Ahora sí puedo morir tranquila».

Carmen desconocía la cara B de las relaciones estables hasta que su móvil fue usurpado en un ataque de celos y estalló la bomba. Me sorprendió que Pedro no se diese cuenta de lo extrovertida y adorable que era mi amiga, sobre todo entre el sector masculino. Por lo visto, se había «olvidado» de cerrar ciertas puertas que le interesaba mantener abiertas mientras no se consolidase la relación. «Nunca pongas la mano en el fuego por un hombre, Andrea, ¡¡¡nunca!!!», mascullaba con el cabreo. Pero por ella tampoco la podía poner ninguno. Los males se arreglaban de fiesta y esa noche tocaba resurgir, coquetear y, sobre todo, dejar de analizar en el John Snow's Bar del Soho su disputa y mi nuevo cargo… El Number One de Leicester Street fue el lugar elegido para ello. Allí nos fuimos las tres.

Las agujetas del día después nos despejaron la memoria. Bailamos y bebimos hasta tarde y con el pedo en su máximo apogeo llegó el declive. Un buenorro se acercó a mi amiga andaluza con el típico «Italiana, ¿¿¿no???» y se alejó al segundo tras un «Tengo novio». Y vaya si lo tenía. Después de la fuerte pelea en la que habían destapado sus miserias, aquel pretendiente patoso empujó a Carmen a la reconciliación, dejando el temperamento andaluz a un lado para mostrarnos, mostrarse, lo pillada que estaba por su «machaca incesante». A la seis de la mañana se dirigió a la casa de Pedro. Polina y yo nos despedimos arreglando el mundo en pleno Oxford Circus. Una hora más tarde, el bus me dejaba cerca de casa.

Había luz y olía a maría. ¡¡¡Kelly sí que había llegado y estaba despierta!!!

—Andrrrrrruuuuuueeeeeaaaaa. —Y luego era yo la que no sabía hablar. ¡Qué mal pronunciaban mi nombre los jodidos ingleses!

—Kellyyyyyyyyy —respondí con la misma voz aguda.

Entré en el salón. Estaba sola con la única luz del televisor. Muy raro todo.

—¿Qué tal ha ido tu día, *darling?*

—Agotador. Los turistas son una plaga antes de Navidad… y verás en cuanto empiecen los descuentos… —me lamenté.

—¿Descuentos? Pues a ver si te estiras y me traes algún regalo —dijo entre calada y calada.

Tenía más cara que espalda y eso ya era bastante difícil.

—Por cierto, Kelly, ¿sabes que no funciona la calefacción? —me lancé directa al grano.

—No, no, sí que funciona, la apagué yo… Si quieres utilizarla, tendrás que pagarla. —Y se quedó más ancha que larga (eso no era tan difícil).

—¿Perdona?

—Sí, querida, viendo los gastos que me ocasionas comprenderás que no puedo dejar la calefacción puesta todo el día.

—Pero si yo solo vengo a casa para… —No me dejó terminar.

—*Honey*, si quieres calefacción tendrás que pagarme cincuenta libras más al mes. *Please*, cierra la puerta. —Dando por hecho que no me apetecía quedarme en el amplio sofá, fumando y viendo *Britain's got talent*.

Definitivamente vivía en una realidad paralela, era una pesadilla y me despertaría en mi cama rosa de Vigo rodeada de gente querida con un zumo de naranja sin pulpa en la mesilla de noche.

—Ok. Pensaré en ello. Buenas noches. —Cerré.

Ni dos minutos me paré a pensarlo. Me iba de aquella casa echando chispas.

12

En la academia me aburría. No es que me considerase superdotada ni quiero ir de sobrada, pero el nivel de la mayor
parte de la clase me hacía perder el tiempo. Quizá aprendía
más deprisa por el trabajo, en el que no me quedaba otra
que hacerme entender sí o sí. Intentaba poner en práctica los
conocimientos adquiridos en la clase del día. *«You don't have
to answer if the question is not clear»* trazaba en cursiva y ne-
grita al lado de la imagen de una guerrera con una espada a su
espalda mi compañero de mesa. Me distraía. Sonó el timbre
del *recreo*. Bajé al Starbucks a por un café.

—Yo invito.

Mi profesor también necesitaba su dosis de cafeína.

—Te noto algo distraída hoy.

—No, qué va, dormí mal. —Mentía. Claro que estaba
distraída, llevábamos una hora con los conectores.

—Ayer me sorprendió tu historia y me he tomado la
libertad de googlear un par de sitios que a lo mejor te inte-

resaría conocer. Mira. —Me mostró en su móvil la web de la sociedad de meteorología de Londres. La imagen arcaica del portal se aproximaba más a la de una posible secta que a la de una prestigiosa formación fundada en 1871. En este caso, no descartaría que fuesen ambas.

—¡Oh! ¡Gracias! —Sabía que la intención era buena, pero ¿qué esperaba que hiciese?, si sudaba para seguir una conversación fluida. En inglés era incapaz de irme por los cerros de Úbeda, os lo aseguro.

Tras otra hora usando *«but»*, *«however»*, *«although»*, *«moreover»* o *«unless»* para vincular frases chorras como «El perro saltó de la ventana del primer piso *BUT* no se mató», entraba en la segunda fase del bucle de mi vida. Doblar ropa, probar ropa, recoger ropa, colgar ropa y sonreír. El día no había hecho más que empezar y ya se me estaba haciendo eterno.

—Enhorabuena, empleada del mes. Estamos encantadas contigo. —Sonrieron las *cheeleaders*. Ahora sí querían ser mis amigas. Sabían que le gustaba a la todopoderosa Anne.

—Gracias por vuestro apoyo, chicas. Sin él hubiese sido imposible. —Zasca.

Realmente, aquel era mi mayor logro profesional. La frustración aumentaba por momentos. ¿Acaso no era buena física y por eso no había encontrado trabajo como tal? A lo mejor tenía que adaptarme a las circunstancias y asumir que jamás llegaría a realizar pronósticos ni predicciones útiles. «A lo mejor aquí está mi destino».

Estaba claro que faltaba motivación en mi rutina, ignorando lo que se avecinaba…

Había llegado el gran día. Mis compañeras llevaban repeinadas de peluquería desde la mañana, maquilladas como puertas y con el modelito de fin de año colgado de las celdas del cuarto de reuniones. Esa noche se celebraba la famosa *Christmas party,* una fiesta de empresa llevada al extremo. La cita era a las nueve de la noche en Zebrano, uno de los locales de moda del Soho londinense. *Dress code: cocktail,* o sea, postureo.

Por lo que me contaba Polina, era un sitio *posh* en el que pinchaban música comercial, ya sabéis, Katy Perry y compañía. Me daba pereza, mucha pereza.

Prometí que iría a todos y cada uno de mis compañeros, hasta Angie, Fay y Grace me invitaban a cenar con ellas antes de la fiesta «para ir entrando en calor». Mi única intención en cuanto cerrase la tienda era llegar a casa y meterme debajo de mi nuevo y ultra pesado nórdico para sobrellevar las noches sin calefacción. Todo quedó en intención.

—Tú te vienes conmigo. —Polina agarró mi bolso y empezó a caminar.

Carmen nos siguió. Picamos algo en casa de la rusa mientras hacía constantes alusiones a mi severo dolor de cabeza ficticio. Una jaqueca que ninguna se creyó.

—Carmen, ¿tú no habías quedado con Pedro? —pregunté mientras me llevaba uno de los cientos de bombones rusos a la boca.

—Sí. —Suspiró.

—Alerta, alerta, alguien está *in love* —se burló Polina.

—Pues no os digo que no, niñas… No es mi tipo para nada, pero… —Seguía suspirando. Necesitaba una hostia o un abrazo porque aquel pastel era impropio de la antigua, atrevida e insolente Carmen.

Que no era su tipo, decía. Pero ¿realmente teníamos un prototipo de hombre o mujer? «Quizá cuando eres adolescente inevitablemente te enamoras de Kurt Cobain, Johnny Deep, Maribel Verdú..., atraída por aquellos con facciones similares, pero con los años valoras otro tipo de cosas...». Y ahí quedó mi reflexión, echada por tierra cuando me recordaron que en mi historial ninguno bajaba de uno ochenta y el que no era actor se ganaba la vida como profesor de esquí o bombero... ¿Qué pensabais, que me quedaba en casa llorando por Carlos cuando lo dejábamos?

En fin, Carmen nos abandonó a la hora para alcanzar el orgasmo del siglo con su nuevo ligue o amor de su vida, quién lo sabía. Yo me resistía a incorporarme del confortable colchón de mi insistente amiga. Preparó dos copas de vodka con naranja. Me la llevó hasta la cama como el zumo de las mañanas.

—Va, Andrea, nos reímos un rato de todos y nos vamos.

—Estoy todo el día en la tienda con ellos. No necesito ver más sus caras y menos la de...

—Andrea, él nunca va y es el cumple de Sahid, que ya sabes que no suele salir...

—¿En serio? Y ¿cómo no me lo has dicho antes, zorra? Todo el día con él y ni un tirón de orejas —lamenté.

—No sé, se me pasó...

Mierda. No había excusa. En quince minutos mis vaqueros pitillo negros, las botas y la camiseta fueron sustituidos por un Stella McCartney ceñido hasta cortar la respiración, tanto que por no hacer el esfuerzo de quitármelo, lo acepté. Era negro, corto, asimétrico, de una sola manga; el otro lado estaba abierto hasta la cadera. Tan solo una fina cadena plateada unía la tela del costado.

—¡¡¡Y ahora quítate las bragas!!! —ordenó.

—¿Qué? —La miré desorientada, con pudor. Se dio cuenta de lo que acababa de decir y se empezó a descojonar...—. No entiendo, Polina... —Seguía muriéndose de la risa sobre la cama.

Cuando me enfrenté al espejo lo entendí... La tela del vestido marcaba hasta los dibujos del encaje.

Yo solo pensaba en el frío que iba a pasar... pero no había opción si quería lucir con maestría el McCartney. Polina conjuntó el vestido con unas Aquazzura de encaje y tacón infinito.

—Te voy a torcer el tacón, verás...

Seguía riéndose de mí, pero yo hablaba en serio desde diez centímetros más arriba.

Sacó toda la artillería: sombras de ojos nacaradas de Chanel, el colorete rosado de Mac, el rímel de alta definición de Yves Saint Laurent y la barra rojo Valentino que plantó sin dudar en mis labios. Al llevar el pelo corto resultaba complicado adecentarlo. La gomina sirvió para crear un efecto mojado hacia atrás que acentuaba las facciones de mi cara, eso decía ella.

—Pareces una *pin up* actualizada —apreció la rusa al ver el resultado.

Imaginé que aquello era bueno, sin embargo, me sentía disfrazada. Ella se calzó un esmoquin cruzado de Armani con un body de encaje negro por debajo y una elegante coleta baja.

—Al 14 de Ganton Street, al lado de Carnaby —indicó Polina al taxista.

Yo tiraba del vestido hacia abajo. Polina me sacudía en una de las manos.

—¡Para! ¡Y disfruta! —ordenó.

Al bajar del taxi adopté la actitud que mi *outfit* requería. Me observaban. ¿Qué podía hacer, esconderme?

Bajamos las escaleras del local y allí encontramos a toda la tienda dando los primeros tímidos pasos de baile al lado de una mesa repleta de bebida. La verdad es que era un club mucho más sofisticado y exclusivo de lo que esperaba. La gente iba muy arreglada y, por lo poco que empezaba a entender de moda, aquellos bolsos habían costado lo suyo. Aunque la apariencia era relativa, muchas de mis compañeras preferían comprarse el Prada de rebajas y renunciar a las comidas de un mes.

—Estás ideal, Andrea.

—¿De dónde es el vestido? —preguntó Fay.

—Es un McCartney —respondió fugaz Polina.

Reconozco que me sentí muy halagada con tanto piropo. Las *cheerleaders* me miraban y cuchicheaban.

—*Babe*, pareces una modelo —comentaba impresionada Grace.

—Gracias…, supongo. —Viniendo de ellas, claro.

—Quién nos iba a decir que la *tomboy* tenía este cuerpazo, ¿eh? —Esta era la estúpida de Fay, que estaba a punto de implosionar con tanto halago que no iba dirigido a ella.

Un momento, ¿*tomboy*? Sabéis lo que es *tomboy,* ¿verdad? Traducido coloquialmente, una marimacho. ¿Esa era la imagen que yo proyectaba?

—No, pero ellas no entienden la vida en vaqueros, zapatillas y cara lavada. —Polina me leyó el pensamiento.

—Gracias, Polina... Bebamos. —sentencié.

Cómo no, dos Long Island Ice Tea que intentábamos esconder cada vez que Sahid se acercaba. Por supuesto sabía que bebíamos, pero nos sentíamos, no sé, incómodas. Como cuando empiezas a fumar delante de tu madre. Da igual que cumplas cincuenta, te seguirás ocultando para que ella no te vea.

—¿¿¿Peteeeeeerrrrrrrrr???? —chillaron a coro las tres *cheerleaders*. Solo les faltó dar saltitos.

La cara del resto se convirtió en un poema. Estaba serio, no enfadado, más bien triste. Todo el mundo, como era de esperar, corrió a saludarle. Polina y yo nos quedamos con el codo apoyado en la barra. No sé si fue el medio Long Island que llevaba encima, pero nuestro encuentro de miradas fue más intenso y prolongado de lo normal. Asintió con una semisonrisa ladeada y yo, sin querer, le dediqué una bastante más amplia.

—Andrea..., Andrea... —La de Rostov me rescató de aquel instante—. ¿¿Qué cojones hace él aquí?? —preguntó Polina extrañada.

—Y yo qué sé... Tú fuiste la que juraste que nunca venía...

—*Fuck!!!* Venga, vamos a por la tarta de Sahid...

—¡Ah! Creí que también era mentira... —bromeé.

Cinco minutos después sorprendíamos a Sahid con un pastel de tres pisos cubierto con Nutella blanca y treinta bengalas de colores. Se emocionó, pero eso solo lo notamos los que teníamos la suerte de conocerlo más allá del trabajo. Brindó con Coca-Cola y abrazó a todos, incluido Peter.

Mi ángulo de visión me permitía percibir su mirada constante. Yo evitaba corresponderle.

Recuerdo perfectamente su atuendo aquella noche porque me horrorizó. Llevaba una camisa blanca remangada bajo un chaleco acolchado verde botella, pantalones beis y mocasines marrones. La cosa más pija y rancia hecha hombre.

El alcohol empezaba a hacer el efecto deseado por los asistentes. ¡Caderas sueltas, roces, caricias, algún abrazo... y tequila!

—Que corra el tequila —gritaba al camarero. Sí, me desmelené.

—Pago yo. —Le escuché decir justo detrás levantando el billete de cincuenta libras.

—No, yo lo pedí, yo pago.

—No seas tonta, que pague él, que cobra cinco veces más que tú —me susurró Sian.

—Ok, Peter, tú pagas —contesté.

Le dejé su merecido hueco y brindamos los diez que permanecíamos pegados a la botella. De repente, lo noté muy cerca, demasiado. Uno de sus brazos, apoyado en la barra, bloqueaba mi salida por la derecha. Mis compañeros observaban nuestras posiciones y yo era consciente de ello. Me escabullí como pude, mezclándome entre el grupo de bailarines de reguetón.

Comencé a recordar el arte de bailar sobre aquellas agujas. Mis movimientos eran lentos, sensuales... Algún colega incluso se atrevió a tontear. Polina ponía muecas por detrás mientras intentaba contener la risa. Él no me quitaba ojo y yo lo sabía.

En el momento justo, mendigué un cigarro y salí a fumar. Recogí del guardarropa mi abrigo de leopardo y subí las escaleras de moqueta en busca de aire y humo. Contradictorio, ¿no?

Sostenía el pitillo entre los dientes mientras buscaba desesperada el mechero que juraría haber metido en el bolso antes de salir de casa. La llama de un zippo prendió el vicio. Succioné.

—No sabía que fumaras.

Sonreí para dentro. Era él. Me giré expulsando el humo que acabó alrededor de su cara.

—Ni yo —respondí pícara.

—¿Me das uno?

—Lo siento, lo pedí...

—¿Una calada? —suplicaba...

Se lo pasé. Me miraba fijamente. Yo, ebria, aguantaba la mirada. No me podía controlar... El silencio se prolongaba... Notaba cómo sus pupilas dilatadas penetraban en las mías... Me estaba excitando.

—Pensaba que no venías a este tipo de fiestas. —Rompí el hielo desviando la vista.

—Creo que a ti tampoco te hacía mucha gracia...

Nos reímos. Me estaba poniendo nerviosa.

—La verdad es que preferiría estar en otro lado... —respondí algo más tímida y seria.

—Pues nos vamos... —Me ponía a prueba.

En ese instante el destino quiso que una mujer me salvase de un posible suicidio sentimental, o sexual, o lo que significase aquel «Pues nos vamos».

—Disculpa, ¿de dónde es ese vestido? ¡Es precioso!

—Es de Stella McCartney..., pero ¡no sé de qué temporada!

—Pues te queda espectacular. —Y dirigiéndose a él prosiguió—: ¡Menuda mujer que tienes! ¡Ya puedes cuidarla!

Me ruboricé, no por el comentario sino por su respuesta: «Lo sé», replicó mientras pasaba su brazo por encima de mi hombro. Antes de que se volviese a dar otro intenso contacto visual, Polina apareció al rescate de nuevo, recordando que mañana tenía que trabajar y que ya era hora de retirarse. Lo último que quería era irme... No daba crédito a lo que acababa de pasar. Me estaba provocando o le atraía tal y como su mirada me indicaba. Rascaba tiempo, bromeando con que *The Boss* también estaba allí y nos dejaría llegar algo más tarde... Empezó a salir el personal y nos distanciamos. Sobraban las palabras, había que irse lo antes posible si no quería cagarla.

Dormí en casa de Polina, quien se preguntaba escandalizada de qué coño podíamos haber estado hablando durante todo aquel rato. Lo que no sabía es que apenas habíamos hablado.

Confieso que si no llega a ser por ella, habría caído en sus redes. Creo que los tres lo sabíamos.

Me despertó el teléfono. El sueño y la resaca multiplicaban mi torpeza.

—¿Sí?

—Buenos días, le llamo de *«olseints»*… Hemos recibido su solicitud y querríamos hacerle una entrevista grupal.

—¡Ahá!

—Tome nota: calle *«ajsdnasufghsdu»* 25, esquina con *«jashfuid»*. *Thank you.* —Y colgó, sin tiempo a que pudiese reaccionar.

Volví a cerrar los ojos y de repente me di cuenta de la hora que indicaba el móvil: ¡¡¡¡¡las once y media!!!!! Iba a llegar tarde otra vez. Polina ni se inmutó (claro, era su día libre). En quince minutos estaba corriendo por la distinguida Portland Place en dirección a Oxford Circus y en otros diez pisando el azulejo blanco recién encerado del comercio, que me recibió con un patinazo que acabó en caída dolorosa sobre mis flácidas nalgas. La hostia apaciguó mi estrés y la vergüenza me invadió de cabo a rabo cuando una mano grande y venosa me ofreció ayuda.

—¿Estás bien?

—Sí, gracias. —La acepté para incorporarme y salí huyendo, más agitada de lo que había llegado.

—De nada —dijo Peter. No le vi la cara.

En cuanto me calcé las moteras, tomé posición junto a los probadores. Sahid no tardó en aparecer.

—¿Qué tal anoche? —preguntaba intentando sonsacar.

—Bien, me lo pasé genial, la verdad. ¿Y tú? No te esperabas la tarta, ¿eh? —Intuía por dónde iba y quería cambiar de tema.

—Ya sabes de lo que te hablo… Ten cuidado. —Se fue.

Cómo le gustaba hacer eso. Lo que yo consideraba un «punto y seguido» para él era «y aparte», siempre y cuando tuviese la última palabra, claro. Además, ¿qué quería decir Sahid con aquel «Ten cuidado»? Ni que yo fuese una mocosa sin cerebro para prendarme de aquel joven Steve McQueen. *Wait*, ya le gustaría tener un pelo de Steve McQueen. Olvidadlo.

—Sahid —llamé.

—Dime. —Retornó.

—Tengo una entrevista para otra tienda. Pagan más que aquí.

—¡Oh, vaya!, pues hazla. Ya me contarás. —Su tono era mucho más seco de lo habitual. ¿Vaya? Ni siquiera un «voy a hablar con Peter a ver qué podemos hacer», «Te damos los fines de semana libres» o «Andrea, esto sin ti se hunde...». Vale, ahí me he pasado. Me quedé jodida. No esperaba tal indiferencia ante mi futurible marcha, aunque por lo pronto no estaba ni seleccionada.

El día discurrió con mi mente esforzándose en disipar las lagunas de la pasada noche para recordar si había hecho algo que me pudiese humillar. No llegué a ese extremo y todo gracias a mi ángel de la guarda ruso que velaba por la reputación de su amiga. Le daba vueltas una y otra vez a la conversación con Peter. ¿Había durado media hora o cinco minutos? ¿Estuvimos realmente tonteando o era el alcohol que potenciaba mi libido? Pero cuando me lo cruzaba ocultaba mi sonrojo cambiando de dirección.

La única novedad aquel viernes fue la incorporación de una nueva escaparatista llegada de Newcastle, July. Una chica gordita y estilosa que parecía sacada de un blog de tendencias callejero, tan manido por las fans de *Vogue* o *Elle* que seguían a pies juntillas las últimas adquisiciones de Olivia Palermo, Poppy Delevigne o Chiara Ferragni. Ella era una de esas, se veía a la legua. Bastante seria en la distancia pero amigable en el trato. Me acerqué a darle la bienvenida por aquello de hacer piña sin esforzarme en ser agradable.

La otra primicia llegaba a mediodía con Carmen despidiéndose de Pedro con un apasionado beso de película en la acera de enfrente. Desde el probador, la puerta principal enmarcaba el escenario de un trozo de Regent Street.

—Se te nota en la mirada que vives bien follada... —le canté.

Se reía. Eso me daba la razón.

—Ay, Andrea, es el hombre de mi vida —anunció con marcado acento andaluz.

—Bueeeeeno, ya estamos —contesté escéptica.

—Te lo juro, he pasado una noche increíble. Me ha llevado a cenar a Vértigo 42, un restaurante en el último piso de una de las torres más altas de la City. —Se refería a la ciudad financiera donde Pedro había empezado a trabajar como programador de una empresa que regulaba los servicios financieros del gobierno inglés, dato al que Carmen apenas daba importancia, pero sin el que jamás la hubiese podido invitar a disfrutar de: «Una panorámica de la ciudad espectacular, con las luces iluminando la noche, el champán...»—. Y después... —pretendía continuar.

—Después ya sé, ya... —le paré. Respondió con un envidiable suspiro. Me dio un beso y bajó a cambiarse. ¿Qué había de lo de «Nunca pongas la mano en el fuego por...»? En fin.

Me disponía a empezar mi ronda de *back up* devolviendo la ropa a su lugar cuando apareció. Venía hacia mí... Levanté la mirada y encontré la suya. Sonrió y pasó de largo. ¡Me ardían las mejillas! Hummmmm, ¡¡¡aquel olor!!! Su perfume anunciaba siempre su presencia, pero jamás lo había percibido de manera tan intensa. Era cálido y varonil. Poseía un toque de madera y cítricos con una ligera huella de incienso que permanecía durante un buen rato tras su marcha. Me descubrí esnifando todo el aroma posible, disimulé y cuando logré avanzar dos temblorosos pasos, escuché:

—Fuiste lo mejor de anoche.

Me giré entre la incredulidad y la estupidez.

—*Me?* —respondí llevándome el dedo índice al pecho.

No contestó, me guiñó un ojo y siguió su camino escaleras abajo.

¡¡¡¡¡¡No me lo podía creer!!!!!! ¡¡¡¡¡Quería gritar!!!!! ¡¡¡¡Saltar!!!! ¡¡¡¡Bailar!!!! ¡¡¡¡Dioooooosss!!!! Me acababa de decir que..., ¿¿¿¿¿¡¡¡¡¡¡a mí!!!!!!!!??????? Mierda, tenía una de esas sonrisas largas e inquietas, cual quinceañera tras recibir el primer piropo del chico que le gusta.

—¿De qué te ríes, Andrea? —Sahid me había pillado.

—¿Quién? ¿Yo? No, de nada. Tonterías mías... —Qué mal fingía.

Me sentía excitada y culpable a la vez. ¿Me gustaba o me complacía gustarle? No podía olvidar quién era y cómo era... Si pretendía engatusarme con sus tretas de seductor, lo llevaba claro.

Pero, sin querer, acabé la jornada buscándolo desesperadamente sin encontrar señal alguna que descartase locura transitoria.

Como todas las noches llamé a casa. Mi entusiasmo cruzó la línea de teléfono y él se percató.

—*Parece que hoxe foron ben as cousas...*

—Bueeeeenoooo...

—*Quén é?*

—Abuelo, no es para mí...

—Ella tampoco lo era...

13

Buenos Aires, 1954

Matías había ido a por fruta al mercado, Romina a la peluquería y Paola se acicalaba para el número de esa noche de viernes en el Tornoni. Jacinto había prometido ir a verla. Cuidaba de su «hermana pequeña».

El terciopelo azul de las cortinas que ponían fin al hall de entrada tenía unos cuantos chinazos. Tras ellas se extendía una sala en penumbra, con mesas redondas iluminadas por pintorescas lámparas de luz cálida y un botón en la base que alertaba al camarero del rincón en el que faltaba bebida. El humo de puro y cigarro rompía en el techo y penetraba en los pulmones de los que solo bebían, una minoría femenina. Los hombres, engalanados con sus trajes, chalecos, corbatas y zapatos abrillantados, esperaban la aparición de la estrella principal, la Flaca.

Jacinto se acomodó a la izquierda, en la barra. Desde una posición más discreta y solitaria degustaba mejor, decía, el tango.

La había visto moverse en anteriores ocasiones, pero aquella noche notaba un cosquilleo en los pies que generaba el entusiasmo e inquietud de un niño con zapatos nuevos.

—Fernet, con mucho hielo —puntualizó.

Ya era un adicto, en el buen sentido de la palabra, de aquel sabor a hierbas. Le había costado acostumbrarse. Una vez superados los primeros tragos se convertía en un imprescindible a la hora de beber, eso contaba él. Recuerdo que me lo dio a probar en una ocasión. ¡¡¡Sabía a rayos amargos!!! (y eso que para mí lo rebajó con cola).

El salón se sumió en una oscuridad profunda dando lugar a risillas golfas y algún silbido. La Flaca salió a escena bajo un foco cegador y se hizo el silencio. Ni rastro de la tierna Paola bajo una tez empolvada, labios ardientes y unos ojos delineados con gruesa línea negra que dramatizaba su mirada. Las lentejuelas encarnadas se adaptaban a sus curvas como si hubiesen nacido con ellas para deslumbrar. Una hilera de flecos a mitad de muslo despedía la tela que comenzaba con un bajo escote en forma de uve sostenido por dos finas tiras en la nuca. Nuca despejada, por cierto, gracias a su media melena recta en la que había prendido un clavel a la altura del lóbulo. La huesuda clavícula, los brazos, hombros y piernas habían sido salpicados con polvos irisados. Su piel se mostraba tierna y jugosa, lista para morder.

Con las primeras notas del acordeón, su pierna derecha se deslizó lentamente por la tabla encerada, hasta dejar su ombligo a poco más de veinte centímetros del suelo. Un musculado brazo salía de la nada para elevarla de las axilas. El bailarín, hasta entonces en la sombra, se manifestó bajo la luz directa, con un borsalino negro ligeramente ladeado que ocultaba su identidad.

Las cosas del amor florecían con el baile. La fuerza y el deseo de los intérpretes atrapaban a su público.

Jacinto, copa en mano, recorría cada milímetro del cuerpo de la estrella de la función, aturdido por la lascivia que emanaba, sudaba.

—Otra, por favor.

Se la bebió de un trago. La sala estalló en una apasionada ovación. Una Flaca pletórica agradeció con la usual reverencia amarrada a su acompañante. Lo buscó entre la multitud y lo encontró dedicándole una sonrisa que quedó inmortalizada en la retina de mi abuelo. De ahí que a sus ochenta años fuese capaz de describirla con detalle. Aplaudía efusivamente, feliz.

Recorrió el estrecho pasillo camino del camerino. Una cola de admiradores se apelotonaba en la puerta de la artista. Abrió sin llamar, ante la estupefacción de los fans, y se coló. Casi lo matan. Allí estaba ella, todavía envuelta en su vestido rojo, descalza. Se abalanzó hacia él, encajándose en un intenso abrazo que duró hasta un par de toques en la puerta, seguidos de un abrumador ramo de rosas. «Sos una diosa. Eduardo Constancia», leyó en la tarjeta. El hijo del dueño y futuro heredero de Molinos de Ríos de la Plata era un conocido y eficaz donjuán en la capital. Su poder cegaba a las más escépticas.

—¿Viste? Algunos saben cómo rondar… —comentó con una semisonrisa irónica, clavando sus ojos afilados en los de Jacinto.

—¡Enhorabuena!, menudo partidazo que envía rosas de dos pesos... —replicó más inseguro de lo normal.

—¿Estás celoso? —provocó.

—¿Yo? Paola... Solo intento proteg...

—¡Me gustás vos! —espetó.

Jacinto dio un paso atrás que recuperó la bailarina con una zancada de puntillas. Rodeó su cuello con la mano izquierda, dejando caer el ramo de la derecha, y le besó.

—Paola, tengo que ser sincero contigo...

—¡Schhh! —acalló poniendo su delicada uña en los labios de su amado.

No importaba lo que tuviera que decir. La Flaca estaba perdidamente enamorada.

Tardé en reaccionar tras apagar el teléfono, dándole vueltas al mensaje que esta vez pretendía lanzar. ¿O quizá era aquello el preámbulo de una confesión?

14

Hice el trayecto a casa casi desfallecida y hambrienta, pero con la energía vital de una adolescente ilusionada por…, ¿por qué? No sabía explicarlo con exactitud, simplemente lo estaba. De todos modos, solo pensar en verla acentuaba el dolor de cabeza y la ansiedad. Y llegué, y la vi, tirada como un hipopótamo panza arriba en aquel sofá de escay negro.

—Me voy —anuncié.

—*What?* —Aquella mirada de asco me mató.

—Que me voy. Voy a compartir piso con una amiga que viene de España —improvisé con rotundidad.

Giró la cabeza hacia el televisor, le dio una calada lenta y profunda al peta y soltó:

—Mentirosa.

Me quedé callada. Quería creer que había entendido mal pero no, volvió a repetir: «*Liar*». Acababa de recibir una hostia verbal y no era capaz de reaccionar. Ni respondí.

Me di media vuelta y me encerré en mi cuarto metiendo lo que no era imprescindible en la caja de cartón y lo demás en las maletas. Acabé a las tres de la mañana. Entonces lloré y me acordé de Carlos. Si estuviese a mi lado no hubiese permitido aquello, ni que pasase frío ni hambre. Era tozudo y leal, que no fiel.

En cuanto el primer rayo de luz fulminó la cama me puse en pie. Salí a por una taza de té. Por desgracia, allí estaba, en la cocina. Estoy convencida de que se levantó al escuchar que yo lo hacía. Buscaba guerra.

—¿Realmente te vas? —preguntó con tono agresivo.

—Buenos días... —contesté sarcásticamente.

—¿Todavía no me entiendes cuando te hablo, *spaniard*?

—Sí, Kelly, me voy, ya te lo dije anoche. —No entré al trapo, respondiendo lo más serena que mis terminaciones nerviosas me permitían. La situación era muy violenta.

—Andrea, Andrea, Andrea... —pronunciaba mi nombre despacio remarcando la «R» en tono jocoso—. ¿Dónde está la niña dulce, inocente y simpática que llegó a este hogar?

—Sigo siendo la misma... —Me costaba tragar saliva.

—¡Y una mierda! Eres una egoísta —me gritó. Los ojos se le salían de las órbitas. ¿Estaría colocada?

—Kelly, no voy a discutir... Siento las molestias que te pueda... —Mi voz se entrecortaba.

—¡Vete a tomar por culo!, vete de mi puta casa ya y deja las llaves antes de salir... —Volvió a chillar alzando el brazo en dirección a la puerta.

Volví a la habitación, me siguió, cerré, es más, me encerré. Innecesario sería contar todos los insultos que me propinó en una media hora de bipolaridad extrema en la que tanto aporreaba la puerta de mi dormitorio como sacaba aquella voz melosa llena de palabras de paz y amor que me había vendido cuando la conocí. Yo, alejada de la puerta, temblaba histérica. No podía respirar, mareada, perturbada. Como aquella negra me metiese una hostia, me dejaba KO. Concluida su última ración de maltrato, escuché el sonido seco de la puerta. «¿Me estará engañando para que salga?», pensaba.

Me planteé llamar a la policía. No lo hice, pedí un taxi y en treinta angustiosos minutos vacié aquella habitación. Sentí alivio cuando salí de allí. Confieso que seguía asustada, pero todavía era capaz de pensar, me llevé las llaves.

Directa a casa de Carmen.

Mi amiga organizó a sus compañeras de piso de tal forma que en veinte minutos Pilar, una de ellas, me daba la bienvenida a mi hogar improvisado en pijama, viejo y roto, pelos de loca y un café. Carmen me lo había descrito anteriormente, pero no os hacéis una idea de cómo era aquel apartamento de un bloque gris distribuido cual colmena. La moqueta azul abarcaba tres pasos de estrecho pasillo que conectaba a la derecha con un baño minúsculo y a la izquierda con la famosa habitación premio para quien se lo ganase esa semana. La «grande», al final, era la que compartían las otras tres. El salón, más amplio, contaba con dos sofás, daba a una cocina de dos metros cuadrados y a un minúsculo balcón que aportaba algo más de amplitud a la sala de estar. Intenté colocar mis pertenencias donde no molestaran pero era imposible.

—Dormirás con las chicas, no te preocupes —comentaba sin levantar la vista del teclado, concentrada en aquel artículo sobre la nueva ultraderecha europea «por el que me pagarán una mierda, como siempre... Cuatro meses de investigación para que lo publiquen una vez y tenga que dar las gracias...».

Pilar era caótica y superdotada. Escribía para una revista política de prestigio internacional, trabajaba en una pequeña radio de la ciudad, acababa de obtener el segundo premio de fotografía en movimiento de la World Press Photo y se planteaba dejar todo para conocer mundo como guía turística. Eso sí, el acento de Jaén lo llevaba en la sangre y por eso no le dejaban locutar, aunque cada una de sus palabras estuviese cuidadosamente meditada.

—Deja todo por donde puedas y quédate mis llaves. Me voy. —Y se fue.

«Encantada de conocerte, Pilar», pensé. Carmen ya me había advertido de que era una muchacha peculiar pero con buen fondo. Me senté en la que esa noche sería mi cama y redacté: «Mamá, llámame en cuanto puedas. Me he cambiado de casa». No tardó ni dos minutos en sonar el teléfono. Unos cuantos más me costó ponerla al día sin que dejase de increpar a mi antigua compañera de piso.

—Aún me tiene que devolver el dinero de la fianza.

—Que vaya alguien por ti... No pases mal trago.

—Sí, ¿quién va a ir, mamá? Voy yo, no pasa nada.

—Hija, te enviamos algo de dinero y ya nos lo devolverás.

—No —corté. Sabía de sobra que ellos veían esta aventura como un capricho. «¡Con lo bien que estaría en casa!», diría mi madre. Sí, precisamente, en casa y sin trabajo.

Estaba acojonada y no podía permitir que lo sospechara si no quería preocuparla más.

Colgué y me quedé una media hora más mirando al techo, sin pensar. Al cabo de ese tiempo salté como un resorte y me puse en marcha. Buscaba un cíber, volviendo a mis doce años, desde el que poder hacer una búsqueda intensiva de hogar. Tuve que desplazarme hasta la calle principal, East Road, para encontrar una tienda similar a donde me habían liberado la tarjeta del móvil. Vendían de todo y nada en particular y estaba regentada por indios, como la mayoría. Bajé unas escaleras de caracol de madera. El sótano del bazar servía de almacén y, entre todas aquellas cajas y demás objetos envueltos en plástico, encontré una mesa con un ordenador retro, es decir, de los ochenta. Color crema, pantalla con culo y teclas altas y duras, de las que hacen mucho ruido.

Una mujer con velo y rasgos indios gritaba al auricular en un idioma que yo desconocía desde una de las cabinas del improvisado locutorio. La niña, intuyo que hija o nieta, jugaba sentada en el umbral de la puerta del cuartucho con una muñeca a la que intentaba peinar como ella. Se había hecho un chicho ladeado en lo alto de la cabeza. Le sonreí, se escondió.

Me metí con desgana en las famosas páginas de alquiler sin que ninguno de los cuchitriles que ofertaban me lograse convencer a pesar de mi desesperada situación. Mi presupuesto solo daba para compartir piso con varias personas más en la zona tres, lejos, muy lejos del centro, y la apariencia de aquellas viviendas transmitía un olor nauseabundo que, por muy necesitada que estuviese, no estaba dispuesta a aguantar.

El bucle de agobio en el que entraba desapareció cuando una *barbie* empezó a desfilar por el teclado. Me giré y allí estaba la pequeña aburrida de conversar sola con su muñeca.

—¿Me la dejas?

Asintió.

—Cuando yo tenía tu edad, mi madre me enseñó a hacer la trenza de las princesas.

La niña abría sus grandes y oscuros ojos que miraban fijamente mis manos entrelazadas en el cabello del juguete.

—Se llama trenza «espiga» —se lo dije en castellano porque así quería que lo aprendiese.

—Espiga —repitió.

—Y solo las princesas pueden llevarlas... —proseguí. Me enternecía.

Creo que fue la primera vez que realmente no pensé en mí, en mi disfrute, en mis problemas... Quería hacer feliz a aquella niña de la que no conocía ni su nombre. Terminé con la trenza y se la devolví. Me volvió a sonreír y se dirigió a su madre dando saltos con la muñeca en alto. La mujer colgó el teléfono, me miró con cara de malas pulgas y arrastró a la muchachita escaleras arriba. Ella seguía sin quitarme ojo, ni yo a ella. «Gracias», musité.

Estaba triste, muy triste, me sentía vacía, incomprendida. Todo lo que hacía carecía de sentido. No sabía hacia dónde iba ni en qué dirección, solo caminaba para no quedarme atrás, sola.

Un whatsapp me recordó en qué punto estaba.

«¿Dónde están las llaves?», era Kelly.

El desasosiego volvió a mi pecho.

«Las tengo yo», respondí. Seguía en línea.

«Las quiero esta noche», sentenció.

Ahí me cagué. ¿Cómo que las quería esa noche? Imagino que llegó, vio la habitación vacía, buscó encabronada las llaves sin encontrarlas y me estaba escribiendo en pleno mosqueo.

«Y yo mi dinero», contesté sacando la dignidad del centro de la tierra, donde llevaba rato escondida.

«Esta noche lo tendrás». Y salió de WhatsApp.

La angustia se apoderó de nuevo de mi cuerpo y mente. Gumtree y Spareroom pasaron a un segundo plano. Solo quería zanjar el tema con Kelly y que desapareciese de mi vida para siempre.

Entre unas cosas y otras ya era media tarde. Carmen estaría a punto de salir y prefería entrar en casa con ella.

—Andrea, ya te he dicho que te puedes quedar en mi casa sin problema todo el tiempo que necesites.

—Ya, pero no quiero molestar, quiero instalarme de una puta vez en la ciudad y empezar a vivir.

—Mi niña, aquí no se vive, se trabaja.

Tenía razón, muy poco tiempo había para el ocio en aquella oscura y dura ciudad en la que solo unos pocos con dinero disfrutaban de la amplia oferta cultural, social e histórica de Londres.

Carmen había cancelado su cita con Pedro para acompañarme a por la pasta, pero finalmente preferí ir sola. Antes de regresar a la pesadilla de hogar, me dejé llevar por mis botas hasta Kensington Park. Agradecí en el instante en que lo pisé haber descubierto aquel idílico lugar, situado al oeste de Hyde Park, médula de grandes festivales y ajeno a todo el barullo del tráfico, los viandantes y el folclore británico. La hierba todavía estaba húmeda. Daba igual, solo observaba el cielo pesimista, como yo entonces: ¿cuándo empezaría a aclarar el horizonte? Hasta marzo no iba a ver muchos rayos de sol, deseando que al menos el mío no tardase tanto.

Me arrepentí de haberle comentado a mi madre, aunque muy por encima, los incidentes con mi casera. Porque no sabía inglés y le daban pánico los aviones, si no ya se hubiese plantado en la casa con una denuncia sacada de la manga exigiendo la devolución del dinero. Así era ella, como todas las madres, imagino, cruzando mares por proteger a los suyos.

La lluvia me limpió la ñoñería y alguna lágrima de más. Con más fuerza que pena visualicé mi objetivo esa noche.

En el trayecto oscureció. Esas calles, a pesar de su cercanía con la gran Old Street y Hoxton, eran bastante inquietantes una vez caía el sol, aunque cuando una se pone el mundo por montera poco importa lo que haya que llegar a esquivar.

«Te espero en casa». Carmen estaba preocupada.

Llegué a mi exportal y retrocedí. Estaba asustada. Tomé aire y llamé al telefonillo. No hubo respuesta. Mis calcetines estaban calados y empezaba a estornudar. Volví a llamar, nada. Una vecina salía del portal, me reconoció y aproveché para colarme. La subida en el ascensor del terror daba todavía más pánico del habitual. Delante de la puerta de la que había huido aquella mañana me armé de valor y me enfrenté al problema.

—Pasa, está abierta. —Escuché su aguda voz al fondo.

Me dirigí a la sala de estar más iluminada de lo normal y sin su aroma característico a hierba quemada. Agradable al principio, vomitivo al final. Me quedé parada en la puerta.

—Deja las llaves y vete —largó sin mirarme, prosiguiendo la conversación con su guardaespaldas particular.

Apreté las llaves en mi puño. Me sudaban las manos.

—Y... ¿el dinero? —Mi voz sonaba más temblorosa de lo que esperaba.

—Deja las llaves y vete —repitió amenazante.

Impávida, no supe reaccionar. ¿Qué podía hacer? Me imaginé abalanzándome sobre ella y arrancando su multicolor cabellera, saliendo triunfal de la amargura con una trenza rosa en una mano y trescientas libras en la otra.

—¿No me has escuchado? —Entonces sí se giró, yo le devolví la mirada—. Andrea, devuélveme las llaves y vete de mi casa.

—Y ¿el dinero? —logré decir.

—Mañana.

—¿Pero...? —Me di pena a mí misma. La expresión del cordero degollado me venía al pelo.

—¿No me has entendido? ¡Deja las putas llaves y sal de mi vista! —Gritó. Siempre había evitado los conflictos y los gestionaba muy mal. Posé las llaves en la mesilla que sostenía una lamparilla al lado de la puerta, sabiéndome ya estafada.

—Espero tu llamada —alcancé a decir.

No obtuve respuesta. Media vuelta, cabizbaja, me fui. Antes de llegar a la puerta escuché por última vez sus retorcidas carcajadas.

Había parado de llover. Volví sobre mis pasos hacia la casa de mi amiga. Allí me esperaba, pendiente de darme todos los ánimos que ni ella era capaz de regalarse a sí misma. Me abrazó.

—¡¡¡¡Al menos vas a cenar en condiciones!!!!

Una mesa rectangular repleta de sándwiches variados y yogures con granola y fruta daban la bienvenida a la sala principal. Otra de sus compañeras trabajaba en una de las famosas cadenas de comida rápida que tanto frecuentábamos y recogía los sobrantes que les obligaban a tirar al contenedor diariamente para evitar el gasto alimentario. El vino no faltaba. Tampoco los *mince pies,* pasteles típicos en la Navidad británica hechos de pasta quebrada rellena de una mezcla de fruta picada, acompañados de helado de vainilla. Muy *british* y muy buenos. Extrañé el turrón.

Pasadas las doce Pilar, Carmen y yo compartimos alcoba. La morriña volvió a cobrar sentido, aunque no tardó en esfumarse en cuanto entendimos que los murmullos de Pilar eran plegarias a las estampitas de los siete santos pegadas a lo largo de la pared de uno de los laterales de la cama. El ataque de risa sirvió para disimular alguna lágrima más antes de intentar cerrar los ojos, imposible con la serenata de ronquidos que nos dio la veinteañera de la cama paralela.

—Lo siento, Andrea, no tengo más tapones.

¡Bendita Carmen! Le di un beso de agradecimiento en la frente y apreté los párpados deseando que ese esfuerzo me indujese a un sueño profundo. Entonces apareció él, Peter Harman.

15

Me levanté sin hacer ruido y de otro humor, mejor. Imposible dormir más con los rugidos de la reina leona. Esa respiración profunda no era normal. Ni los efectivos chasquidos de lengua surtían efecto. Carmen llegó a taparle la nariz para que se despertase y nos permitiese, al menos, conciliar el sueño. Ni con esas.

De puntillas y despacio recogí mi ropa y me metí en la ducha. Por fin, una alcachofa de la que salía un potente chorro caliente. Llegué a pensar que no existían allí. Me alisé el pelo, ya casi media melena, y mientras me lavaba los dientes descubrí el estuche de maquillaje de mi amiga. Necesitaba un poco de colorete para disimular aquella cara demacrada. Esa fue la excusa para tirar de un toque sutil de máscara de pestañas, polvos bronceadores y brillo en los labios. Mi antiguo yo apareció en el espejo. ¿O realmente ese era mi verdadero yo? Coqueta, fresca, risueña, vital. Demasiado temprano para pararme en dilemas existenciales.

Aparqué las botas moteras y me subí en unas cuatro centímetros más altas. La actitud fluía sola.

Seis grados a esas horas intempestivas y no llovía. Repasé los titulares del periódico gratuito del metro, pasé a por el *double shot* de café antes de entrar a la academia y llamar a la puerta del despacho de mi tutor.

—*Morning*, Andrea. ¿Va todo bien?

—¿Crees que ya tengo buen nivel de inglés? —espeté.

—Por supuesto. Aún tienes que pulir mucho para ser bilingüe, pero te expresas y entiendes muy bien —reaccionó rápido, como si ya estuviese acostumbrado a ese tipo de abordajes.

—¿Tan bien como para acudir a la fundación que me mostraste?

—Mmmm… Necesitas aprender términos específicos, pero, no te preocupes, yo te ayudaré. —Era lo que quería escuchar.

—Gracias, Phillipe.

Repito, no sé si era la actitud, pero sospechaba que iba a ser un gran día.

Las tres horas pasaron como un rayo. Clase fructífera basada en cómo utilizar los verbos auxiliares en oraciones para expresar acuerdo y desacuerdo que pondría en práctica con el primero que se cruzara en mi camino. Tenía ganas de conversar.

Entré por el comercio más saltarina y cariñosa de lo normal, según comentó Sahid, al que planté dos besos con ruido nada más llegar.

Del probador al almacén, del almacén a la ronda de reposición, vuelta al almacén y de repente él. Más jovial, en vaqueros, camisa y «pisamierdas». No sé si el aspecto informal se debía a que era viernes o que el hermano con rollazo de Peter había salido a la luz. Suspiré, mierda.

La mayor parte del personal había salido a comer. Estábamos prácticamente solos y yo seguía haciendo como si aquella sesión de maquillaje matutina y las alzas fuesen algo rutinario en mi vida.

No nos dirigimos la palabra ni la mirada. Él estaba haciendo números, revisando albaranes o lo que fuera y esto le daba un aire muy interesante, más culto. Me monté una paja mental para aproximarme, reponiendo varias prendas frente al punto en el que él llevaba un rato concentrado, o eso parecía. Pasé por delante, coloqué unos pantalones; volví a pasar con las camisas. En la tercera vuelta…, entonces sí.

—Eres preciosa —murmuró. ¡Eso dijo, señores! ¿Qué os parece? Sin levantar la vista y escribiendo en uno de los folios con cuentas. Eso es estar muy seguro de uno mismo o ser un chulo de mierda. A esas alturas empezaba a quedarme con lo primero.

Inevitablemente me ruboricé. Ahora sí me observaba. Sonreí apocada, bajé la cabeza y reanudé mi ronda.

—Eres preciosa. ¡Pre-cio-sa! ¡Eso me ha dicho! —exclamaba entre caladas media hora más tarde.

—¡An!, ¡por favor! Te quiere llevar a su terreno. Está claro. —Polina siempre a la defensiva.

—¡Ay! ¡Ay! ¡Ay! No puedo con él, qué tío más arrogante. —Suspiraba Carmen con desidia antes de incorporarse al turno de tarde.

—Y tú ¿qué hiciste? —preguntó Polina.

—Yo, nada, no contesté. Hice como si no lo hubiese escuchado. —Utilicé un tono chulesco muy lejano a mi reacción real.

—Si es que cuando se encapricha con algo... —comentó Carmen.

—Pues conmigo lo lleva claro... —respondí manteniendo la actitud.

—Andrea —interrumpió Polina—, Peter tiene novia...

Nos quedamos calladas el tiempo que duró la última calada a mi cigarro.

Automáticamente, me puse a la defensiva y me encendí otro.

—¿Y? ¡No soy yo la que tiene pareja! Él verá lo que hace... —Todavía estaba algo descompuesta por el «insignificante» detalle.

—Ahí se la doy, Polina —se posicionó Carmen.

—Pues yo no... Lo he visto mil veces tontear con...

—¡Polina! —corté—. No te preocupes, no va a pasar nada, lo tengo muy claro.

Los veinte minutos de cigarro de liar y café tardío ayudaron a reconducir la situación. A la vuelta me esperaba Sahid para informarme de que tenía una oferta que no podría rechazar.

Al principio bromeé con cierta arrogancia.

—Dudo que me vayas a ofrecer algo que me benefi-
cie... —Estaba equivocada.

Habían decidido subirme el sueldo a seis con cincuenta la hora y me otorgaban una semana de vacaciones para que
pudiese disfrutar de la Navidad en familia. Al parecer, Sahid
no se había olvidado de la entrevista de trabajo que tenía
aquella misma tarde. Yo, con la cabeza en..., bueno, ya sabéis..., en otro lado, ni me había acordado. ¿Era Peter el que
me estaba reteniendo o Sahid quien le había convencido para que me quedase con los números de ventas en la mano?

—Pero no se lo digas a nadie —pidió Sahid para no
abrir la veda entre los compañeros.

—No te preocupes... —le tranquilicé—. ¡¡¡Gracias,
Sahid!!!

—No me las des a mí...

Cinco minutos después estaba dándole la buena nueva a mi hermana, quien no tardó en enviarme las combina-
ciones de vuelos más económicas. Todas pasaban por Oporto, aeropuerto por lo visto más competente y menos
competitivo que los tres gallegos. No me podía permitir ni
un tren para dar un paseíto por Cambridge, así que el radio
de sorpresa familiar quedó reducido a una única persona,
mi madre, recaudando fondos para la causa entre primos,
tíos y padre, cómplices de la visita inesperada. Volvía a casa
por Navidad, como el turrón.

A eso de las seis de la tarde, la gabardina beis de Bels-
taff y el maletín de cuero desgastado de Jason Wu estaban
a punto de salir por la puerta. Yo le miraba de reojo mientras le explicaba a una clienta las virtudes de la lana fría,

deseando que no se diera la vuelta y poder rebajar así la tensión. Se giró. Me buscó directamente. Solo pude vocalizar: *«Thank you»*. Me devolvió un fugaz guiño y se marchó.

Sabía perfectamente que él había sido el artífice de mi excursión navideña y de la recompensa salarial. ¿Cómo era posible que un mes antes estuviésemos discutiendo a grito pelado y ahora valorase mis méritos profesionales y se preocupase por mi bienestar emocional? «Qué putada que tenga novia», pensé. El *fair play* se había acabado.

—¿Acabo de ver lo que creo que acabo de ver? —Polina había presenciado la conexión no verbal entre emisor y receptor desde un punto intermedio que yo, por lo visto, había obviado por completo sumamente centrada en mi interlocutor.

—¿Qué? —pregunté ausente.

—¿Cómo que qué? ¿Esa complicidad de dónde sale?

—Joder, Polina, ¿quién eres, mi madre?

Me observó desconfiada. Era solo un tonteo, una partida, sin más, en la que tenía que estudiar a fondo al adversario para derrotarle a lo grande. En serio, no era de esas. No me lo iba a tirar.

Había prometido a Sahid no contar nada, pero me sentí acorralada y canté. ¿Qué podía hacer? En ocasiones, el carácter de Polina podía llegar a ser tan avasallador que dejaba en bragas a cualquiera. Mi explicación la tranquilizó.

Aunque aquella pequeña provocación de Peter, al parecer, tampoco había pasado inadvertida para algún que otro compañero de planta. Estaba siendo un día muy completo.

Carmen salió antes y prometió esperarme en casa con palomitas de mantequilla y peli para celebrar mis merecidas vacaciones.

El resto de la tarde me tocaba almacén. Cómo lo odiaba. Era como el aula de castigo, un lugar de reflexiones negativas. Los tubos de luz blanca cegadora y parpadeantes, y el mar de cajas y textil hacían perder la noción del tiempo y de la vida. «Para esto he estudiado yo tanto». Por lo menos tenía música y mis viajes astrales, que siempre ayudaban a perder la noción del tiempo. Ya había llegado a Monteferro cuando...

—¡Andrea! —Polina entró como una exhalación y de un tirón me levantó del asiento de jerséis que había construido para aislarme del gélido suelo. Mientras nos asomábamos a las escaleras se llevaba el dedo índice a la boca pidiendo discreción.

—Pero ¿qué ocurre? —No entendía nada. Nos estábamos escondiendo.

—Es Peter, acaba de entrar en la tienda.

Esa sensación de aire pesado volvió a mi pecho.

—¡¡¡¡¡¡¡Acaba de llegar empapado pidiendo un paraguas y huele a alcohol!!!!!!! —exclamó Polina.

¿¿¿¿¿¿¿El impecable Peter Harman la estaba pifiando??????? Una risilla nerviosa salió de mi estómago.

—Andrea... —Me miró Polina—. ¡¡¡¡Está preguntando por ti!!!!

—¿Qué? —No pude disimular. Me halagaba confirmar que mi intuición femenina seguía funcionando... A lo mejor le gustaba...

—¡¡¡Menudo hijo de la gran puta!!! Con novia y… —Enmudeció y acto seguido exclamó—: ¡¡¡A lo mejor le gustas de verdad!!! ¡OH, MY GOD! ¡Le gustas a Peter Harman! —Sus susurros se agudizaban al final de las frases. Sin embargo, podía leer su mente: Polina iba a utilizar la situación para joderle hasta dejarlo seco. Bueno, más bien me iba a utilizar a mí. ¡Qué gran estratega!

—¡Polina! ¿Qué dices? ¡Está borracho! —No me lo creí ni yo. Ese rollo de «conmigo no va la cosa» con un evidente grado de efervescencia era totalmente inverosímil.

—¡Corre! ¡Corre, que viene! —alertó.

Los zapatos de Peter asomaban en el primer escalón de la planta superior. Salí disparada hacia el búnker. No me podía quedar allí encerrada sin saber lo que estaba pasando fuera. ¡Por un día que teníamos algo de movimiento!

Desde una rendija pude observar a Polina realizando aspavientos a un petrificado y chorreante Peter, situado un peldaño por encima de ella. Imaginé que le estaría chantajeando o amenazando. No sé qué le diría, pero consiguió que se fuese. Ahí me percaté de lo que le seguía pasando a mis piernas cada vez que entraba en plano el señor Harman. Me bloqueaba, el autocontrol desaparecía de mi cuerpo.

La hora previa al cierre se me hizo eterna. Deseaba que Polina o alguien entrase por la puerta y me contase con detalle qué coño había pasado.

Los dos toques en la puerta eran señal de que había llegado el momento más feliz del día para todos. Supervisión de burros, frontales, mesas, recuento de caja y a la calle.

El runrún ensuciaba el ambiente. Entre ellas, entre ellos, Peter estaba en boca de todos y yo también. Polina se colocó a mi lado en la mesa de los pantalones de pinzas que siempre justificaban nuestra demora. Nos reíamos del vergonzoso episodio protagonizado por el jefe arrogante y ebrio. Sahid venía hacia nuestro rincón.

—Se ha enamorado —bromeó sin detenerse.

Era muy típico de él, soltaba coñas como dardos con rostro impertérrito y sin vocalizar, por lo que si no estabas muy cerca de él física y emocionalmente jamás podrías llegar a entenderlas. Poseía cierta retranca que le daba ese toque de gracia a sus comentarios. Le solté una cariñosa coz en la canilla.

—¡Eh!, ¡¡¡cuida a tus mayores, no ves que me han salido mis primeras canas!!! Sin embargo, el pelo de Peter, sedoso y brillante... ¡Mmmmm!, cómo me gusta tocármelo. —Lo imitaba frente al espejo. Era muy gracioso cuando sacaba la vena de loca. Polina y yo no podíamos parar de reír.

Media hora más tarde, se apagaban las luces. En fila nos disponíamos a mostrar bolsos, mochilas y carteras al encargado, o sea Sahid. Nosotras éramos las últimas. Salíamos a cuentagotas.

—Hombre, señor Harman, ¿usted otra vez por aquí? —exclamó la pequeña Surica.

Podía escuchar su nombre a metros de distancia, ojiplática miré a Polina y esta a Sahid, que hizo lo mismo conmigo desde el principio de la cola. Ahora ya no le hacía ni puta gracia.

Avanzaba histérica hacia la puerta escoltada por mi amiga.

Todos se agrupaban en torno a un Peter más dicharachero de lo habitual. En cuanto puse el primer pie en la calle me señaló:

—*Ey! You!*

Se giraron hacia mí. Polina tiró de mi brazo reteniéndome. «No vayas», murmuró. Desconozco de dónde saqué aquel temple pero mantuve la calma y me reí.

—Alguien ha bebido más de un par de cervezas, ¡eh! —bromeé. A algunos se les escapó una risa involuntaria. Yo pedí fuego.

—¡Ven! —ordenó.

Pellizqué en el muslo a Polina, a la que exigí como única amiga presente que no se fuera sin mí. La acompañaban Sahid, Sian y Grace, la *cheerleader* enrollada que ya iba por el segundo cigarro con tal de no perderse el momentazo.

—¿Estás borracho? —pregunté con chulería.

—Un poco. ¿Te contaron que entré en la tienda preguntando por ti? —afirmaba más que cuestionaba, provocando.

—No. —Mentí muy bien—. ¿Preguntaste por mí? A ver, qué he hecho mal esta vez. —Devolví la provocación.

—Me estás volviendo un poco loco.

—Tú ya estás loco…

—Por ti…

Joder, cómo me puse al escuchar aquello. Me miraba directamente a los ojos, delante de otros diez que observaban en la distancia. Aguanté.

No tenía claro hasta qué punto le empezaba a gustar, notaba que estaba ocupando más tiempo del que él desearía en su minicerebro inglés, pero me medía ante un donjuán, un rompecorazones, un *fucker*... Miré de soslayo hacia el grupo de Polina. Esta le apuñalaba con la mirada.

—Vamos, Peter, estás colocado —retomé.

—Sí, algo. —Rio—. Me gustaría invitarte a una copa —propuso.

¡Menudo cabrón! «¿Y a tu chica le gustaría?». No se lo dije, perdería el derbi. Sinceramente, me moría de ganas. En otras circunstancias no sé si hubiese aceptado pero sí hubiera llevado al límite la situación para tantear de qué iba... Fui más sensata, no me podía permitir ser la comidilla de la tienda por haberme ido de copas con el jefe. Además, había sido testigo en varias ocasiones de cómo se las gastaba con mis amigos, Sahid, Polina, Carmen... Ellos eran mi apoyo diario y no podía perderles por el hecho de sentirme tan atraída por lo que claramente era un juego sucio en el que yo estaba a punto de ganar la primera partida.

—No puedo, lo siento. Estoy muy cansada.

—Venga, por favor, solo media hora —rogó, dudé y lo noté. Estaba alucinando. Peter Harman suplicaba una copa conmigo.

—Peter... —Le traté de tú a tú. Fuera, ya no era mi jefe.

—He venido hasta aquí solo por ti. Me he puesto en evidencia delante de mis empleados por verte...

Empezó a llover. Polina, Sahid y Grace se habían quedado solos esperándome. Indiqué que se podían marchar.

Polina me miró a los ojos: «¿Estás segura?», decían los suyos. Asentí. Sahid abrió el paraguas y se fue con cara de malas pulgas, cabizbajo, moviendo la cabeza en señal de desaprobación. La rusa arrastró el resistente brazo de Grace.

—Lo siento. No puedo ni debo. —Solo se quedó con el «ni debo» y lo utilizó.

—Me da igual que la gente nos vea, Andrea. —Era la primera vez que lo pronunciaba, o eso quise pensar, porque en su boca pasó de ser un nombre común a algo más poderoso.

El chaparrón venía precedido de algunos rayos y truenos que avisaban de la que estaba a punto de caer. Empecé a caminar hacia el metro sin mediar palabra. Me seguía.

—Acabo de dejar a mis amigos en un bar solo por verte. Quiero descubrirte —elevó el tono y empezó a llover.

—Otro día… Me voy a casa…

—¡Por favor! —suplicó. Empezaba a incomodarme tanta insistencia. Me giré, caminaba de espaldas.

—Nunca te dicen que no, ¿verdad?

—¡NO! —De una zancada, me agarró del brazo con fuerza.

—Pues bienvenido a mi mundo. —Me solté con brusquedad, y seguí avanzando con paso más lento del que mis piernas hubiesen deseado. La última visión fue la de un Peter empapado junto a la boca de metro de Oxford Circus. No volví la vista hasta que me dejé caer en uno de los vagones de la Central Line. Con un suspiro ahogado asimilaba lo que acababa de pasar. Me sentía abrumada y victoriosa a la vez.

Mi WhatsApp ardía con los mensajes de Polina, a la que tranquilicé con una foto de Carmen enfundada en su pijama de la Pantera Rosa. Pijama que cinco minutos más tarde volvía al cajón tras mis súplicas por salir a tomar el aire y una copa de paso.

La onubense seguía sin creérselo. Tan solo aconsejaba que le ignorase. Era ella la única de nuestra mesa de dos en el Nightjar que me creía demasiada mujer para un déspota como aquel. El ambiente y el *double* ron nos hicieron entrar en calor. Tanto que acabó dejándome las llaves de casa y cogiendo un autobús a la de Pedro, ahora en pleno centro de Liverpool Street y descubridor del multiorgasmo femenino. A mí me quedaba la masturbación como alternativa infalible a mi estrés emocional y físico. Era viernes noche, así que dormí sola, sin soñar.

16

Los sábados la tienda era un completo descontrol con el personal veinteañero más distendido y de resaca. Peter no trabajaba los fines de semana. Hasta Sahid se mostraba más diligente y relajado. Grace, Angie y Fay me ofrecieron un café. Intuyo que esperaban algún titular de la pasada noche, recibiendo un sonriente: «Gracias, no he pegado ojo». ¿Me estaba volviendo una arpía como ellas?

Si la carga de trabajo ya era el triple un sábado corriente, la saturación de clientes el previo a Navidad llevaba a un estado de delirio extremo y, por si fuera poco, aquel día comenzaban las rebajas en todo Reino Unido. Me esperaba una jornada de locos. El uniforme, que consistía en un par de estilismos de temporada por valor de ciento cincuenta libras (cantidad que solo daba para un vaquero y dos camisas si no quería ir con el mismo vestido a diario), fue sustituido por una camiseta de algodón negra con letras en blanco: «I'M ON SALE». El cachondeo de los clientes, sobre todo hombres, era de esperar. Algunas chicas se indignaban por el lema, entre ellas yo, pero no quedaba más remedio que callar y currar.

Los turistas brotaban como gremlins en las vacaciones de invierno, a pesar de los tres grados de máxima y la lluvia.

Estaba a punto de firmar mi salida en el parte de control de empleados para disfrutar de mi más que ganado almuerzo cuando escuché mi nombre perfectamente pronunciado: «¿Andrea?».

Me volví extrañada.

—Pero ¿qué haces aquí?

Joder, Candela Costas, el cerebrito de la facultad y la tía más detestable, perseverante y altiva de la generación perdida, me acababa de pillar doblando ropa en una tienda de Londres.

—Pues... —Estaba avergonzada.

—Creí que ya estarías en la Aemet o algún canal que requiriese tu destreza y pasión por las nubes, donde siempre has estado... —Se burlaba.

—Candela, ¿quién es?, ¿una amiga? —Su padre se acercó por detrás.

—Sí, te presento a Andrea Alonso, una compañera de clase.

—Anda, ¡qué casualidad! ¿De vacaciones? —preguntó muy natural. No hizo falta contestar, mi camiseta de «I'M ON SALE» alertaba de que se estaba generando una situación muy embarazosa—. ¡Ah!, que tú también has venido a perfeccionar el inglés, ¿no? Es la mejor decisión que habéis podido tomar, chicas. —Se escabulló con un par de besos—. Os dejo, que tengo a tu madre en la caja y hay que controlarla.

—Candela, ¿tú vives aquí? —interrogué incrédula.

—Sí, pero solo por unos meses. —Entonces la incómoda era ella—. Quiero acceder a la Internacional Science Society y me estoy tomando una temporada sabática para que mi inglés fluya como en mi Erasmus en Cambridge. *You know...*

Vaya, que tampoco tenía curro en España.

—¡Ahá! —Soné mordaz.

—En fin, te dejo, que tenemos que seguir comprando los regalos para la *Christmas party* familiar. Que se te den bien los pantalones.

Voilà! Ahí estaba yo sufriendo en mis propias carnes el más superficial y actual ejemplo de niño rico/niño pobre. No os preocupéis, no me hundí. Más bien todo lo contrario. A lo largo de la corta conversación me fui viniendo arriba. Yo era dueña de mi vida, ella no. Una vida descontrolada y sin objetivo perfilado pero mía, ya no pertenecía a mis padres. Era una mujer independiente.

Y con este pensamiento en la cabeza, Polina y una servidora regamos la pizza *quattro formaggi* con un copa de pinot grigio a la que nos convidó Michelle, el encargado del bar Remo, a dos pasos del corazón de la compra compulsiva en el que acabábamos deslomadas diariamente.

—¿Cómo está tu padre?

—Bien, se han ido una temporada a Rostov, más seguro pero con sed de venganza...

—Eso suena a peli de mafias...

—Lo es…

No supe qué contestar.

—Sahid está al tanto de la situación —continuó—. Así que me ha dado una semana para ir a verle… Aunque tan solo coincidiré con él en la cena, además me impiden salir de casa por motivos de seguridad…

El tema le disgustaba. Cambié la conversación hacia algo más banal para ella como era la caza de un techo propio. La entretuve buscando pisos desde su *laptop*. A falta de tres días para mi marcha, la búsqueda de un hogar compartía prioridad con la compra del vuelo barato y la trama de la sorpresa en Nochebuena.

Por otro lado, había que dejar los deberes hechos, así que le escribí aunque acongojada: «Kelly, pasaré por tu casa a las nueve. Espero que tengas mi dinero». Para mi sorpresa, hubo contestación: «OK».

La cobardica que llevaba dentro afloró y todos mis pensamientos pasaron por ella y su mirada sombría y desafiante.

Una vez en casa de Carmen, esta insistía en acompañarme, pero mis constantes negativas y una llamada de Pedro la desviaron de su propósito. Me repetía a mí misma que yo ya era «una mujer independiente» que podía afrontar aquello solita.

A menos cuarto estaba cruzando la puerta de tablas de madera que daba acceso al edificio. Casi a tientas llegué al portal azul. Me dio la sensación de que faltaba algún punto de luz. Pulsé el telefonillo, esta vez sí abrió a la primera. Estaba siendo todo demasiado fácil.

Delante de la puerta de la vivienda me detuve unos segundos, llené el pecho de aire y llamé. Nadie contestaba; volví a llamar… Marqué su teléfono, no lo cogía. Se estaba cachondeando de mí, ¡¡¡la muy puta!!! Mis temores se disiparon y la cólera creció desde la boca del estómago, tan vacío como siempre.

En pleno estado de enajenación, que jamás reconoceré en su presencia, empecé a aporrear la puerta amenazando con llamar a la policía si no me dejaba entrar. Los *cops* no iban a hacer nada sin un documento que acreditase que yo era inquilina de aquella vivienda y Kelly lo sabía, como también sabía que se le caería el pelo si encontraban más de dos bolsas de las suyas con la hierba de la felicidad.

—¡Eh, eh!, pero ¿¿¿qué haces??? ¡Eres una puta loca de mierda! ¡Vete a tu país! —Se escuchaba desde el interior a grito pelado.

Paré. Al poco se entreabrió la puerta. La mano del negro de dos por dos con el que retozaba en el sofá del salón me extendió un sobre sin mediar palabra disponiéndose a cerrarme la puerta en las narices.

—¡Un momento, aquí solo hay sesenta libras! —No era momento de ponerse reivindicativa ante aquella torre que me sacaba seis cabezas y apenas distinguía en la oscuridad, pero…

—*GO!* —impuso seguido de un portazo que me advertía que dejara de jugar con fuego si no quería salir mal parada. Me fui por patas. Había perdido la pasta, me había timado.

Llegué a casa de Carmen sulfurada. Sus compañeras me arroparon, como siempre, aunque empezaba a notar algo de pena por el tono de sus palabras. Aquello me llevaba a los demonios. ¿Yo dando lástima? *NO WAY!!!* Pilar, la superdotada, empezó a redactar ella misma una demanda por estafa y maltrato.

—Dejadlo, chicas, es el precio de ser inmigrante, en este caso sin papeles... Volveré con algún piso apalabrado, os lo prometo.

—Andrea, no hay necesidad, relájate y disfruta, te lo mereces... —me tranquilizaba mi amiga.

Ay, mi Carmen, ella sí que se merecía el oro y el moro, contagiando esa actitud positiva a pesar de los escollos. Echaba de menos Huelva, el sol y las gambas al ajillo que preparaba su madre los jueves de fandango. Menos extrañaba a su padre, cazador y militar, con el que apenas hablaba. Le había salido una hija demasiado ligera de cascos para un pueblo de las entrañas de Andalucía. El resto de las muchachas de allí hacía años que estaban casadas y con hijos; su hija, sin embargo, se había descarrilado en Sevilla, con tanto señorito.

Carmen se vio liberada en el momento que cogió las maletas y dijo adiós a su aldea para siempre. Londres era universal, misteriosa, sorprendente... Aprovechaba el contexto para divertirse, para crecer y aprender en esa etapa de su vida, teniendo claro que se quedaría en eso.

De llanto fácil, eso sí, cuando se veía muy superada por las circunstancias, Carmen se venía abajo durante media hora, ignorando el resto que algo no iba bien bajo el brillo de sus ondas azabache. Fue curioso, pero desde el primer día que la vi supe que a partir de entonces tendría su lugar en mi ruta, allá donde fuese. La admiraba.

Yo era más terca, menos paciente y algo peleona, por lo que las hostias me venían a lo grande y sin avisar. Empezaba a acostumbrarme y me levantaba con más fuerza, aunque por aquel entonces flojeaba; sí, necesitaba reposo. Ese que encontraría en casa, la única que tenía.

Los dos días posteriores, por si os estáis preguntando qué pasó con Peter, lo vi, sí, pero me ignoró por completo, mejor. En un primer momento me quedé volada y algo decepcionada, a la espera de algún movimiento que reafirmase sus últimas palabras la noche en la que perdió la vergüenza «por mí». Aquel «… quiero descubrirte…» pululaba por mi cabeza cada vez que nos cruzábamos.

—*Hello* —saludó impasible.

—*Hello* —copié. Y ya, ahí se quedó todo.

Bueno, todo no. Si lo único que pretendía era librarme de los pensamientos que involuntariamente desembocaban en él, con el siguiente episodio conseguí todo lo contrario.

El día anterior a mi marcha, July, la nueva escaparatista, estiraba su cuerpo para intentar despegar una de las letras de Navidad del cristal con una ridícula espátula, digo ridícula porque parecía de juguete. Era mona, eso sí, como ella. Tras varios intentos fallidos, Peter, muy caballeroso, se ofreció a echar una mano. Subió atlético a la tarima del escaparate, se quitó la americana y remangó su camisa, sonrió a July mientras tiraba ligeramente de los pantalones del traje para obtener mayor movilidad remarcando su gran virtud… Pero, cuando logró desprender la dichosa letra, se le cayó la espátula… July se agachó presta a recogerla y al elevar la cabeza… ¡Madre mía! Era imposible retirar la mirada de su abultado paquete… La pobre July se sonrojó, y yo la acompañé al comprobar que la mitad de la sección femenina de la tienda nos habíamos girado para deleitarnos con el espectáculo. Estaba acalorada.

Peter la tomó de la barbilla, levantó a la chica del escaparate y remató la faena con un sensual *«Thank you, July».* Me cuesta reconocerlo pero babeábamos.

Descendió satisfecho de su espontáneo escenario. Tuve la sensación de que de un momento a otro la tienda estallaría en un estruendoso aplauso. Se atusó el pelo, se colocó la chaqueta y retornó satisfecho a la caja central, siendo más que consciente de que era el centro de todas las miradas. Logré cerrar la boca antes de que la sofocada July pasase a mi lado agitando su blusa y exclamando: *«That's huge!!!».* ¡Caramba, July! Me chocó esa reacción en su boca aunque sí, tenía toda la razón.

Salvo en esa singular ocasión, coincidimos poco o nada. Su jornada terminaba a las cuatro de la tarde y la mía empezaba a las doce. Supuse que estaría abochornado tras su actuación estelar el día de la borrachera frente a un público que sentía que había dejado de respetarlo: sus empleados. Por lo que comentaban en los corrillos, estaba más malhumorado que nunca y, como siempre, lo pagaba con Sahid, al que reprochaba que no se hacía respetar en la venta y en el trato con el cliente, concluyendo su regañina salida de tono con la tan extendida frase: «… Y si no te gusta, ya sabes dónde está la puerta…».

Lo volví a odiar. Preferí incluso haberlo perdido de vista y evitar así algún arrebato de ira que me pusiese a mí de patitas en la acera, literalmente congelada. Además, mi aumento de peso hacía menguar mi autoestima. Había engordado ¡¡¡cinco kilos!!! desde que montábamos las *«Spanish dinners»*. Yo ponía el chorizo, Carmen el vino y Pedro la casa y la tortilla de patatas. Bueno, los Bountys, Kit Kats de crema de cacahuete, *waffles...* que se acumulaban en mis hermosas cartucheras también tenían algo de culpa. En mi vida había comido tanta chocolatina junta y a diario. Otra de las consecuencias del maravilloso clima británico.

Carmen decidió coger vacaciones hasta Reyes y llevarse a Pedro con ella. La fuerte riña no hizo más que reforzarles como pareja. ¡¡¡Iba a presentárselo a sus padres!!! La verdad es que era un chaval majo, currante y divertido. La miraba embobado; y, aunque ella se hiciera la chulita, se moría por los huesos del toledano.

Yo regresaría para darle la bienvenida al año nuevo currando y, para evitar que me entrasen los agobios con el tema piso, mi amiga obligó a sus compañeras de moqueta a que me convenciesen una por una de que mis pertenencias no estorbaban en su minúsculo hogar. Y lo hicieron, las dejaría allí hasta la vuelta, para cuando esperaba tener tanteadas ya un par de moradas desde Galicia, mi verdadero hogar.

17

El vuelo con destino a Santiago de Compostela salía de Stansted a las seis menos cuarto de la mañana. Viaje inverso al de meses atrás. El bus, a las cuatro en la parada de Liverpool Street Station, llegaba a las cinco al aeropuerto.

A las tres sonó la alarma. Carmen no había dormido esa noche en casa, así que ni me pude despedir de ella. A las tres y veinte estaba cogiendo un taxi, sin efectivo, siempre tan prudente. Consideraba que no hacía falta preguntar si podía pagarle con tarjeta, pero lo hice.

—No, madame, no aceptamos pago electrónico, pero le paro en un cajero, no se preocupe.

No me paró en uno, sino en tres, sin que ninguna de mis tarjetas me diese la opción de marcar el pin. En el cuarto cajero el taxista empezó a inquietarse, yo también.

—Lo siento, no sé qué pasa con las tarjetas… —Estaba al borde de la desesperación—. ¿No tiene un datáfono en la central o…?

Su silenció me calló y pasadas unas cuatro calles me di cuenta de que nos estábamos desviando.

—Perdone, pero…

—¡¡¡Bájese del coche!!! —ordenó.

—¿Cómo? —pregunté indignada.

—Que se baje del coche… —repitió en un tono más suave.

Me bajé, el taxista negro de mediana edad iba uniformado. De constitución robusta, descargó mi maleta.

—Entre —me indicó.

Aquel cuchitril mugriento con luces de neón en la entrada era la central que coordinaba los taxis. El conductor me empujó hacia una ventanilla de madera roída reteniendo mi maleta contra un banco de aglomerado de no más de un metro de largo. Antes de que pudiese asomarme para aclarar la situación, un hombre con boina abrió enérgicamente la fina puerta de contrachapado blanca contigua a esta. Unos sesenta años debía de tener, su boina también. Por las pintas, bien podría haber salido de algún concierto de Chuck Berry en el Saint Louis de los cincuenta. Hago referencia al señor Berry porque sonaba *Johnny B. Goode* en aquel instante y me hizo gracia. La tensión, ya sabéis.

Con tono autoritario parecía recriminarle a mi chófer que yo estuviese allí. Esa fue la conclusión que saqué entre los gritos y gestos que me inculpaban. No sé en qué idioma hablaban, pero os aseguro que no era inglés. Ni una palabra.

¡Las cuatro menos cuarto! Faltaban quince minutos para que mi autobús me dejase tirada. Histérica, me metí en medio de la discusión con la tarjeta de crédito en mano.

—Disculpen, si tienen un datáfono yo les pago la carrera y listo —titubeaba. Ahora sí estaba desesperada.

El amigo de la boina se giró hacia a mí con ojos enfurecidos, escupiendo unas cuantas palabras que me hicieron retroceder hasta el umbral de la salida. Allí me empujó con fuerza y lanzó mi maleta detrás. Se hizo el silencio.

Me sentí insultada, degradada, como una delincuente tirada en plena calle y con el sofocón en el cuerpo.

Después del shock, observé a mi alrededor: nadie ni nada reconocible. Eché a andar aterida por la callejuela desierta. Eran las cuatro y veinte de la mañana. Había perdido el bus.

Llamé a Carmen, buzón de voz. Polina, en Rostov. A lo lejos divisé una calle principal, reconociendo la estación de King's Cross St. Pancras. Estación concurrida durante el día que a esas horas se erguía solitaria, como yo. Estaba asustada y el eco de mi escandalosa maleta no ayudaba. Volví a comprobar en otro cajero que mi carácter confiado, despreocupado, me estaba jugando una mala pasada, ¿qué digo mala? La peor. No llegaba al vuelo, no llegaba a casa.

La figura de un viadante en sentido contrario me alertó. Tenía los nervios a flor de piel. Una vez superada la amenaza, los ojos se me empezaron a llenar de lágrimas. Cogí el teléfono, contactos: mamá, papá, cebolla... ¿Qué iban a hacer, teletransportarse? No, infartar, al menos mi madre. Lo apagué.

Eran las cinco, embarcaba en una hora. «Rápido, problema-solución». Me lancé a la carretera y paré al primer taxi. Al contarle el caso, arrancó. Con el segundo me pasó lo mismo. Pasaron quince minutos más caminando hacia ninguna parte. Un *black cab* me salvó de aquella angustiosa noche. El triple de caro que un taxi común, me transportó derrotada al aeropuerto con la incertidumbre de si la tarjeta pasaría o no. Ciento cincuenta libras de regalo de Navidad. Pasó, aunque desconfiado pidió número bancario completo, DNI y dirección paterna en España, hacia donde huía sin estar segura de si la volvería a dejar.

Aterricé destemplada, agotada, hundida. Me había despertado la voz del avión dando la bienvenida en varios idiomas, adquiriendo mayor calidez cuando lo hizo en gallego. La pancarta de «WELLCOME» que mi padre y mi hermana se habían currado en un rectángulo de cartón me avergonzó un poquito. Era un manojo de nervios. «Ay, qué flaquiña estás, un saco de huesos». El día que mi madre dijese lo contrario es que padecería sobrepeso. Me derrumbé. Estaba en casa.

Pulpo á feira y pimientos de padrón para entrar en calor, seguido de un rodaballo salvaje sobre una cama de patatas asadas, zanahoria y cebolla, acompañado de un albariño de bodegas La Val. «Con agua flota, *miña* nena», eso decía el abuelo, que no concebía una comida sin vino y él mandaba. Devoré, pese a que me costaba masticar con mi madre adherida cual lapa besucona.

Pensar que en alguna época había llegado a aborrecer aquellos exquisitos platos. No sé, habrá a quien le gusten las untuosas salsas con las que aderezan todo en Londres, las frituras, las mantequillas… Sin embargo, cuando el paladar está hecho a una materia prima de calidad ni se te ocurre disfrazarla con sabores universales. Además, mi estómago agradecía una cocina más natural aunque copiosa. Si no quería hacerle un feo a mi abuela, a nadie se le ocurría levantarse de la mesa sin repetir. Para ella, era la manera de comprobar que había tenido éxito. Mi padre mordisqueaba un palillo en una esquina de la mesa.

—Pasas hambre, ¿eh? —bromeó irónico.

—¡¡¡Qué va!!! —mentí. Como para reconocer delante de mi madre que me alimentaba a base de sándwiches y alcohol—. Esto está delicioso, abuela.

—¿Y el trabajo? —preguntó mi hermana.

—¡Bien! Muy bien. Soy la empleada del mes…

Silencio abochornante.

—Se podría decir que casi soy bilingüe gracias a ello —continué—. Lo que aprendo en la academia luego lo pongo en práctica allí… —Me sabía el discurso a pies juntillas. Me justificaba.

¿A quién pretendía engañar? ¿A mi familia?

—Seguro que hace mucho frío… —prosiguió mi madre.

—No creas, el abrigo que me enviaste hasta me hace sudar —seguía mintiendo. Por supuesto, no iba a mencionar las grietas de mis heladas manos.

Estaba muy incómoda. No quería que se preocupasen ni tampoco que intuyesen que estaba fracasando en mi nuevo «proyecto».

—Todos los principios son duros, Andrea. Yo recuerdo cuando… —arrancó el abuelo.

Mi hermana le cortó:

—Abuelo, otra vez no.

Sahid, Polina y Carmen salieron en el postre y el incidente suavizado con Kelly en el café, que impacientó a mi madre hasta la siesta. La siesta, un lujo en aquella *chaise longue* gris marengo (entonces ya controlaba de gamas) a la que se sumaron mi hermana en el centro y mi padre en la otra punta. Los abuelos en sus butacas y mi madre sentada en un puf a mi lado, con tal de verme descansar, feliz, tranquila. Me acariciaba la frente como cuando era pequeña. Tantas ganas de crecer, de hacerme mayor, desaprovechando etapas y adelantándome a la vida. Para entonces, con su mano en mi pelo, miraba atrás y anhelaba lo que ya había tenido y jamás volvería. Caí derrotada.

Era de noche cuando desperté. No sé cuántas horas llevaba de sueño, pero notaba el cuerpo apaleado, débil. Tenía muy claras mis prioridades en aquellos días: comer, dormir y depilarme las cejas, que ya me acercaban al Frida Kahlo's *look*. Esas eran las prioridades hasta que Rebeca se plantó en mi casa: «Hoy se sale».

Las cosas habían cambiado en la noche viguesa entrado el invierno. Nuestro croquis de fiesta tradicional, cañas, vinos, cena en la Alameda y copa en Churruca variaría drásticamente.

Adelanté que por mi parte aquella ruta no la podía llevar a cabo con veinte euros que me había metido mi madre en el peto para «el taxi». De todos modos, según comentaba mi mejor amiga: «La gente ya no sale», «Esto está hundido» o «Coruña mola más». Creo que tenía un ligue por allí.

Era cierto, la zona vieja, antaño plagada de gente hasta bien caída la noche, estaba desangelada.

El reto era revitalizarla. Y allá fuimos.

Rebeca se adelantaba para que no me faltara una cerveza en la mano. Me jodía, mucho. Aquellos veinte euros daban para el café de cinco días, sí, pero todavía podía pagarme una birra. Fue imposible declinar la invitación, básicamente porque se las apañaba para que no me sintiese invitada. Rebeca era dermatóloga pero, tal y como estaba el patio, se dedicaba a depilar ingles en un centro láser.

Aliviamos nuestras frustraciones existenciales a golpe de Estrella Galicia. Rajamos como cotorras... Del trabajo a la fotodepilación, pasando por Diego, Manuel, Jorge, Daniel y... Peter.

—Te lo has tirado, ¿no?

—No.

—¿Al menos se la habrás chupado?

—Re, no, es mi jefe y no...

—¿No qué?, tampoco es el trabajo de tu vida... —insistía.

—¡¡¡¡Que no, joder!!!! Que no me gusta. Es un gilipollas —estallé.

—Venga, va, ¿a quién quieres engañar? —Así desmontó mi rabieta.

—¡¡¡¡Tiene novia, Rebeca!!!! —exclamé.

Chupito de licor de café y se acabó el tema.

La lluvia acariciaba, sin atosigar. Nos movimos de garito en la rúa Real. Llamábamos más la atención de lo que hubiésemos deseado en plena fase de exaltación de la amistad.

A punto estábamos de entrar en La Consentida cuando Rebeca se paró en seco y se giró lentamente. Sus ojos gritaban: «Alerta, alerta, acabo de encontrar algo que nos puede joder la noche». Era todo demasiado evidente como para dar media vuelta. Me quedé petrificada.

—Hola, Andrea.

—¿Qué tal, Carlos? —pregunté por preguntar con un amago de sonrisa. Me meaba encima, de los nervios, claro.

La muy cabrona hizo bomba de humo.

—Estás muy guapa.

«Mentiroso», pensé.

Utilicé a su pandilla de amigos de excusa, repartiendo besos y contando las maravillas de vivir en London, imprescindible para obtener un buen nivel de inglés y donde me iba de fábula.

Se me bajó el *morao*. Apuramos la copa para salir de allí con dignidad. Imposible. Alguno de los amigos de Carlos y Rebeca se conocían desde hacía mucho tiempo… Vamos, que se habían liado. La tensión en la ebria madrugada se cortaba con hilo.

Carlos, muy propio de él, me ignoraba, o eso pretendía. Conociéndole, sabía hasta la marca de los calcetines que asomaban por mis botines de media caña. Era observador, pero a veces no se le escapaba una sino dos. Dos hostias que acabó metiéndole la Rebe a su colega el despechado ante las carcajadas del resto.

Salimos como entramos, en fila y con la cabeza alta, aunque atacadas de los nervios y de la risa. No tardé mucho en recibir un mensaje: «¿Te veo mañana?».

—No contestes. ¡¡¡Ni se te ocurra!!!

—A lo mejor se ha dado cuenta de que no puede vivir sin mí…

—Andrea…, haz lo que quieras, como siempre.

Amanecía, demasiado temprano para entrar en casa de mis padres a gatas. Sentadas en la arena mojada de Samil dimos los buenos días al sol. Desayunamos unos espaguetis con carne en el Bayona y de ahí a la cama de mi depiladora favorita, donde yací amarrada al oso de peluche blanco que todavía reinaba en su habitación.

Tres horas más tarde la melodía de mi móvil retumbaba en mis oídos avisando de que ya eran las ¡¡¡dos de la tarde!!! Ya no toleraba el alcohol como antes. Mi lengua tenía sed, mis ojos lloraban y mis articulaciones se resentían como si me hubiesen dado una paliza. Ducha rápida, a paso acelerado y mareada salí de la calle Oporto, crucé García Barbón y subí la interminable cuesta de Alfonso XIII para continuar dejándome el pulmón hasta el final de Urzáiz. Cuando culminé estaba empapada en sudor frío. Eran las dos y media, ya tenía dos llamadas perdidas de casa, llegaba tarde a comer.

«¿Dónde cojones he dejado las llaves?». Llamé al telefonillo, tardaron en abrirme el portal, sin embargo mi hermana se adelantó en la puerta de casa. Me esperaba en el rellano con los músculos faciales contraídos.

—¿Qué te pasa? —pregunté extrañada.

Masculló algo que debido a mi dolor de cabeza no pude escuchar con claridad. Entré en casa sin hacerle caso, abrí la puerta del salón, un sinfín de canapés se extendía en la gran mesa presidencial. Al fondo, junto a un ecléctico árbol de Navidad, en una punta de la *chaise longue* gris, Carlos.

Mi madre, que charlaba animadamente con él, me dio la bienvenida muy sonriente. Adoraba a Carlos. Él se levantó con un ramo enorme de tulipanes blancos.

—¿Me he perdido algo?

—Hija, Carlos quería darte una sorpresa…

«Tremendo hijo de la gran puta. Metiendo a mi familia en medio de nuestros asuntos más que oxidados». Lo siento, no pude evitarlo.

—¡Mira qué flores tan bonitas! —indicó mi ingenua o apaciguadora madre.

Mi padre y mi hermana se escabulleron con la excusa de preparar unos vermús para todos. Le di dos besos, tomé el ramo y me fui al patio trasero a por un jarrón. Me siguió.

—¿Qué coño haces aquí…?

—Lo sé, Andrea, sé que no está bien… Es la única forma de poder verte. Te conozco y sé que si no…

—Comes y desapareces —zanjé.

Al cabo de un rato guardando la compostura llegaron mis abuelos. Habían ido a entregar un gallo al cura de la parroquia por San Antón.

—Che, éramos pocos y… —soltó mi abuelo al presenciar la estampa.

—¡Papá!, tengamos la fiesta en paz —censuró mi madre.

En un extremo de la mesa mi abuelo, en el otro mi padre, a mi lado mi abuela y enfrente la cebolla y mi ex. Mi madre se sentó junto a mi hermana en una banqueta que apenas calentó. Las conversaciones banales, superficiales, de los entrantes dieron paso a algunas más comprometidas en las que Carlos intervenía con soltura. Parecía como si no hubiese pasado el tiempo, como si nada hubiera cambiado. La misma reunión de los últimos años con los mismos miembros. ¿Era aquella mi vida o era la otra? La resaca me perturbaba. Tenía la sensación de que me iba a caer de la silla y a entrar en coma profundo. Lo hubiese preferido.

Nos dieron las siete de la tarde entre postres, turrones y chupitos. Cada uno se retiró a sus aposentos a echar una minisiesta tardía antes de salir a por la ronda de vinos precena.

Carlos me acompañó a mi cuarto. Me seguía como un perrillo abandonado falto de cariño, imagen totalmente opuesta a la que proyectaba en su día a día. El suave portazo reveló sus intenciones. No se iba a ir, no sin antes quemar todos los cartuchos. Se acercó por detrás y me abrazó como si se le fuese la vida. Al principio me resistí, rígida. Cuando comprobé, tres minutos más tarde, que la intensidad seguía siendo la misma y el hombro de mi jersey de cachemir empezaba a humedecerse, le correspondí. Me daba pena.

En este punto cabe recordar que llevaba varios meses sin probar carne humana, ni siquiera un leve roce, por lo que no resultó muy difícil llevarme al huerto. No pretendo excusarme, pero la delicadeza de la situación y los sentimientos a flor de piel azuzaban el deseo de consolar y ser consolado.

Opuse algo de resistencia. Le excitaba, a mí también. Entre evasivas provocadoras, suaves mordiscos, suspiros ahogados y lenguas salivadas surgió uno de esos desesperados y explícitos polvos entre confidentes. Mi cachorro infiel volvía a elevarme a las nubes para soltarme al vacío desde el cielo. Tenía mono de adrenalina y vértigo.

Mucho antes de que se escuchara la primera cisterna del baño, él ya se había ido.

Y justo después de que cerrase la maleta en vísperas de mi marcha apareció. Apareció quemando rueda, ahora en una vespa blanca y negra, que lo seguía convirtiendo en el más molón del barrio.

—Sube, nena.

Y subí. No os podéis hacer una idea de lo desorientada que estaba. Dos días sin llamarme, dos. ¿Por qué no era capaz de luchar contra mis impulsos? ¿Por qué me montaba en un sobado asiento con un cepillo de dientes y bragas limpias en el bolso? Seguía haciendo conmigo lo que le venía en gana y yo me dejaba hacer. Mi madre observaba desde la ventana con recelo. Miré hacia arriba y lancé un beso con la mano.

La noche en el 24 de Martínez Garrido se alargó fugazmente. Me explicó cómo la tarde en la que mi hermana le vio muy bien acompañado intentaba animar a su excuñada tras una aparatosa ruptura con su hermano. También narró cómo había intentado superar mi marcha preparando la media maratón de marzo, la Vig-Bay, sus clases de inglés, y estaba al tanto de las siete nuevas series de la temporada entre las que *Walter White* jugaba un papel destacado.

Nos acurrucamos en el sofá, como antaño, saboreando emocionados la *Nuvole Bianche,* de Ludovico, como en aquel concierto en Berlín al que jamás asistimos. Las manos del compositor italiano nos desgarraban el alma, desencadenando con sus teclas un torrente de estados de ánimo en los cinco minutos y cuarenta y nueve segundos que duraba la melodía: melancolía, tristeza, esperanza, ilusión, decisión, pasión, ternura... No sé cuánto tiempo dedicamos a las caricias, a las miradas, a los besos, a sentir...; sin poder contener las lágrimas, caímos dormidos con las últimas notas de *Nightbook*. Nos despedimos con la nostalgia de los que se prometen amor eterno sin conocer el amor ni la eternidad.

Pensé en quedarme con él, casarme y parir. Los embarazos y las bodas empezaban a ponerse de moda en determinados círculos de mi entorno vigués. Hui.

—Te prometo que daremos la bienvenida al año nuevo juntos. No te dejaré sola.

Quizá por necesidad de fe, volví a confiar en él. Le creí.

Llegué a casa justo a la hora del *Supermartes* (uno de los concursos más populares y longevos de la TVG). Imposible acaparar la atención de mis abuelos cuando Superpiñeiro aparecía en pantalla y no quería imaginar la que se liaría si osase cambiar de canal.

Mi cara debió de reflejar el laberinto que tenía dibujado en la cabeza o también pudo ser que él, que me conocía mucho, lo notara nada más traspasar la puerta del salón.

—Nena, ¿qué?

—Nada, ¿por?

—*Xa...*

—Abuelo, no lo entenderías...

—¿¿¿Estás segura...???

Me desahogué. Le conté lo que sufría por el futuro incierto con Carlos. Lo que sentía por él y lo duro que se me hacía dejarlo aquí. Pero allá…, de repente, me confundían mis reacciones con Peter. Me ilusionaba, aplastaba, emocionaba y castigaba.

—*Eu tamén me namorei doutra muller.*

18

LA BOMBONERA

Buenos Aires, 1955

El Boca y el Independiente se jugaban el segundo puesto de la Liga en la Bombonera. Fabián apretaba su asiento cada vez que Ricardo Bonelli controlaba la pelota. Los de Avellaneda tenían mayor posesión del balón.

—¿Quién carajo le va a decir al guachito que he birlado la inocencia de su dulce niña? —susurraba Jacinto.

—¿Querés que se lo diga yo? —bromeaba Fabián pendiente del césped.

—¿Fabi, me querés cargar?

Fabián reaccionó, sacó un par de cigarros de la chaqueta y le dio de fumar.

—Loco, *la mina* ya es mayorcita… —continuó—. Su papá sabe que llegará el día en que… ¡¡¡¡¡¡¡¡GOOOOOOOOO-LLLLLLLL!!!!!!!!

—¡¡¡¡La concha de la lora!!!! —gritó Matías sacudiendo un trapo contra la barra.

Jacinto saltó como un resorte del taburete. Se quedó más tranquilo cuando vio a su jefe lanzando improperios al televisor. Era del River Plate, vigente campeón de Liga. Aun así sentía un profundo desprecio por el Boca.

Paola entró seguida de su madre en la cafetería viciada de cigarro y cerveza. A la altura de los jóvenes, deslizó discretamente su mano derecha por el muslo interno de su amante. Fabián se mordía un puño; Jacinto, sin embargo, se iba a desmayar. Acto seguido, se coló tras el mostrador propinando un desinteresado beso a su padre.

—Cómo le gusta jugar a la *mina*, ¡eh! —murmuró Fabián.

—Che, te vas a tragar ese puño, ¿me oíste?

Era hora de preparar las cenas. Romina se encargaba de ello.

—Pao, ayudame en la cocina…

La muchacha acudió a la llamada arrastrando sus esbeltas piernas. Odiaba los fogones.

—Me querés explicar qué fue lo que acabo de ver…

—De qué hablás, ¿che?

—¡¡¡¿¿¿CHE???!!! ¡¡¡¿¿¿Vos no recordás quién te parió???!!! A mí no me decís «che» —regañó.

—Ma, ¡¡¡¿¿¿qué querés???!!! —exclamó elevando el tono.

—Jacinto…

La tez de Paola palideció. Romina la miraba fijamente.

—Pero si sabés que es como un hermano, ma…

—¡Mirá, nena…, soy tu madre, no idiota! —reprendió atándose el mandil.

Su hija la miró con ojos llorosos.

—¡Ma, le quiero! —reventó.

Otro gol del Boca hizo estallar el bar, se hacía eco de lo que mostraba el televisor. El estadio Alberto José Armando, presidente del club, se venía abajo. Los cánticos, los pitidos, los aplausos provocaban, haciendo alusión al eterno rival.

El orgullo del dueño no podía soportar aquella celebración. Optó, irritado, por meterse en la cocina antes de que su temperamento le hiciese perder más clientes.

—Y vos ¿por qué llorás?

Se hizo el silencio.

—¡¡¡La cebolla!!! —se excusó Romina.

Paola asintió. Matías se volvía flan con su dulce niña.

—Pao, andate con Jacinto a la barra…, yo la cortaré por vos…

El ambiente entre mesas estaba caldeado. Los clientes pedían alcohol. Paola, bandeja en mano, tomaba nota de las rondas de consumiciones. Al rato comenzaron los intercambios de insultos y amenazas entre aficionados de ambos equipos viéndose la muchacha acorralada por una decena de borrachos sudorosos.

—Ron, vino y whisky seco… ¿Algo más? —preguntó cordial la camarera.

—Vos ¿cuánto cobrás, gatita? —Paola estaba acostumbrada a lidiar con ese tipo de personajes.

—Mucho más que tu mamá…, ¡¡¡pelotudo!!!

El consiguiente alborozo encendió al patán.

—La puta que te reparió…, vení acá so pendeja…

—¡¡¡Andate a cagar!!! —zanjó Paola.

Tarde, le había dejado en evidencia delante de sus acompañantes y oponentes. La agarró de una nalga y apretó con una fuerza desmedida que desencadenó un agudo chillido de la muchacha y la consiguiente bofetada.

El cliente se levantó dispuesto a destrozar la dulce cara de Paola, cuando Jacinto se abalanzó sobre él sin dar opción a reacción. Golpeaba imparable mientras el resto observaba. En un uno contra uno era de ley no inmiscuirse. Fabián le agarró del brazo, recibiendo un empujón seco. Romina salió de la cocina alertando a su marido. Si no hubiese sido por Matías, le hubiese matado. «Me agarró por el pescuezo dejándome sin aire…», contaba mi abuelo. Quince minutos más tarde el bar se había vaciado y Paola gimoteaba desconsolada en sus brazos.

Aquella estampa era de todo menos fraternal. Él, su jefe, Matías, también lo sabía.

—Un momento, pero esto ¿lo sabe la abuela?

—No, y nunca lo sabrá, ¡mira, nena!

La infidelidad de mi abuelo me resultaba comprensible. ¿Por qué? Estaba lejos, sin ver a su familia, construyendo otra vida para mejorar esta, pero… ¿Por qué? ¿Acaso no estaba enamorado de mi abuela?

Le pedí que se detuviese para procesar aquella etapa de sus memorias.

—*Boas noites.*

19

FIN DE AÑO

Hacía balance del año sentada en el incómodo asiento del avión y solo reconocía tristeza en el reflejo de la ventanilla. ¿Por qué no estaba a mi lado? ¿Por qué no venía conmigo? No era él el mismo que en su día me había hecho vibrar, sentir, brillar..., el motor que me animaba a comerme el mundo... Así lo soñábamos..., ¿qué había cambiado? Si el recuerdo era lo mejor, prefería evocar a seguir sufriendo.

En plenas fiestas, abandonaba a mi gente por una panda de chonis estiradas y muchachitos beatlenianos con Barbour. Con ellos despediría y arrancaría el año.

Aterricé con las turbulencias que generaba una ciclogénesis explosiva sobre las islas. Nevaba.

«Y si se estrellara el avión ¿qué?, ¿qué perdería? Ya he vivido lo suficiente para saber que el disfrute es mínimo y no tengo objetivo por el que luchar...».

Al descender, la densa capa de nieve que se extendía ante mis ojos limpió las reflexiones más negativas. Estaba embriagada con el paisaje, emocionada, me tranquilizaba. Como dijo en su día algún *sabio* de *Gran Hermano*, el blanco era el color de la esperanza. Los quitanieves se afanaban por despejar lo que se había convertido en una pista de patinaje debido al hielo y la grasilla del asfalto. Ni cuenta me di de algún chillido histérico cuando las ruedas del aeroplano resbalaron en tierra. Era maravilloso, puro, virginal.

Todo lo bucólico que entraba por la vista se convirtió en vulgar al olfato, oído y tacto, porque la boca ni la abrí asomada a la compuerta. «¿A qué temperatura estamos, por Dios? ¿Menos treinta?».

Volvía con una maleta más grande y menos abrigo. El microclima de las Rías Baixas permitía en pleno invierno prescindir de los guantes y el doble calcetín que tanto estaba echando de menos en suelo inglés.

En la terminal saqué, como pude, un abrigo de la maleta a punto de reventar. Recordaba a mi hermana de pie, encima, mientras yo intentaba cerrar con los dedos doloridos la cremallera. «Me vais a rayar el parqué», gritaba desde el otro extremo del pasillo mi madre. Con una pieza menos el cierre fue más fácil.

Pero para esfuerzo sobrehumano el que tuve que hacer al meterla en la bodega del autobús. Ni un alma me ayudó, por mucho que me viese sufrir. Achaqué ese comportamiento al mal tiempo, que deprime y vuelve arisca a la gente. También el orgullo a veces juega malas pasadas y en mi caso casi me lesiona el hombro al intentar ir de He-man sin pedir auxilio.

Llegué tarde a casa de Carmen. No había nadie. Todo el mundo reunido en familia festejando el amor, la paz y la felicidad mientras yo me comía un yogur de muesli del Prêt. Me fumé uno de los cigarros del cartón que viajaba conmigo y leí de cabo a rabo la revista gratuita del metro en la que anunciaban a bombo y platillo la presentación del nuevo disco de The Drums en la Round House de Camden. Uno de esos grupos que se repetían diariamente en mi *playlist* camino a la facul y que se acababa de convertir en un aliciente más en mi lista de «por qué volver».

Las clases tardarían una semana más en reanudarse, así que contaba con las mañanas de los últimos días de diciembre y primeros de enero para continuar con la búsqueda activa de piso.

Temprano, salí a la calle. Di media vuelta y me enfundé las botas de agua. La nieve, que me llegaba por el tobillo, había calado la suela de las desgastadas moteras.

Ya en el cíber los elfos de Papá Noel trepaban por las letras del señor Google. Los ignoré y tecleé: «Gumtr…». Borré y volví a escribir: «Sociedad meteorología Londres». El enlace de la Royal Meteorological Society encabezaba la lista de búsquedas. En la página principal proclamaban cómo la mención «real» había sido recibida de manos de la reina Victoria en 1883 dotando de reconocido prestigio a la institución hasta la actualidad. En la agenda del mes, *Art and skies* estaba programado como el primer evento del año. De libre acceso para no miembros, la reunión se realizaría en el Manton Studio de la Tate Britain con el fin de analizar cómo artistas y fotógrafos habían explorado y representado las diversas caras del cielo a lo largo de los siglos, contribuyendo al estudio de los fenómenos meteorológicos de su época. John Constable, por supuesto, era el cabeza de cartel con su *Catedral de Salisbury desde los campos,* teloneado por la clasificación de las nubes de Luke Howard y los nuevos intentos de catalogar otros tipos de cúmulos. Me apunté y volví al mundo del *retail* y la trashumancia.

A las once y media ya estaba sentada en el vagón de metro a una parada de Oxford Circus.

—¿Andrea?

Era July, la escaparatista de Newcastle también regresaba de sus vacaciones. Todavía me costaba seguirla aunque pusiera empeño en pronunciar todas las sílabas de su discurso. Los silencios eran incómodos tras intentar rascar conversaciones triviales hasta su evidente deterioro, y eso que había vuelto mucho más amena de lo que recordaba.

—… Desesperada ahora por encontrar casa… —resumía—. Tuve una mala experiencia y… —Yo intentaba rellenar huecos.

—¡No me digas! Yo también. Llevo un mes en casa de los padres de una amiga en Pimlico.

Estaba hecho. Nos íbamos a vivir juntas. «A ver si el año no va a acabar tan mal». Cualquier pequeña alegría se magnificaba.

—Llegáis tarde. —Así nos dio Peter Harman la bienvenida.

—*Sorry,* Peter —contesté. Volvía más conciliadora.

¡Mierda, estaba espectacular! Creí que después de las vacaciones sabría gestionar mejor mis reacciones ante su presencia, pero empezaba a darme por vencida.

Se había cortado el pelo por los laterales y llevaba la típica barba «descuidada» de tres días. Le hacía más joven. Una camisa vaquera remangada que dejaba entrever una camiseta blanca de algodón, chinos azules y zapatos oxford troquelados con unos calcetines de canalé amarillo mostaza. Agradecí la mejora y el descanso navideño. Mi aspecto era notablemente mejor que el de los últimos meses. «Tiene novia, tiene novia, tiene novia…». Mi cabeza no paraba de repetirlo.

July posó el bolso a la altura de la caja, a su lado, sin decir nada. Me sorprendió la confianza que se gastaba para haberse incorporado a la plantilla hacía poco tiempo. Firmé mi entrada observándolos de reojo, y bajé a la reunión.

Éramos pocos trabajadores y muchos clientes potenciales llegados del extranjero, así que había que activarse y abarcar varios frentes para obtener la cifra con muchos ceros marcada para esa jornada.

Regresé a mi puesto en los probadores con ganas de demostrar mi valía. Sobre todo a él. Necesitaba destacar.

No tardó mucho en acercarse y preguntar: «¿Qué tal tus vacaciones?». Me quedé pasmada ante su interés, pero respondí con agilidad que «fabulosamente bien», ensalzando las virtudes de mi tierra, su comida y el sentimiento de estrecha unión de la familia. Me notaba fuerte.

—Galicia está encima de Portugal, ¿no?

Me descolocó. ¿Acaso se había molestado en indagar dónde estaba mi casa? ¿Sabía que a los del sur nos llaman portugueses de modo despectivo? ¿Quería iniciar una conversación acerca de mis orígenes? ¿De qué cojones iba?

—Veo que has rescatado el libro de geografía básica —tiré de sarcasmo.

—El Celta de Vigo…, ese es tu equipo, ¿verdad?

Entonces sí me remató.

—Y tú ¿por qué lo sabes?

—Porque el Liverpool acaba de fichar a un tal Iago Aspas y recordé que tú eras de algún punto recóndito de España.

Ya empezábamos. Este tío era un tocapelotas caprichoso que hacía tres semanas suplicaba una copa y ahora pretendía chincharme con gilipolleces.

—Venga, Pet, que estamos en Navidad.

¡¡¡Pet!!! ¡¡¡Le acababa de llamar Pet!!! Así, con la boca grande. Se rio y me lanzó una de sus miradas de conquistador. Sinceramente, el retrato en sí era muy agradable a la vista y devolvió cierto cosquilleo a los inquietos dedos de mis pies.

—¡¡¡¡Peterrrrrrr!!!! —Una rubia sesentona con más bótox que facciones reclamaba su presencia en el probador.

Aguantamos la mirada juguetona unos segundos más.

—Corre —susurré con una medio sonrisa seductora. ¡¡¡¡¡¡¡No me podía controlar!!!!!!!

Me sentí triunfal.

Sahid llegó a darme la bienvenida con un tierno abrazo e invitándome a comer un delicioso bocata del Benugo, justo al lado de Vapiano. En el café bromeábamos con la disparatada idea de que fuese a celebrar el fin de año a su casa, una noche más en su calendario. No se quería imaginar lo que pasaría si su madre le viese dándome uno de aquellos achuchones de oso que prodigaba.

—Te hemos echado de menos, Andrea.

—¡¡¡Venga ya!!!

—Bueno, unos más que otros… —Me vacilaba.

Una hora más tarde entrábamos congelados en la tienda. La afluencia de clientes era menos a las cuatro de la tarde, pero Peter seguía con la señora eternamente joven que desfilaba ante él en un ajustadísimo vestido gris de raso y brillantina. ¡¡¡Era repugnante la actitud con la que la clienta pretendía provocarle y peor aún el coqueteo al que él recurría solo por superar las ventas!!!

—Ahí lo tienes, tu hombre —bromeó Sahid.

—¡Basta! —ordené frotándome las manos.

No lo asesiné porque era mi fiel amigo gay, pero no me faltaron ganas. Para cuando volví a incorporarme a la dinámica de trabajo, la sexagenaria se había ido.

Peter se acercó a mí y soltó: «Seis mil libras, a ver quién lo supera».

Era de lo más ruin. ¿Cómo podía haberme llegado a fijar en aquel tío? Se veía a leguas que quería fardar de su victoriosa venta.

—Ya era hora de que el jefe también hiciese algo —respondí con la cabeza centrada en doblar los pitillos vaqueros que tan bien sentaban en el culo y que muy pocos culos, por otra parte, se podían permitir.

—Relájate, *spaniard*.

Joder, acababa de llegar y ya me estaba sacando de mis casillas. Me mordí la lengua.

A partir de ese instante intenté realizar un ejercicio mental que diluyese los pensamientos en los que el señor Harman cobrase protagonismo... El señor Harman, mi jefe. ¡¡¡Todo aquello era absurdo!!! Yo estaba siendo absurda.

Los nueve grados de las seis de la tarde se colaban hasta la trastienda, sin calefacción para contrarrestar el glacial contexto. Estornudé, anticipándome a lo que estaba por llegar, mi primer catarro del año. Pasaron dos horas, las uñas violáceas y los frecuentes escalofríos desataron la rebelión. Casualmente, no había ningún encargado a tiro, así que tras otra media hora de tembleque en cuanto vimos a Sahid nos lanzamos a su cuello.

Este repetía sin cesar que no podía hacer nada más que llamar a los técnicos para que revisasen los radiadores.

Yo, su amiga, lideraba el grupo de cuatro que cubríamos la planta de señoras. No es que lo estuviese traicionando, pero nunca se mojaba. Le tenía miedo a Peter o a que lo echaran, no sé, solo pedíamos que transmitiese las quejas de los empleados.

—Sahid, ¡¡¡sé que no tienes culpa pero así no se puede trabajar!!!

El resto me siguió. La conversación y el propio Sahid se aturullaban. Alguien dejó caer la palabra «huelga», apareció Peter y todo el mundo se calló.

—¿Qué coño pasa aquí? Parecéis gallinas cluecas... Tiritaba.

—Que nos congelamos... —expuso Sian.

—Joder, pues poneos más ropa... —contestó.

—Estás de coña, ¿no? —Pensé en alto.

—Ya decía yo que tardaba mucho en quejarse por algo, querida. —Me trataba de usted.

—Ya decía yo que usted no nos daría ninguna solución... —respondí retando.

Sahid contuvo la risa.

—Venga, coged del almacén un par de chaquetas cada una. Mañana estará arreglado... —resolvió.

La reacción de Sahid me sorprendió. Parecía que no hubiese pasado nada, como si el tema no fuese con él. Sí, nos daba la razón, pero ¡¡¡no resolvía!!! Y eso era lo que requería su puesto en la empresa.

La congestión nasal y el dolor de cabeza se agudizaron a última hora. El metro estaba hasta los topes, me aturdía la gente y me pitaban los oídos.

Caí en la cama con la ropa puesta y sin cenar, por no perder la costumbre.

A las cinco y media de la mañana estaba en pie. El último día del año arrancaba con el inventario de la tienda.

«Lo siento pero no voy a poder ir». Ese fue el primer mensaje que descubrí en mi móvil nada más abrir los ojos. Carlos, el que había prometido no dejarme sola en fin de año, me abandonaba otra vez sin justificación aparente. El poco orgullo que me quedaba volvía a hacer sangrar una herida que creía cicatrizada. «No te preocupes, ya no contaba contigo». No habían pasado ni dos días desde mi regreso y ya había cambiado de opinión... No necesitaba más. «Se acabó, Carlos». Año nuevo, vida nueva, ¿no?

Tocada y casi hundida salía de la estación de Oxford Circus cuando me pilló el chaparrón. Llamé al portalón de madera, tardaron en abrirme… Finalmente lo hizo July, demasiado tarde, estaba mojada y más destemplada.

Me agaché bajo el secador de manos del servicio, agradeciendo el suspiro de aire cálido que se colaba entre mi jersey y la camiseta interior. Con dos prendas más encima, subí a la primera planta y comencé el recuento de la sección delantera. Al cabo de unos cuarenta minutos llamaron a la puerta. Esperé a que algún responsable se dignara abrir, yo no tenía permiso para hacerlo. Volvieron a llamar, nadie subía. Podía escuchar las gotas de lluvia disparando contra los cristales del escaparate, quien quisiera que fuese se estaba empapando. Me estremecí y avancé hacia la puerta. Justo cuando agarraba el pomo, volvieron a llamar con más fuerza. Abrí.

Su cabello, su cara, su gabardina, estaba… ¡¡¡deliciosamente atractivo!!!

La fatiga de la espera bajo el aguacero y su cara de sorpresa al ver quién le daba paso lo volvieron más encantador.

—*Good morning*, Peter… —saludé haciéndome a un lado.

—*Morning*, Andrea…

En una mano sujetaba su maletín, en la otra, un recipiente de cartón con dos vasos del Starbucks; dejó ambas cosas y se quitó hasta el jersey. Estornudé.

—¿Estás bien?

—Bueeeenoo… —ronroneé.

—¡Toma! *This is for you…*

La excitación volvió a mi pecho.

—¿Qué es?

—*Camomile* con miel para tu resfriado…

En mi vida había tomado una manzanilla con tanto entusiasmo.

—*Thank you*… —susurré llevándome el vaso a la nariz, helada ante la falta de calefacción. Ya estaba otra vez, volvía a acaparar mi cerebro.

Angie, la *cheerleader* cañona, me pilló con la infusión en la mano.

—¿Y eso?

—Me lo trajo Peter…

—¿A ti? —preguntó excesivamente extrañada.

—Sí

—¡Ah!… —Me observó unos segundos e improvisó—: Pues ni se te ocurra tomártelo cerca de la colección… —Tenía que imponer su autoridad.

Asentí. «¡Estúpida!».

Lo perdí de vista sin lograr desearle un feliz año antes de acabar mi turno. Él también sabía a qué hora finalizaba mi jornada. Si no me buscó sería por algo.

El acceso a Westminster Bridge y Victoria Embankment ya empezaba a complicarse a mediodía. La orilla del Támesis desde donde se obtenían las mejores vistas se iba llenando. El London Eye quedaría iluminado por los fuegos artificiales aquella noche, Nochevieja.

Recibí la invitación de Sian y Grace a sus respectivas fiestas de Fin de Año. Lo último que me apetecía era dar la bienvenida al año nuevo rodeada de desconocidos.

La casa de Carmen parecía más amplia tan vacía. Extrañaba a las chicas del piso.

Preparé unos macarrones con tomate y atún, abrí una lata de cerveza y encendí la tele. Las galas inglesas eran igual de casposas que las españolas, aunque al menos allí los artistas cantaban en directo. Me amodorré en el sofá, sonó el WhatsApp, intuí que era mi madre con fotos de la suculenta mesa... Me quedé medio traspuesta. Volvió a sonar el móvil, lo alcancé. Efectivamente, mi madre enviaba fotos de las vieiras, los percebes y el exquisito pastel de cabracho del Mesón Cangas. Contesté con el emoticono de la cara roja. Cuando salí de su conversación, el logo de la aplicación de mensajería instantánea no desapareció... Tenía otro mensaje sin leer.

«Una copa, nada más». Era él. La sonrisa excitada volvió a dibujarse en mi rostro... El rumbo de la noche estaba a punto de cambiar... Me pegué una ducha rápida, crema hidratante, medias negras, tacón y vestido vaporoso. Un poco de colorete y la barra roja infalible. Pero cuando estaba a punto de devolver el mensaje, recapacité. Yo no le había dado mi número de teléfono, por tanto él no tenía ningún derecho a utilizarlo. ¿Quién se lo habría pasado? ¿Sahid?, ¡imposible! Polina, tampoco... ¿Carmen?, muy raro... ¿¿¿July??? ¡¡¡Bingo!!!, ¡ella tenía mi teléfono!, aunque dudaba mucho que Peter se expusiera tanto... En fin, no contesté. Sin embargo, cambié los zapatos de aguja por las moteras y salí.

Fui a por uvas y un benjamín de cava barato del Tesco antes de mimetizarme con la multitud de la estación de Westminster. Las campanas del Big Ben sonaron una tras otra, seguidas de un estallido de colores en el cielo. A mi alrededor las parejas se besaban, los niños saltaban, los amigos se abrazaban y alguno que otro caía rodando después de horas sentado ingiriendo litros de vino de cartón. Quedaba una uva en la bolsa, la décimo tercera. Me la tragué, con supersticiones incluidas. Creí llorar, pero no; una…, dos…, tres… gotas comenzaron a caer del resplandeciente manto oscuro. ¡Lo sabía!

Cinco minutos tardó en llegar el chaparrón de lluvia y granizo que dispersó a los espectadores, apelotonados bajo el emblemático puente unos, otros a presión en los dos locales de copas que se encontraban subiendo la cuesta de acceso a la ribera norte, la de la Tate. Yo caminaba a otra velocidad, volviendo a los escalofríos con el hielo que se colaba por mi capucha, empapada y profundamente feliz de que las imprevisibles nubes aguaran la fiesta. Volví a casa de Carmen entre la impersonal masa del metro colapsado y sucio. También me sentía así.

Las obligadas felicitaciones telefónicas de Año Nuevo me obligaban a mantener el tipo.

—¿Cómo estás?

—¡Bien! Llegando de casa de…

—Andrea… —insistió.

—¡OK! —A él no le podía engañar—. ¿Sabes cuando sientes que…? —No me dejó acabar.

—Sí —respondió mi abuelo sin dudar.

20

Buenos Aires, 1958

—¿Quién es Celia?
Jacinto se levantó de la cama, dando vueltas como un perdido por la *pieza*. El colchón nunca fue buen escondite para las cartas de valor.

—Mi mujer…

Las lágrimas brotaban de los ojos de una Paola que ya superaba el cuarto de siglo.

—¿Y los dibujos son de…?

Las paredes del cuarto se derrumbaban sobre Jacinto. La miraba fijamente con las manos sujetando su cabeza, cada vez más pesada, culpable.

—Son de mis hijos…

Inmóvil, observaba a su novia inexpresiva, esperando la explosión final. Aquel suspiro condescendiente se le clavó como una daga en la garganta, sin poder articular palabra.

Paola se irguió arrastrando las sábanas, alivió su sollozo contra el pecho de su amado y le abrazó. Estaba dispuesta a vivir con ello.

El pampero acompañaba la entrada de la primavera engalanando la ciudad de rojo, verde y el violeta del jacarandá. Así que, a pesar de los mediodías más cálidos, el viento fresco y húmedo procedente de la pampa argentina mantenía la sensación invernal.

Paola había pasado días sentada junto a la chimenea de la casa leyendo una por una las cartas de la mujer con la que compartía el mismo amor absoluto. Logró ponerse en su piel, comprender por qué lo había dejado ir sin acompañarle, con dos muchachos a su cargo dando bandazos por el mundo como bolas de billar en un tapete a estrenar.

Emocionada por las palabras de Celia en sus precisas cartas, pidió a Jacinto que ocultara su relación, que pasase lo que pasase jamás revelara sus encuentros amorosos, sus escapadas, sus mensajes… Pidió también que escribiese con más asiduidad para que sus hijos reconociesen la letra de su padre e imaginasen cómo sería en realidad. Todo esto lo pidió Paola, anhelando poder mantener la adoración que Jacinto le profería, rogando a Dios que le escuchase y se quedase a su lado eternamente.

La avenida Belgrano florecía al paso de la pareja de enamorados, todavía protegidos con guantes. Cristóbal y Rosario, vecinos de la Santa Unión, acababan de dar a luz a un risueño y rechoncho niño que decidió echarse a llorar con el saludo de mi abuelo. Instintivamente, Paola lo cogió en brazos, lo arrulló hasta su sosiego.

—¡Tenés mano, mina! —comentó la madre del bebito.

Y la *mina* entristeció, observando con ojos abatidos a su enamorado, comprendiendo que de ningún modo podría llegar a ser el padre de los suyos.

Se despidieron amigablemente de la familia, sumándose una hora más tarde a la marcha de alumnos de las universidades estatales, entre los que contaban con varios amigos. El objetivo de la protesta era cargar contra la intención del gobierno de Frondizi de permitir a las universidades privadas otorgar títulos a sus alumnos, compitiendo con las públicas.

En medio de megáfonos y pancartas, Paola preguntó: «¿Y si estuviese embarazada?».

El sonido del garrote en la espalda de uno de los porteños desencadenó la estampida. Paola se derrumbó antes de que mi abuelo recobrase el habla.

Examinaba silente su expresión severa.

—Pero ¿¿¿la dejaste embarazada???

—Nunca lo llegué a saber… Y a día de hoy sigo arrepintiéndome de no haberle preguntado nunca si había sido una bravuconada, molesta y sensible tras el encuentro con nuestros vecinos, o si lo estaba y lo perdió en aquella manifestación.

21

El 1 de enero agradecí tener que levantarme tan temprano para ir a trabajar. Hubiese caído en depresión con la ciudad dormida. Café y cookies del Starbucks, el primer alimento del año. Esperaba que no augurase nada.

Doce fuimos los elegidos para sufrir la desértica tienda en aquel frío día de descanso. July trepaba por unas escaleras rebozadas en nieve de algodón para colocar una tiara de purpurina sobre la cabeza de un maniquí. Había cerrado un par de visitas con los *landlords* en Clapham North y Leyton para los próximos días.

La calefacción seguía sin funcionar. Los síntomas del potente resfriado aumentaron al mediodía. A la noche caí enferma.

—¡¡¡¡Nada que no se pueda solucionar con unos Jagger!!!! ¡¡¡Sudas y expulsas los virus!!!

Otra de las teorías de Carmen que no quedaba más remedio que seguir ante tal efusividad. Acababa de llegar de sus *holidays,* descansada, contenta, hiperactiva…, como todas tras días de cura emocional. El resto de sus compañeras y maletas se fueron sumando a la improvisada borrachera de pijamas sin yo tener idea de lo que era aquel líquido negro que «suavizaban» dentro de un vaso de Red Bull. *Voilà,* he aquí el temible Jagger-Bomb.

Surtió efecto. En menos de una hora, la bachata empezó a sonar en el salón. El sofá se convirtió en tarima y la alfombra en pista de baile. Mystic, las Spice Girls, Rafaella Carrá, Raphael… Con «Mi gran noche» salimos a la calle canturreando botella en mano, vacía cuando llegamos a la puerta de Traffic, uno de los locales de moda del este. Sonaba *Don't stop,* de Foster the People, y le hicimos caso. Éramos las reinas de la fiesta con nuestra droga legal que entraba como agua. Hasta fumé de lo pletórica que estaba mi garganta. A los residentes les hacíamos mucha gracia. La mayoría intentaba ligar con la carne fresca bañada en alcohol. Era Año Nuevo, ¡¡¡había que celebrarlo!!!

El mareo se hizo de rogar pero llegó. En el baño hice mías las dedicatorias de las paredes. Palabras sueltas en rojo, azul, amarillo daban vueltas sobre mi cabeza. Me miré en el espejo. «Te pienso», gritaba en mayúsculas rosas. Le pensé. Qué pena daba, me rayé imaginando su cara si me hubiese visto así, sudada, con ojeras y el carmín corrido. No me extrañaba que me hubiese dejado tirada antes de terminar el año. Yo era la que me había ido sin echar la vista atrás. Me apoyé en el suelo y vomité.

¿De qué manera llegué a casa? Ni idea. Solo sé que me levanté con un dolor de cabeza atroz y sin mocos. Acababa de descubrir uno de los efectos secundarios de la bebida negra, las lagunas. Me duché sujeta a la mampara mientras el resto dormía.

Destemplada, llegué al metro. No había que hacer transbordo desde Old Street para desembarcar en la estación de Clapham North. Allí me esperaría July. Nueve paradas después me bajaba en la vieja estación del sur londinense. Estábamos en el límite de la zona dos con las tres. Vivir en la tres ya te desprestigiaba bastante y la cuatro o cinco ni se mencionaban, dando por hecho desde el primer minuto hasta dónde abarcaba el perímetro del área de búsqueda.

Allí estaba, justo a la salida, apoyada en una farola, aprovechando el calorcito del sol que bañaba la acera de enfrente aquel mediodía. Llevaba unas Superga blancas, sucias y viejas, calcetines grises justo por debajo de la rodilla y un vestido o camiseta, no me quedó muy claro, de algodón negro con estampado de flores liberty en crema. El asa del bolso de cuero cruzaba su escote remarcando sus turgentes pechos. Gafas oscuras y redondas apoyadas en la punta de la nariz para analizar con claridad lo que su móvil escondía. Si yo me vistiera así, iría disfrazada. Ella no, con esa personalidad distante y arrebatadora hasta un cuerno en la cabeza lo luciría con dignidad. Y eso que no era una chica escultural, más bien robusta.

En cuanto se percató de mi presencia, levantó la cabeza haciendo mover su media y recién ondulada melena castaña con mechas californianas.

—Pensaba que te habías perdido.

—No, me quedé dormida…

—Hubo fiesta anoche, ¡eh!

Sonreí tímida. ¿Había dormido cuánto? ¿¿¿¡¡Dos horas!!??? ¿Me olía el aliento?

Entramos en el de siempre a por un café. No sabía si me provocaría arcadas o me espabilaría. Con valentía probé. Lo segundo.

Tuvimos que caminar un buen trecho por la calle principal hasta girar en Edgeley Lane, un estrecho callejón con varios edificios en reformas. El barrio chungo de mi ciudad tenía mejor aspecto. La infinita cola anunciaba que habíamos llegado. Unas veinte personas habían venido una hora antes que nosotras, el mismo tiempo que llevaban allí plantadas, congeladas. Algunos se tomaban su infusión sentados en la acera.

Inevitablemente me recordaba a la cola del INEM y, de hecho, la entrevista posterior podría haberme dado el alta como demandante de casa, en este caso. «¿Estudios? ¿Nacionalidad? ¿Trabajo? ¿Tiempo de estancia? ¿Aficiones? ¿Soltera? ¿Promiscua? ¿Fiestera? ¿Higiénica?». Esto era lo que iba traduciendo por lo bajo mi compañera, la inglesa, la única a la que se dirigían. Obviamente todas estas indiscretas preguntas estaban amparadas bajo el impoluto y famoso halo de gentileza británica.

La casa de moqueta verde roñosa se dividía en dos plantas. Arriba, los dormitorios, uno interior más grande y otro exterior diminuto, a dos metros de la calle, por lo que cada vez que pasaba un autobús temblaba la vivienda (exagero, pero yo hubiese catalogado aquel tramo como punto negro). La cama de ochenta, que no noventa, estaba encajonada contra un armario de un metro, como muchísimo, de ancho y medio de fondo del que solo se podía utilizar una puerta. El tetris quedaba completo con una mesa de madera básica que presuntamente ejercía de escritorio.

—Y ¿dónde coloco las maletas?

—Encima del armario o debajo de la cama. No traerás mucho si acabas de llegar, ¿no? —Dando por hecho que aquel cuartucho iba a ser para mí.

Aquella mujer era odiosa. Unos cincuenta y largos debía de tener. Rubia canosa, gafas de pasta y cuerpo lánguido, como su mirada. Tenía pinta de intelectual o si era pose le salía muy bien, potenciada con su elegante acento.

—También podéis poner un burro en medio del pasillo para los abrigos.

Un pasillo por el que como mucho caminaba con soltura un cuerpo de cincuenta kilos, como ella, con un recorrido de dos zancadas, tras las que te topabas con la habitación grande, que, resumiendo, no tenía ni armario. Desde la ventana se apreciaba un patio de piedra rodeado de lo que en su día seguramente habría sido un florido jardín, por aquel entonces maleza.

En la planta baja, la cocina, pegada a un plato de ducha y lavabo con una costra de mierda importante en las juntas de los azulejos.

—Y ¿el váter? —pregunté.

Me miraron con desconcierto y estallaron las risas. Pero no risas de «Mira, qué graciosa», no. Risas de «Esta es tonta».

Me sonrojé.

—El *loo* está fuera. —Prolongó la «ooooooo».

Es decir, la taza del váter tenía su propio habitáculo solitario en el que solo entraba, físicamente, la persona que tuviese que hacer sus necesidades. Así lo explicó July mientras continuaba con aquella risa de zorrupia envolvente.

—¡Oh! Muchas gracias por la aclaración. Todo un detalle por vuestra parte.

Antes de que acabara nuestra visita ya nos ignoraban por la siguiente. Una pareja repeinada y de currículo intachable.

—Ya os llamaremos —gritó desde el hall mientras nosotras seguíamos admirando el puto *loo*.

Tal cual, un casting. No hacía falta que especificase que el resto de gastos iba aparte, tampoco me interesaba el precio. Yo ya la había descartado sin opción a reconsiderarlo aunque fuese «seleccionada» para vivir entre mugre con una compañera más opaca de lo que imaginaba.

Con la mosca detrás de la oreja, regresaba a su lado a la estación. A lo mejor es que yo era demasiado susceptible a cualquier comentario o broma hacia los de fuera, o me había vuelto incluso intolerante, pero no me había gustado un pelo su reacción ante la supuesta gracia.

—Yo ya me quedo por aquí. Tengo una comida.

—Ahá, ok —me despedí bastante seca, la verdad.

—Te veo mañana, *beauty*.

—*Bye*.

Necesitaba meterme en la cama y recibir algo de optimismo engullido por el masificado metro y sus olores.

Más efectos secundarios de la resaca, la depre. Recurrí al móvil para distorsionar pensamientos. ¡No os hacéis ni la menor idea de lo que me encontré!

«*Darling*, no voy a rogar toda la vida». Mensaje de Peter.

Repasando el historial, por lo visto, la pasada noche habíamos tenido una breve charla por WhatsApp. ¡¡¡¡¡Mierdaaaaaaaa!!!!!! ¿Que qué decía? Pues retomemos. Él me había escrito la noche del 31 de diciembre lo de «Una copa, nada más» y yo no había contestado hasta la madrugada anterior:

«Yo ya voy por la segunda» (a la una y media de la mañana sin venir a cuento de nada y con mi pedo).

«Cuando llegues a la quinta me avisas;» (a la una y treinta y dos de la mañana).

«Te estoy avisando ahora…» (a la una y treinta y tres. Lo sé, soy una *loser*. No controlaba las estrategias whatsaperas).

«¿Dónde estás?» (a las tres menos cuarto). «Andreaaaaa» (a las tres). «*Darling*, no voy a rogar toda la vida» (¡¡¡cuatro y cuarto de la mañana!!!).

Estaba en coma, eso era lo que él no sabía.

—No te preocupes, Andrea. Has entrado al trapo, sí, pero desde mi punto de vista parece más una vacilada tuya que otra cosa —comentaba Carmen tras releer el mensaje unas diez veces—. ¡Ah!, y por favor… ¡NO CONTESTES!

—¡¡¡Mierda, está en línea!!! Joder, está escribiendo… —exclamé alterada.

—¡¡¡¡¡¡¡Sal de WhatsApp!!!!!!!! ¡Corre!

Un hormigueo recorrió mi cuerpo y mis latidos comenzaron a ganar ritmo e intensidad. Me levanté como un resorte y tiré el móvil sobre el sofá salpicado con cáscaras de pipas (un bien preciado para un español en Londres). Empecé a dar vueltas por el cuarto sin dirección.

—Pero, bueno, Andrea, cualquiera diría que te gusta...

—Calla, boba. Me jode que piense que tonteo...

—Ya... Mira, ha dejado de escribir. Ya no está en línea.

La hora siguiente me la pasé echando vistazos al móvil disimuladamente. El último fue con el FINE de *Cinema Paradiso*.

A las ocho de la mañana ya estaba envuelta en mi bufanda camino a la Tate Britain con el odioso café, mi dosis de placebo altamente eficaz. No me había costado mucho levantarme para llegar a tiempo al *meeting* sobre nubes y arte de la antigua Tate.

Mis botas de agua ensuciaron el impoluto suelo de madera encerada del hall donde vi en qué planta se organizaba el evento. Una sala blanca, limpia, en la que una veintena de participantes se disgregaban en conversaciones grupales. Me avergoncé de mis pintas. Para que os hagáis una idea, los hombres vestían de americana, los más jóvenes también, y la mayoría de las mujeres bota con tacón, por lo que yo no pasaba inadvertida con mi jersey de cuello vuelto de lana, mis leggings y mi bufanda/manta. Sentarme era lo mejor que podía hacer. Tres mesas redondas estaban dispuestas en fila a ambos lados de la estancia. Me quedé en una de las últimas.

Al fondo, una pantalla gigante donde esperaba se fuese a ilustrar el contenido del encuentro. Los amplios ventanales de curva ojival aportaban mayor luminosidad al espacio, aunque minutos después de que tomase asiento se fundiese en la oscuridad absoluta para dar paso al vídeo con diapositivas de las diferentes obras. El resto de asistentes ocuparon las sillas. El comisario de la obra maestra de Constable comenzó dando una solemne bienvenida de agradecimiento por la participación en el interesante estudio.

Hora y media más tarde la luz dañaba mi retina, cegada con anterioridad por la perfecta definición de las diapositivas en óleo de cirros, estratos y cumulonimbos.

—*Any questions?*

En Londres también es habitual que ante una ronda de preguntas, sin ser de prensa, claro, nadie levante la mano y hagan como si la cosa no fuera con ellos.

—Disculpe, quizá me equivoco, pero en 1802, Howard con su «teoría de la lluvia» no hace ninguna alusión al instrumento capaz...

Esa voz... Dejé de escuchar el contenido, tan solo quería asegurarme de que el continente era familiar. La disposición de la gente bloqueaba mi ángulo de visión. Aquel tono grave, muy masculino, seguía hablando en inglés claramente castellanizado. Su peculiar ceceo le delató. Era él, sin duda, Javier Castelo, mi brillante profesor de Dinámica de la Atmósfera.

Mis piernas querían levantarse y abalanzarse sobre él, mi mente se comportó. Estiré el cuello para verle mejor. Estaba igual, con aquellas gafas sin montura cuadradas, la barba con la que se podía hacer trenzas, el pelo revuelto y canoso. ¿Cuántos años tendría esa chaqueta azul con coderas? Recuerdo que la llevaba el primer día de clase, en la presentación de la facultad.

Lo tenía en diagonal dos mesas por delante. Si no se dirigía al resto del público era imposible que me viese, a pesar de que mis nalgas ya se habían despegado un centímetro del asiento y la gente empezaba a preguntarse qué me ocurría, hasta el comisario.

—Señorita, ¿sucede algo?

Lo conseguí, se giró extrañado y me vio. Yo no podía cerrar la boca del entusiasmo, saludé con la mano. Correspondió con la cabeza.

—No, nada. Prosigan, por favor. Lo siento.

A partir de ese momento solo deseaba que los autores, artistas y pintores ingleses se hubiesen cansado en el siglo XIX de descubrir fenómenos meteorológicos.

Nos dieron las once y cuarto. Tenía que volar para llegar puntual al trabajo. A las once y veinticinco se levantó la sesión.

—¡¡¡Andrea!!! Dame un abrazo. ¡Qué alegría verte por aquí!

El calor de aquel abrazo mató todos los monstruos que me venían atormentando.

—¿Qué hace aquí?

—Estoy impartiendo una *masterclass* en la Universidad de Westminster y me atrajo el título de la exposición. ¿Y tú? ¿Qué haces aquí?

«Pues soy una fracasada que ha tenido que hacer las maletas para buscarse la vida». Lo pensé, no lo dije. Menuda hostia me acababa de llevar.

—Aprender inglés de la mejor manera, trabajando…, y justamente a eso voy ahora…

—Pero tómate un café o…

—No puedo, llego tarde… —Me hundía, me derrumbaba, yo, la alumna que tanto prometía por su pragmatismo y capacidad de resolución.

—Al menos dime dónde puedo encontrarte la próxima vez que venga a deprimirme con este clima…

—Seguro que nos veremos en las reuniones… Soy miembro de la Sociedad —mentí pero a partir de aquel día iba a serlo.

—¡Estupendo!, yo colaboro mucho con ellos…

De todos modos, escribí en una nota el nombre y la dirección de la tienda.

—Buen viaje, señor Castelo.

—Llámame Javier, por favor…

Hice un sprint de seiscientos metros hasta la estación de Pimlico. La Victoria Line iba directa a Oxford Circus. Llegué quince minutos tarde y derrapando, literalmente. ¡¡¡Qué vergüenza!!! Ya era la segunda vez que el encerado suelo me recibía de esa guisa. Miré alrededor… Ni rastro de Harman. Sorprendentemente, mi firma ya figuraba desde hacía veinte minutos en el cuaderno de registros. Tiré hacia la sala de reuniones, vacía. Me cambié y subí a los probadores a la espera de que alguien me dijera qué cojones estaba pasando y por qué no había ni un superior en el *shopfloor.*

Grace y Sian pasaron delante de mí como un rayo.

—*Ey, what's going on?*

—Quería saber…

—Schhhhhh, Surica…

—¿¿¿Ein??? Surica ¿qué?

Sian hizo un gesto con la mano como si cogiese algo y lo metiese en el bolsillo.

—¿¿¿Ha robado??? —exclamé.

—¡¡¡Schhhhhh!!! —Grace nos mandó callar llevándose una de sus uñas glitter a los botulínicos labios.

—Estáis de broma, ¿no? —seguía sin salir de mi asombro.

—¿Por qué no os ponéis a trabajar de una puta vez y os dejáis de cotilleos baratos? —Peter apareció como por arte de magia. Qué oportuno.

La puerta de la que había salido seguía balanceándose, permitiéndonos reconocer a Sahid en actitud consoladora con la pequeña y dulce Surica.

Según contó Sahid en *petit comité,* Surica tenía una hermana gemela. La estrategia era la siguiente: ella «cogía» prendas del almacén que figurasen en tiques de clientes que pagaban en efectivo y que se desprendían del valioso papelito en el mostrador. Su hermana posteriormente devolvía la ropa en otra tienda de la cadena con el correspondiente tique.

Hasta que mi futura compañera de piso la reconoció mientras redecoraba el escaparate de otro de los comercios y se lo metió en el culo a Peter. Peter indagó y, sacando sus propias conclusiones, cerró el caso con el despido de la pobre Surica. Sahid contaba que había sacado las uñas por ella, pero que la actitud de la india le hizo recular. No se defendía, no declaraba. Si realmente fuese inocente, se mostraría indignada.

Sin embargo, yo consideraba que la estaban atacando, señalando, sin haber escuchado su versión. Cierto es que ella no estaba dispuesta a darla, pero aquella niña llevaba tres años dejándose la piel en la tienda por cuatrocientos *pounds* a media jornada, cuando otros incompetentes en dos meses ya daban órdenes en calidad de mánager. Se privaba de todos los vicios para que en su casa no faltase de nada, pero es que además era la que más vendía. Había enriquecido los bolsillos de los propietarios de la firma y ahora por cincuenta míseras libras se la cargaban.

Nadie movía ficha, ninguna de sus compañeras daba la cara por ella… Peter estaba furioso, sí, y extremadamente atractivo.

—¡¡¡Es injusto, Peter!!! —exclamé.

Se dio media vuelta. Empequeñecí.

—Que sea la última vez que te diriges a mí en ese tono. Yo soy tu jefe y tú mi empleada y, si no te gusta, ya sabes dónde está la puerta.

Me quedé muda.

Entonces me pregunté si aquella reacción era porque no me había ido a tomar una copa con él o porque ya me estaba extralimitando.

La tensión latente acallaba los corrillos cuando él hacía acto de presencia, contadas veces desde el suceso. Sin hablar, sin bromear, con semblante rígido. Su puesto corría peligro o eso decían.

July y yo llegamos a la lejana estación de Leyton, al lado de Stratford, estadio donde se celebrarían los Juegos Olímpicos aquel año. Un año más de acontecimientos para la Corona. Cuando todavía coleaban las imágenes de William y Kate en los rincones de la capital de Reino Unido, la silueta de la reina brotaba por las esquinas. Faltaban cinco meses para el «Queen's Golden Jubilee» tras cincuenta años de reinado.

Ante los eventos venideros, el patriotismo británico comenzaba a llevarse al extremo, ensalzando su bandera hasta la saturación. La Union Jack de los Sex Pistols dejó de molar tanto tras meses de excesivo protagonismo en las calles principales, revistas, camisetas, mecheros, tazas de café para llevar... Kate Moss colmó el vaso en el festival de Glastonbury, con la bandera plasmada en sus botas de agua. Brillante idea, a partir de ahí Londres iba uniformado (hasta en Madrid las llevaban). Marks & Spencer sacó una colección con las míticas cajas de metal de pastas de mantequilla. Cada semana, una tapa monárquica diferente. Hasta el inseparable corgi de Isabel II se convirtió en uno de los elementos decorativos más recurrentes.

En Leyton no había ni banderas ni corgis. Era considerado, por una de las webs españolas para emigrantes en Londres, uno de los peores barrios para vivir. Zona tres, perteneciente al distrito de Waltham Forest.

Nos bajamos en la estación principal. Para llegar al 59 de Leigh Road había que tomar el autobús, si no queríamos recorrer dos kilómetros y medio, aunque habría sido un buen paseo con el sol calentando la espalda. Era uno de esos mediodías en los que los claros se imponían a las nubes. Sobraba el abrigo hasta que los cúmulos grises regresaran para oscurecer el paisaje.

El 69 nos dejó en la parada de Leyton Midland Road, frente a un gran parque que bordeamos por Fletcher Ln hasta llegar a nuestro destino. Niños jugando en los columpios, *runners* y pandillas en los bancos completaban la estampa. Teníamos verde al lado de casa, eso era un pro en una ciudad contaminada.

En la puerta nos esperaba un hombre de unos cuarenta años vestido con una túnica negra, barba hasta el pecho y la tradicional kipá judía. Ahmed se llamaba y había reconvertido su casa de tres plantas en apartamentos. El de la segunda era para nosotras.

Subimos los escalones de moqueta azul y limpia que daba al rellano de la puerta de entrada. Nada más abrirla, la cocina/comedor/salón sobre parqué claro y recién encerado. Lo que venía siendo la encimera, horno y hornillos se veían nuevos, como el mueble de madera de las despensas. Una mesa y cuatro sillas básicas de Ikea apoyadas en la pared de la derecha. Y en el escaso hueco que quedaba a la izquierda un sillón rígido, biplaza, de tela blanca. Vamos, que mis Polly Pockets tenían más espacio.

La puerta contigua a la principal conducía a lo que pudo ser un salón, por la chimenea, debajo de un gran espejo, y las estanterías empotradas que lo rodeaban. Ahora transformado en la habitación grande con su cama de uno treinta y cinco y un par de mesillas en el lado opuesto del mueble. Las ventanas, cuatro, daban a una de las entradas del parque. Tenía estores, algo poco común, que July pensó en cambiar nada más verlos por unas cortinas de tul recortadas. Ese cuarto era extraordinario. El otro, el pequeño, tampoco estaba mal. Ubicado al final de un minipasillo al que se accedía desde la cocina. A mitad de camino, un baño completo con su bañera, alcachofa de ducha (muy importante) y váter incorporado, que compartía pared con la habitación menor. La única ventana del cuarto pequeño permitía buena entrada de la escasa luz. Aquel día, el sol bañaba el tapiz azul del suelo por lo que la primera impresión fue cálida y acogedora. También estaba dotada de una cama de matrimonio apoyada lateralmente en la pared; un armario enano pero suficiente de la cadena escandinava y una cómoda alta con cajones hondos, un extra de almacenaje. Cierto es que las vistas daban a un patio lleno de chatarra y plantas que yacían extendidas por el muro. Algún zorro campaba a sus anchas en el patio del vecino.

A mi compañera le daba pavor este animal. No hacía mucho había leído en un artículo que ya estaban tan humanizados que no huían, sino que atacaban y, al parecer, el último suceso lo había protagonizado el aparentemente inofensivo animalito al morder la cara de un bebé de seis meses.

Miré a July. No íbamos a encontrar nada mejor que aquello por novecientas libras mensuales. El resto de los pisos eran pocilgas, zulos con las paredes agrietadas, humedades, moqueta asquerosa y levantada, tuberías oxidadas... Por todo esto y tres habitaciones malolientes, señoras, la gente pagaba hasta mil quinientas libras en zona dos. Con extras por supuesto, porque allí todo eran extras, hasta la antena de la tele.

El contrato era de un año y requería la firma de ambas. Ahmed era un hombre de negocios. Semiconvencidas, nos hicimos de rogar y le pedimos que nos diera hasta esa media tarde. No podíamos seguir buscando, yo no podía seguir de okupa en casa de Carmen y sus compañeras de piso, a las que ya les empezaba a hacer menos gracia el intrusismo, básicamente por la falta de espacio que al final crispa los nervios de cualquiera.

Buscando una ruta alternativa más próxima y más corta a la combinación metro/bus, nos topamos con el *overground* doblando la esquina. El *overground* compartía vías con cercanías y el metro. Así el trayecto iba de Leyton Midland Road a Blackhorse Road, por la vía ferroviaria y allí transbordo a la línea azul de metro, Victoria Line, hasta Oxford Circus.

—Andrea, es perfecto. Además, si yo me quedo con la habitación grande pago cincuenta libras más y soy la titular en el resto de recibos.

No había más que hablar.

—*Done.*

22

Todo me daba igual aquel día. Las clientas testarudas, las compañeras impertinentes, la bipolaridad de Peter... Estaba contenta y cuando estaba contenta, los cuatro vientos lo notaban.

—Brillas, Andrea —me dijo Polina nada más entrar.

—¡¡¡¡¡¡¡Tengo casa!!!!!!!! —Mi sonrisa llegaba a las orejas congeladas.

—¿Dónde?

—En Leyton...

—¿Dónde? —repitió irónica. Para mi querida Polina todo lo que estuviese fuera de la zona uno era suburbio. Jamás vino a visitarme.

—Cerca de Stratford, el estadio...

—¡Ahhhh! Vale..., ¡enhorabuena! ¡¡¡Habrá que salir a celebrarlo!!!

No podía celebrar nada, la fianza me dejaba tiesa. De hecho, ese mes salvé la academia de milagro y gracias a la

243

ligera recompensa salarial por mi esfuerzo y permanencia en la empresa.

Le vi venir, bueno, no, más bien le olí. Sabía que se acercaba porque su aroma se intensificaba. «Qué bueno, joder».

—*Hello, Peter!!!* —saludé alegre aun sabiendo que probablemente pasaría de largo.

—*Hello…* —respondió desconcertado, marcando su pulcro acento inglés.

Ansiaba más que un cruce de saludos… Aunque fuese otra riña monumental. No podía dejarme a medias… Me estimulaba discutir con él, era la única que se atrevía.

Las compradoras recibieron un trato excepcional aquella tarde. Alguna hasta me dio el contacto de su empresa para que probase suerte. Parecerá una tontería pero por fin la actitud positiva solo atraía lo bueno, o al menos disipaba tinieblas que surgían en el camino. Como el mensaje de Carlos a punto de salir a comer: «Lo siento, soy un cobarde. Perdóname». Me olvidé el móvil.

Los días de frío extremo y lluvias incesantes me hicieron comprender por qué la gente se metía en los bares nada más salir de trabajar. Me refiero al horario europeo. A las cuatro de la tarde, en la entrada de The Clachan, en Kingly Street, una docena de personas bebía cervezas para olvidar. Lo sé porque Polina y yo usamos nuestros veinte minutos de descanso para ir a por un trago pudiendo comprobar in situ cómo los ejecutivos a las seis ya iban ciegos como piojos.

—¿Sabéis lo que pasaría si vuestro jefe se enterase de que bebéis en horario laboral…?

Nos quedamos petrificadas. Clavamos la mirada en el espejo que sostenía las bebidas etílicas y le vimos reflejado. Me negaba a darme la vuelta, no podía. Efectivamente, nuestro jefe nos acababa de pillar bebiendo en horario laboral. Era uno de los piojos que a las cuatro salía por la puerta del trabajo.

—Hola, Peter... —saludó con su habitual rotundidad Polina.

Yo mengüé.

—Cóbrame lo de las chicas —le dijo al camarero—. Os quedan cinco minutos para entrar.

La rusa desafiante se bebió el chupito de vodka que le acababan de servir. Al lado estaba el mío..., pero yo había reculado tanto que me faltaba un paso para alcanzar el marco de la puerta de salida. Polina apoyó el vaso con un sonoro golpe...

—¡Eh! ¿Y tú qué? —Peter se dirigía a mí.

—No, no... —contesté, sin saber lo que quería decir.

—¡¡¡Eres la primera persona a la que intento invitar por segunda vez a alcohol y me dice, por segunda vez, que no!!! —Sonreí. Estaba algo ebrio. Bajé la mirada.

—¡Peter!, déjala... Ya nos vamos...

—¡No! —exclamé—. Hoy me apetece beber...

Me acerqué de nuevo a la barra en actitud mucho más altiva. Cogí el chupito con la punta del dedo índice y pulgar. Impuse mi mirada a la suya mientras introducía por completo la boca del pequeño vaso en la mía y, de un cabezazo hacia atrás, calenté mi garganta antes de agradecer su invitación.

—*Thank you! You are so kind.*

¡Le maté! Creo que hasta se sintió insultado... ¡¡¡¡Había llamado «riquiño» a un seductor!!!! Es lo peor que le podía hacer a un macho alfa, encantado con su fibroso físico y su talento innato como conquistador. ¡¡Su cara era un soneto de Bécquer!! La mía, una oda a la alegría.

Salimos como pulgas atropelladas en arena de la playa. No dábamos crédito del momentazo al que acabábamos de asistir. ¿¿Tendría repercusiones?? *«Let's see»*, concluyó la rusa.

La intención de regresar más contentas a la tienda se había llevado a cabo, pero la repercusión del chupito de vodka era mayor, al igual que las carcajadas.

Cuando bajamos las verjas, salimos listas para el siguiente asalto, cortesía de Polina. Yo era su excusa para no beber sola. El italiano de Aqua sirvió antes de que pidiéramos nada. Carmen se sumó a tiempo para ponerla al día del último incidente. Menos mal que ella no había estado allí. Seguro que habría dicho o hecho algo para hacer una montaña de aquel granito. Yo estaba preparada para algún revés de Peter y llegó pronto, justo cuando me disponía a enseñar a mis amigas el nuevo mensaje del arrepentido Carlos.

Mensaje de Peter: «Ahora te toca invitar a ti...». Sonreí y lo borré rápidamente antes de que las chicas leyeran nada y yo me lo acabase de creer.

—¡Eh!, tú tienes algo por ahí que no nos quieres contar. —Carmen quería saber y yo no se lo podía contar. Era una debilidad secreta que si salía a luz me avergonzaría: que sí, que ya sabía que tenía novia, pero que yo sepa las fantasías ocultas no te condenan, ¿no?

—¡Qué va, boba! Pero me gustó que Carlos escribiera esto... —coló.

—Pasa de él, Andrea. Hasta que tú no cortes definitivamente, vas a vivir del recuerdo —aconsejó Polina. Era muy buena dando consejos que luego ella, como pasa en la mayoría de las ocasiones, no se aplicaba.

Su admirado Dema llevaba una semana desaparecido en combate desde que ella le había dado un ultimátum, durante su estancia en su ciudad natal, tras el suceso de su padre. «O vienes o se acabó», le había soltado. Así era mi amiga, de ideas claras.

A las dos de la madrugada nos arrastramos a casa de Polina a hincharnos a chocolate y más vodka para dormir. Era maravillosa la temperatura en su refugio. La calefacción al máximo permitía que nos desprendiésemos de las numerosas y gruesas capas de abrigo hasta quedarnos en bragas. Aquel era el punto en el que las españolas nos empezábamos a deprimir. ¿Cuánto habíamos engordado? ¿Cinco kilos? ¿Y la celulitis? ¿En qué momento había invadido nuestros muslos? Mi culo parecía un flan y a Carmen le había salido doble tripa. Solo la diosa Polina Nemstova lucía unas nalgas firmes, tersas y aterciopeladas, con la melena larga cubriendo sus perfilados senos y aquellas uñas granates de disciplinada manicura. No había dudado nunca antes de mi identidad sexual, pero aquella mujer en bolas levantaba la libido a cualquiera.

—¡Tápate, muchacha! —le dijo riendo Carmen a la vez que le lanzaba una sudadera—, que nos vas a cambiar de acera.

Nos metimos en la cama, pidiendo a los astros que Carmen no roncara. No nos hizo mucho caso. No sé en qué momento antes de cerrar los ojos la cautela volvió a mi ser para apagar el móvil.

A la mañana siguiente el wifi de la casa de Polina me avisaba de las diez llamadas perdidas y de treinta mensajes en intervalos de quince minutos de tres a seis de la mañana. Carlos pasaba de amarme ciegamente y no poder respirar a reprocharme que no levantaba la cabeza de mi ombligo y que le había abandonado como a un perro. En los últimos whatsapps se despedía definitivamente para media hora después pedir compungido que le dejase hacerme feliz. ¡Ay! Cómo habían cambiado las tornas y qué lastima me daba ser la causante de su noche de alcohol y remordimientos. Tal lástima que llamé.

—¿Dónde estás? —Fue lo primero que escuché cuando descolgó el teléfono.

—En Londres ¿y tú? —vacilaba.

—Pensando en ti toda la noche... ¿Qué quieres?, ¿que suplique? ¡Eh! —Lloraba histérico.

—Carlos, ¿te has acostado...?

—Noooooo —gritó—. No puedo dormir. Te quiero aquí, a mi lado.

Otra vez la misma historia. El sentimiento de culpa regresó hasta que...

—¿Y esos ruidos? ¿Dónde estás, cariño? —suavicé el tono para que cantara.

—En casa de Dani, con unos amigos... Nos vinimos aquí después de...

—Amigos… y amigas, porque esas risas… —La culpa se fue, llegó la angustia y la rabia.

—Bueno, nos liamos un poco aquí después de cerrar el Mondo…

Eran las once de la mañana inglesas, o sea, las doce en Vigo.

—Tú estás colocado, so cabronazo, y ahora te llega la depre…

—Joder, Andrea, que no, yo no… ¡¡¡Te quiero!!! —gritaba—. ¡¡¡Me da igual, que me escuche todo el mundo!!! ¡¡¡TE QUIEROOOO!!!

Colgué perturbada. Me volvió a llamar unas diez veces más. Volví a apagar el móvil. Demasiado tarde para no estar revuelta y con ganas de asesinar. ¿No me podía dejar vivir en paz, tranquila?

Carmen y Polina se despertaron con sus gritos desde el otro lado del teléfono. Viendo mi repentino y profundo malestar físico y psicológico, decidieron meterme bajo una ducha caliente y preparar un desayuno con cigarros. Había que zanjar aquello. Por décimo no sé cuántas veces, Carlos había muerto.

Con el disgusto contenido, Peter seguía latente en el teléfono. Era demasiado temprano y ya tenía una maraña de sensaciones en el estómago que no me dejaban ni tragar mis tostadas favoritas. Bebí café recién hecho para aliviar la resaca y salí del refugio yo sola. La diferencia de temperatura como siempre era notable. Estuve a punto de volver a entrar. ¡No podía, me ahogaba!

Eché a andar rápido, sin rumbo, a falta de una hora para reencontrarme con ellas en la tienda. Me topé de frente y sin querer con Regent's Park. Quería llorar otra vez, Carlos me desestabilizaba. Fuera lo que fuese que tuviese que hacer, una llamada, un mensaje suyo desviaba mis energías hacia él. Un repentino e intenso chaparrón me trajo de vuelta a la realidad. Corría hacia la estación de metro de Great Portland Street cuando un paraguas me resguardó de la segunda ducha del día, esta un poco menos agradable.

—Gracias.

—De nada, querida.

Era una mujer de unos setenta años, bajita y con una sonrisa que curaba las penas, las mías en ese preciso instante. Cuánta gente maravillosa por descubrir...

Llegué a la tienda con un nudo en la garganta que solo desharía llorando. Llorando o con Peter en la puerta llamándome a su despacho.

—Lo que habéis hecho el otro día...

—Creía que ya se había solucionado en el mismo instante en que...

—Andrea, mi predilección por ti no te exime de cumplir con...

—¿Predilección? —interrumpí asombrada.

—¿He dicho eso? —Por supuesto que lo había dicho, adrede además.

Asentí. Se rio. Me reí y...

—*Darling*..., no te confundas... —espetó de repente.

A cuadros, helada, volada, como queráis decirlo, así me quedé, cambiando al instante y radicalmente mi actitud pacífica.

—Yo no me confundo. Espero que no lo hagas tú, tienes más que perder. —¡¡¡¡Ba da bum!!!! Qué os parece, ¿eh? Tenía yo el cuerpo como para entrarle al trapo al chulo volátil de mi jefe. Cada vez que demostraba lo sinvergüenza que era, caía de la nube y me metía el sopetón del siglo. Lo que me enfurecía es que luego, no sé cómo, volvía a hacerme subir, ¡¡¡¡¡¡siendo yo incapaz de impedirlo!!!!!!

Así que la mañana pasó lenta y fría, como el jarro que acababa de recibir.

El retrato de Carlos en mi mente fue lo único que pudo disipar a Peter y sus sobradas adolescentes.

Tomé aire y volví a encender el móvil. No había vuelto a llamar ni a escribir. A partir de ahí no pude dejar de chequearlo. Tiritaba.

—An, solo quiere llamar tu atención —aseguraba Carmen.

—Cuál de ellos, porque me tienen…

—¿¿¿¿Ellos???? ¡Ahá!, lo sabía… ¿Quién más?

—¡Bah!, es una forma de hablar… No sé si llamarle…

—¿A cuál de ellos? —Me guiñó uno de sus ojazos y volvió a su posición como asistente de venta.

Polina, en calidad de encargada, entró más tarde. Había vuelto un día antes de sus vacaciones en Rostov para coincidir con Anne. Traía una kubanka en la mano, el típico gorro de pelo que en los setenta causó sensación entre las rusas y nosotras recordábamos en alguna amante de James Bond. Ni Carmen ni yo teníamos intención de ponernos en la cabeza aquel suave animal muerto que se había convertido en tendencia ese año.

—Si estuvieseis a veinte grados bajo cero ya veríais qué rápido os lo poníais... —aseguraba.

Anne apareció a última hora para probárselo.

Aquella señora me ponía nerviosa. Sabía que le gustaba, pero hacía crecer mis inseguridades. Las de Peter también. Eran las ocho de la tarde y todavía seguía en la tienda.

—¡¡¡Andrea!!! ¿¿¿Te gusta??? —me preguntó desde el extremo opuesto de la tienda.

—Sí, Anne, le queda perfecto. —Me acerqué.

—No estoy de acuerdo, es excesivo... —cortó—. Gracias de todos modos, Polina, ha sido un detalle. —Se lo devolvió dejándoselo en sus manos.

Polina la quería descuartizar. La conozco y se podía sentir a leguas. ¿Cuánto podía costar el sombrero? Más de ciento cincuenta euros fijo. Estuve por pedírselo, revenderlo e irnos a Aqua a cenar, algo inalcanzable para nosotras.

—Anne, yo creo que... —comenzó a decir Peter.

—¿Tú? ¿Tú qué vas a creer? Pequeño Peter, piensa antes de hablar... —¡Zasca! Solo necesitó una frase para meterle un merecido correctivo al jefe supremo, omnipotente, omnipresente y si le dejabas omnisciente.

Polina sonrió. Ya se le había pasado el cabreo con Anne. Creo que la admiraba, que veía en ella un reflejo de lo que le gustaría llegar a ser. Yo, sin embargo, rechacé al instante ese ramalazo déspota. Peter se metió en su oficina y no salió hasta el cierre. Por primera vez, me dio pena.

Más tarde, revisaba con desdén los bolsos de los empleados antes de salir. Era inusual que él lo hiciese. Llegó mi turno y metió la mano.

—No puedes hacer eso —afirmé.

—Tienes razón, lo siento —lo dijo pero sin ganas, como dándome la razón para que me callase.

¡Qué listo! En casa de Carmen encontré la nota: «Tuesday. 20:45. ManU-Chelsea. The Comedy Pub».

23

Los dos grados de las nueve de la mañana del sábado no podían congelar la euforia con la que recogía mis pertenencias en casa de Carmen y las metía en el taxi camino de mi nuevo hogar. A pesar de que el cielo amaneció cubierto, al llegar al parque se despejó. La sensación térmica se templó, así que la espera delante de la puerta verde botella de 59 de Leigh Road no fue tan dramática. July llegó en otro *cab* cinco minutos después. Nos moríamos de ganas por entrar y colocar todo a nuestro antojo.

Ahmed nos entregó tres copias de las llaves, firmamos un contrato y se despidió con un: «Espero que sean muy felices».

Ese mismo día nos instalaban la conexión wifi. Hay que tener en cuenta que hasta el momento rastreaba redes allá donde fuese, pidiendo contraseñas para acceder a Internet en bares, restaurantes, comercios… Por tanto, era una bendición.

Sonaba *A-Punk* de Vampire Weekend mientras deshacíamos maletas, colocábamos la ropa y demás trastos. Inevitable saltar de alegría. Bajamos a dar una vuelta por el barrio para comprar utensilios de cocina y un buen café. Lloviznaba. Nos metimos en una cafetería regentada por un risueño indio que nos preparó la bebida al gusto y unas tostadas con mantequilla y mermelada de frambuesa que tanto añoraba. No eran como las de mi madre, pero me quitaron el mono. Retomamos el paseo por High Road Leyton, desviándonos en Hoe Street, una calle más amena plagada de cocina india, japo, china, tailandesa, alguna franquicia de pizza barata y los dos grandes supermercados, Sainsbury's y Tesco, más barato el segundo. Allí hicimos la compra. Era la primera vez que July compartía piso, con lo cual tuve que explicarle ciertas normas de convivencia, como el famoso bote común para comprar productos de limpieza, higiene y alimentación genérica, porque la mantequilla de cacahuete era un capricho que yo no tenía por qué pagar. Pareció entenderlo a la primera. Salimos con cinco bolsas que cortaban los dedos de las manos.

—Sois nuevas en el barrio, ¿eh?

En el parking de la entrada, un chaval de nuestra edad, negro, alto, apoyado en su Alfa Romeo, se ofrecía a llevarnos hasta casa.

—Sí... —contestó July, coqueta. Le gustaba, aunque con las pintas de andar por casa que llevaba dudo mucho que pudiese ligar. Más bien ayudaron los pezones erectos bajo la camiseta de algodón.

—¿Adónde os llevo?

—¡¡¡A Abbotts Park!!!

—*Great!* Subid.

¿Esto funcionaba así siempre? ¿Qué había de lo de no hablar con desconocidos que quieren llevarte en coche a casa? Seguí a July, a fin de cuentas ella era de allí, sabía lo que hacía, ¿no? Pues no.

El tío era un macarra pesado. Sacó su porrito del cenicero y nos ofreció unas caladas. La *geordie* las aceptó. De camino nos puso al día de la vida social del barrio: los cutre-pubs a los que debíamos ir, dónde pillar la mejor mierda, las reuniones en el billar, peleas de perros... Muy atrayente todo.

En cuanto aparcó, me bajé del coche despidiéndome. July se quedó dentro. Subí las escaleras, abrí la puerta de casa, coloqué la compra, fui a mi habitación y cuando salí, el cuarto de July estaba cerrado y los gemidos ambientaban el salón. No me consideraba una persona puritana, ni mucho menos, pero de ahí a follarte al primero que pasase, aunque le faltaran dos piños y otros dos fueran de oro, había un trecho.

Aproveché las horas a solas para robarle el Mac a mi compañera de piso y hacer un Skype con mi madre. Sí, mi madre era usuaria de Skype... y ¡Facebook! Básicamente para tenerme controlada. Se adueñó de los diccionarios de inglés del colegio e iba traduciendo palabra por palabra lo que mis «amigos» comentaban en el idioma de Shakespeare. Para la videollamada mi santa madre había desempolvado la *webcam* sin estrenar que habían comprado con el primer ordenador, allá por los noventa y muchos. Ahora ya podía «presumir» de casa.

—¡¡¡Hola, ma!!!

—¡Hola, hija! Ay, esta cámara web me tiene frita, no sé dónde colocarla...

Saludé uno por uno a los miembros de mi familia, disparando titulares por ambas partes. Los míos eran muy positivos. Comía fenomenal, me pagaban genial en el trabajo, me gustaba un chico inglés... Nadie me creyó pero me reconfortaba el disfraz.

Mi hermana también estaba allí... Había visto pasar por delante de mi casa a Carlos. Se paró y la invitó a un café «intentando dar pena...». Ella, como mi madre, era de raza. Y eso que poco tenían que ver la una con la otra. La cebolla había tenido la oportunidad de estudiar, un privilegio al alcance de muy pocos en la generación de mis progenitores. Era bióloga marina. Conocía las Cíes y su ecosistema como las cicatrices de sus manos, ásperas del frío y el salitre. Ella continuaría el legado de las mujeres firmes y enteras que levantaron solas el reino de Galicia, matriarcal por naturaleza y herencia. Por lo tanto, poco o nada soportaba a un chaval que se rendía antes de empuñar la espada.

—Te cuento esto para que estés al tanto...

—¿Qué te dijo?

—Pues qué me va a decir..., lo de siempre, Andrea... Que estaba perdido, que sabía que no iba a encontrar a nadie como tú, que se pudría en el pueblo...

—Y tú ¿qué le dijiste?

—Pues que tomara una decisión..., que de nada valen las palabras cuando luego demuestras lo contrario... ¡Ah, y que era un cobarde!

—¡¡¡¡Cebolla!!!! —reñí.

—¿Qué?, ya está bien de que todo el mundo le dore la píldora por su buen fondo, lo maravilloso que es y su supuesto talento para todo… Si solo valora lo que tiene a título póstumo… Porque no sé si te has dado cuenta ya, pero vuestra relación esta muerta, ¡Andrea! ¡MUERTA!

Me sentó como una lanza en el pecho. Tenía razón en todo, casi siempre la tenía, y casi nunca se la daba. ¡Era mi hermana pequeña!

Cuarenta y cinco minutos después, a punto de colgar la llamada y antes de que mi madre empezase a llorar, apareció mi abuelo, con su bastón e inseparable borsalino.

24

Mar del Plata, 1963

—Gracias, Pao —agradeció propinando un casto beso a su novia, con la que vivía desde hacía ya doce años. Era el día de su trigésimo séptimo cumpleaños y aquel sombrero lo convertía en el hombre que siempre soñó ser. Dejaba la boina a un lado para vestirse acorde con su nuevo estatus social.

La Santa Unión había abierto dos hermanas más en Buenos Aires. Matías apenas regentaba el bar. Todo quedaba en manos de Jacinto y Paola.

—Un nieto, eso es lo único que me falta para morir en paz —repetía Matías en los multitudinarios asados de guachos.

Mar del Plata, como para la mayoría de la alta sociedad porteña, se había convertido en su destino de vacaciones favorito. Allí, la familia de Paola tenía un rancho y allí celebraban su aniversario con los padres de la novia, tras una semana de visita a Montevideo.

Paloma, la dócil yegua que le habían regalado Matías y Romina, cabalgaba mañana y noche por la ramada que protegía del sol la cabaña principal y el galpón anexo. Por la tarde, tomaban la neverita y se acercaban a la pintoresca ciudad, a la playa, al balneario... Y, tras la cena, Jacinto se vestía de punta en blanco para echar una ruleta en el Casino Central. Su suegro y amigo le acompañaba.

Mientras, al otro lado del Atlántico, sus hijos crecían sin un referente paterno.

—Madre, antes o después me lo pedirá, estoy segura...

Se engañaba. El paso del tiempo y la ausencia de conversaciones acerca de su vida pasada la convencían de que se quedaría con ella. Había aceptado que no tendrían hijos, solo le quería a él a su lado.

El fin de semana Fabián se acercó a la parranda. Había plan, Jam Session en el sótano del hotel Moreno. Fabi tocaba el saxofón en una banda y quería homenajear a su compadre.

Desafortunadamente, el lugar acogía a más gente de lo que el aforo permitía, ciento veinte personas, y llegar hasta la pomposa barra suponía una odisea, quedando comprimidos, una vez allí, contra el mostrador de mármol. El humo y la aglomeración les asfixiaban. Se hicieron hueco entre un grupo de gallegos que, casualmente, eran primos lejanos de Celia, hijos de Daniel, el hombre que le había acogido su primera semana en Argentina.

—¿Quién es Celia? —preguntó interesado Fabián.

—Pero ¿cómo? ¿No conoce a tu mujer? —respondió el primo político.

—Este... No, no, no han coincidido... —se excusó.

Fabián y Jacinto se retiraron con la disculpa de pedir dos copas más.

—Che, loco, ¿llevás más de diez años ocultando que tenés mujer allá?

El jaleo les obligaba a elevar la voz.

—¡¡¡Y dos hijos, Fabi, y dos hijos!!! —reconoció.

Su amigo Fabián se quedó absorto, inmóvil.

—Lo siento…, yo…, ¡Paola lo sabe! —intentaba explicarse.

Fabián no le miraba a él, sino a lo que tenía justo detrás de su hombro.

—¿Qué carajo mirás? —Jacinto se volvió.

Miraba a Matías, quien había escuchado lo suficiente para soltarle un directo de derecha que lo tumbó.

Fabián se metió en medio.

—¡Te he tratado como a un hijo, farsante! —gritaba enfurecido—. ¡¡¡Te he dado mi vida, mi negocio, a mi hija!!! —Lloraba.

Los echaron del local y fue el mismo Matías el que después lo llevó al galpón de la casa para curarle el labio roto sin que las mujeres se enterasen.

—Siempre sospeché que las cartas que llegaban al bar no eran de ninguna prima… Prefería vivir en la ignorancia… —reflexionó.

Prometió no decirle nada a Romina con tal de que cogiese las maletas con cualquier pretexto y se fuese de allí para siempre.

Jacinto tardó seis meses en dejar todo atado en Buenos Aires. Paola dejó de bailar.

25

Volví a ver el pelo degradado de July el domingo. La desperté preparando el *breakfast tea* y rebuscando en la alacena. Abrió la puerta riendo. Se acercó a darme un abrazo. Yo no estaba muy segura de querer recibirlo.

—¿¿¿Ya se fue???

—Sí. —Rio—. Anoche. No sabes la polla que tenía, Dios, ¡qué gusto!

—Vaya, así que es cierto lo de los neg… —me interrumpió.

—Andrea, ese falo no me entraba en la bo…

—Vale, vale, no es necesario dar tantos detalles. ¿Quieres un café? —Me estaba violentando. No tenía tanta confianza como para que me hablase de su vida sexual. Y aunque la tuviese…

—¡Ohhh!, *babe,* eres un ángel. Gracias.

Mientras se bebía el café propuso hacer de guía. Me llevaría a un par de sitios que me iban a fascinar.

—¿O... tienes otro plan?

Debí de mirar el móvil en más de una ocasión.

—No, qué va. Perfecto. Me ducho y vamos.

Me entusiasmaba la idea. Por fin iba a conocer algo más la ciudad y sabía que July, con su modernez, seleccionaría sitios de los que fardar en Newcastle.

Era una mañana cubierta, como casi siempre, y tranquila, muy tranquila, lo único provechoso de vivir lejos del centro. Tomamos el metro en Leyton, la Central Line nos llevaba directas a Bethnal Green. No tenía ni idea de lo que hacíamos allí y precisamente eso era lo que me ilusionaba.

La seguí por Bethnal Green Road, hasta que giró a la derecha en Pollard Row y se paró.

—*Yellow Line Flower Painter* —sostuvo la entendida.

El dibujo estaba cubierto por una especie de lámina transparente con un cartel de los vecinos del edificio: «No tenemos la culpa de tener un Banksy en nuestra fachada. Respeto, por favor». Los legendarios grafiteros londinenses le habían declarado la guerra a su misterioso líder, tachándolo de *celebrity* que aprovecha su fama para disparar el precio de sus obras. A mí me pareció extraordinario. Le hice una foto, como haría cualquiera, y proseguimos. Giramos a la izquierda en Gosset Street, derecha en Barnet Grove, y al final de Ravenscroft Street no hizo falta decir que aquel era el destino sorpresa, el maravilloso Columbia Flower Market. Flores, plantas, semillas repartidas en diferentes puestos a lo largo de la calle... Cafés italianos, ingleses, tiendas alternativas, pequeñas galerías de arte, frutas exóticas, jabones artesanales... Delicioso al olfato y precioso a la vista. Los vendedores anunciaban sus mejores precios a grito pelado.

—*Tueni quids, darling! Tueni quids!*

«*Quids?*», pregunté a July. Era la forma vulgar de referirse a las libras. Lo que en *spanish* serían «veinte pavos».

Me resultó gracioso. Quería empezar a emplearlo en mi vocabulario, pero mi compañera me recomendó que mejor me rigiese por el inglés oficial. Era inapropiado, barriobajero. De hecho, reconoció que desde que estaba conmigo su madre le decía que hablaba mejor. La pobre se tenía que esforzar por hacerlo correctamente para que yo pudiese entenderla.

Compramos una minutisa, margaritas y bambúes. Un jabón con aroma cítrico y dos tazas con mensaje: la mía ponía «*Be smart*»; la de ella, «*Keep calm and fuck up*». La verdad es que July tenía mucho rollo.

Con nuestros paquetes de papel y el estómago rugiendo cogimos el *overground* en Hoxton hasta Highbury and Islington Ell.

Chuleta de cerdo con patatas asadas, judías y las tradicionales lentejas a la mostaza. De postre, tarta de almendras con crema de nespolo, parecido al níspero pero italiano. Salimos rodando de Trullo, el restaurante donde nos acabábamos de alimentar para toda la semana, con ganas de casa y siesta. Anochecía. Aquel domingo había sido redondo.

Sin embargo, el lunes… sufría por primera vez las consecuencias de las heladas en las vías del metro. Habilitaron un autobús desde Leyton hasta el centro que tardó unas dos horas. Menos mal que iba con tiempo, con el objetivo de almorzar tranquilamente. El día continuó como empezó, a todo trapo.

Mi nuevo trayecto a casa lo compartía con Sahid, Jaz y Grace. La *stripper* se bajaba en Bank para una sesión privada con alguno de los jugadores del Chelsea.

—El Chelsea… juega mañana, ¿no?

—¡Ahá! Es para que se relajen… —contestó con un guiño.

Sahid no podía con Grace. La consideraba chabacana, paleta, hortera y grosera. Como ya he comentado en alguna ocasión, en el fondo no era mala chica, solo tenía una vida dispersa y algo sórdida y se dejaba llevar por las otras Spice Girls. Jaz no hablaba con nadie, solo escuchaba a Beyoncé.

Las últimas paradas las hice a solas con Sahid. Salió el tema.

—Mmmm… y ¿qué hay de tu fan?

—Sahid… —Me saturaba la bromita.

—¿Qué? Nunca lo había visto tan simpático…

—Ya no molesta… —contesté dejándolo satisfecho—. Se debió de dar cuenta de que no tenía nada que hacer.

—Has hecho bien, Andrea. Te meterías en problemas.

¿Qué quería decir con «problemas»? ¿Acaso era un capo de la mafia o se refería a que me enamoraría hasta las trancas para luego humillarme? Esto último también lo había pensado yo. Quizá, lo único que pretendía era demostrar que él podía conquistar a cualquier fémina, incluso a la más reticente.

Bueno, pues si quería jugar… el contexto era el más adecuado, cerveza y fútbol. Nada malo, ¿no?

Al día siguiente me levanté de un salto de la cama y con tiempo de sobra para ducharme, exfoliarme la piel, plancharme con unas ridículas tenacillas el poco pelo rebelde y darle un poco de grosor a mis pestañas y labios. Él libraba ese día, así que metí un pequeño neceser rojo en mi maxibolso de tachuelas, regalo navideño de mi hermana, intuyendo el ligero retoque que necesitaría diez horas más tarde. No podía parecer que me estaba vistiendo para la ocasión, pero al menos seleccioné las prendas del uniforme que mejor me sentaban. Pitillos negros, la blusa blanca de cuello bebé sin mangas y... ¿botas de ante con tacón medio o moteras? Ya, yo tampoco dudé mucho.

A medida que se aproximaba la hora H, mi vejiga se descontrolaba. Si no fui a mear unas cinco veces, fui diez.

«Pero vamos a ver, Andrea, tienes la sartén por el mango. Tú no quieres nada con él. Solo te atrae el hecho de que el inalcanzable Peter Harman te proponga una quedada... Ya está, una cerveza y te vas». El autoconvencimiento era una especie de placebo que, si no lo recibía con intención, no funcionaba.

A las nueve bajamos la verja de ambas entradas. Rooney ya llevaba un gol y quince minutos jugados.

—¿Preparamos algo rico de cena? —más que preguntar, July afirmaba.

—No puedo, he quedado.

—¿Con quién?

«Y a ti qué coño te importa», estuve a punto de responder. Sí, estaba alterada.

—Con unos... as amigas...

—¡Ah!, ¿con Carmen y Polina?

—¿¿¿Conmigooooo??? —Carmen se señaló el pecho dramatizando el gesto con acentazo andaluz.

«Joder, Carmen. Qué poco fina».

—No, July. No las conoces... —pronuncié con un tono más tirante.

—¿Y con quién has *quedao*? Si Polina está con las de la uni...

Porque era Carmen, inocente e ingenua, si no hubiese pensado que quería ponerme en un aprieto.

—Pues precisamente con unas chicas de la academia... —Mi capacidad de improvisación seguía tan ágil como siempre.

—¡Ah! Ok, iría contigo, pero tengo noche de bohemia con Pedro... —contestó con pena mi amiga la buenaza.

Tras haber mentido a diestro y siniestro, salí despavorida Regent Street abajo. La lluvia calabobos estaba estropeándome el alisado matutino ¡y yo preocupada! Eso no era normal. Llegué en diez minutos a Piccadilly, rumbo a Trocadero. Nada más girar a la derecha un grupo de fumadores confirmaba la localización del pub. El partido estaba en el descanso, ganaba el ManU.

Me sequé la cara con la manga, bajé un poco la cremallera del abrigo y abrí la puerta roja de madera. El golpe de calefacción casi me asfixia, necesitaba desvestirme rápido, sudaba, ¡mierda!

El pub, de luz tenue y cálida, estaba a reventar de hombres, pintas y nachos. Conté solo cuatro chicas mientras lo buscaba agitada.

Allí estaba, apoyado en la barra. Él llevaba más tiempo que yo observándome y cuando lo encontré, levantó la copa a su manera, canalla. Me había costado reconocerlo. Estaba distinto y especialmente guapo. Tuve la misma sensación que cuando lo vi por primera vez, vértigo. Destacaba entre la masa, despeinado, con una camisa blanca informal remangada, chinos beis por los tobillos y mocasines azul klein. Me acerqué sorteando las sillas y mesas, pasando incluso por encima de alguno. Extendió su mano, la agarré, me apretó con fuerza y me llevó hacia él. A esa distancia pude apreciar el poco vello que sobresalía de entre los tres primeros botones desabrochados de su camisa. Respiré su aroma, irresistible, y desempeñé el papel previsto.

—No podías haber elegido un sitio más tranquilo, ¿no? Me pasó su birra.

—Bebe y calla, anda, que empieza.

—Qué más da, si total vais a palmar…

—Andrea, cuando no hablas, eres preciosa, ¿lo sabías? Me callé. No sabía qué decir. Empezaba a sentirme incómoda y decidí dedicar unos minutos a reflexionar. Tenía novia y quedaba conmigo. A lo mejor solo quería que fuésemos amigos y yo me estaba montando el lío sola. No.

Con la cebada empecé a relajarme y mi inglés volvió a fluir. Mi lado más chistoso me dio ventaja jugando a una de cal y otra de arena. Comentaba las jugadas, yo nunca asentía. Él era buen jugador y yo mejor contrincante, cuando no se me caían las bragas, claro.

—¿Ves como no muerdo? —soltó antes de que pitaran penalti a favor del Chelsea. Gritó eufórico.

—Ves como yo tampoco…

Giró la cabeza, demasiado cerca. Clavó la mirada, la aguanté y un hormigueo recorrió los dedos de mis pies. Volvió a dirigirse a la pantalla ante el fallo garrafal de Sturridge.

Perdía el Chelsea.

—¿Una copa? —propuso.

—Mañana madrugas… —advertí cual niña responsable que era.

—Y tú… ¡Anda ven!

Me llevó de la mano escaleras arriba. Varias mesas de billar ocupaban la segunda planta. Nos decantamos por los dardos. Me estaba divirtiendo, no lo puedo negar, hasta que pidió la cuenta.

—Peter, no, estas las pago yo —impuse agarrando la mano que sostenía su cartera.

—Andrea, con lo que cobras no te da ni para desayunar… —comentó con un halo de desprecio, o al menos así lo percibí yo.

Todas las incomodidades a las que estaba sometida eran impuestas por mi nueva vida. Jamás había pasado hambre, ni frío… ¡Jamás un hombre me había invitado por lástima!

«Cretino, insolente, cabronazo… ¿A cuento de qué suelta esto ahora, con lo bien que estamos?».

—Si me pagases más… —respondí con el gesto medio torcido.

—Prefiero invitarte… —espetó con su peculiar desdén.

Me levanté del taburete.

—Pues por hoy ya ha sido suficiente...

Cogí el abrigo, el jersey, el bolso, la bufanda, el gorro..., me retuvo.

—Vamos, Andrea, es broma. No sabía que te ibas a poner así por esta tontería...

—Para mí no es una tontería...

Y a partir de ese momento empezó la conversación real.

Hablamos de su vida, de la mía, de lo que perdimos, de lo que teníamos, de música, de amor, de cine, de la infidelidad... De esto último tenía una visión un tanto distorsionada. No consideraba cuernos nada que no tuviese penetración. Inevitablemente, esto dio paso a la siguiente pregunta.

—¿Estás con alguien?

—No —contesté. ¿Acaso estaba mintiendo?—. ¿Y tú?

—No —respondió.

—Pensaba que tenías novia...

—Tenía... —aseveró.

Al fin, podía respirar.

Peter Thomas Harman había nacido en Bristol en 1983. A los dieciocho años y por motivos que no podía revelar se vio obligado a venir a Londres. Esto me intrigó... ¿Habría asesinado a alguien? ¿Tenía un hijo que no quería reconocer? No tenía la confianza suficiente como para sonsacar, pero algo gordo tuvo que pasar para que lo marcaran en su villa natal de por vida.

Su belleza le abrió más puertas que a otros en la gran ciudad, desempeñando al principio todo tipo de trabajos como azafato, modelo, extra en algún spot… Llevaba cuatro años como encargado de la tienda imagen para la que trabajábamos.

La oportunidad le llegó de la mano de Anne, a la que conoció en un club de King's Road ya de madrugada. No profundizó pero el contexto era poco limpio. Entonces entendí su achante aquel día ante la estelar Anne Brightman. Tenía la sensación de que él le debía mucho y ella sabía demasiado.

Hijo mayor de una familia acomodada y progresista, su padre no le dirigía la palabra desde que se marchó. Su hermano, tres años menor, había salido más «recto», con familia y dos niñas que Peter ni conocía.

Fanático del fútbol, mujeriego y diría que obsesionado con el físico. Aunque en Londres todo el mundo lo estaba.

—Me juzgan antes de molestarse en conocerme… Así que desde hace tiempo no doy *chance* a nadie…

—Entiendo… Pero de ahí a comportarte como un…

—Andrea, alguien tiene que controlar a las bestias… Fíjate bien, son una pandilla de vagos… Y Sahid…

—Un momento, no voy a consentir que hables mal de él delante de mí.

—Como decía, Sahid… es una persona noble pero con muy poca capacidad organizativa y mucho menos de liderazgo… ¡¡¡Me revoluciona todo!!!

—Pero eso no justifica que…

—Andrea, no me recuerdes que soy tu jefe, por favor…

—No me recuerdes tú a mí que lo eres…

Nos reímos y echamos otra a los dardos. En parte, tenía algo de razón. Sahid no gestionaba bien los problemas en el ámbito laboral. Me lo había demostrado con el «caso Surica» o la calefacción, pero jamás lo reconocería delante de un Peter dispuesto a hundir a su segundo de a bordo.

Estaba segura de que bajo esa capa espesa de seguridad y fortaleza se hallaba un niño perdido, falto de cariño, que no de sexo, y con la necesidad de exhibir sus logros constantemente. Aquella noche el gemelo dulce y agradable había salido a la calle. Sonaba *VCR,* de The XX.

Faltaban diez minutos para las doce, había que volver a casa, como la Cenicienta. No porque me las diese de princesa, sino porque cerraba el metro.

Sin aliento, llegamos a la estación de Piccadilly Circus y, sin tiempo, nos miramos. ¡Qué ojos! Agarró mi mandíbula con las dos manos y me plantó un lento y húmedo beso en la comisura de los labios. *«Good night».*

26

La conexión durante los siguientes días era evidente y extraña a ojos de los empleados, sobre todo para Sahid, con la mosca detrás de la oreja.

Ese mismo jueves me llevó a degustar las famosas ostras de Randall & Aubin, en el Soho, acompañando tal manjar con una copa de champán francés. Alucinaba. Y ahí no quedó la cosa, el postre lo aderezó con dos entradas para el musical más premiado del West End, *Chicago*. Me tenía embelesada.

Velma Kelly y Roxie Hart nos hicieron salir bailando de la última sesión del Garrick Theatre embobados con las poderosas y kilométricas piernas de Rachel McDowall nada más interpretar *All that jazz*.

Algo le pasaba a Peter Harman para mostrarse tan agradable, era el comentario en los corrillos de la tienda. Nos vacilábamos ante el público, como siempre, para demostrar que nada había cambiado. Aunque, una mirada, un gesto, una charla de más de quince minutos en el probador..., esos pequeños detalles mosqueaban al personal.

—Cada vez estoy más segura de que le gusta Andrea, ¡¡¡mira sus horarios!!! —comentaba Carmen delante de mí en la sala de reuniones mientras esperábamos el inicio del *meeting*.

—¿Andrea? —preguntó Polina.

—Qué bobadas decís. Si está todo el día metiéndose conmigo... —No quería darle más importancia al asunto. No la tenía.

Polina y Carmen estaban asombradas con la amabilidad de *the Boss* y el cambio de *look* más informal.

—Es que está muy raro...

—Yo creo que se droga...

—Sí, algún porro se fuma a veces...

—Pues que reparta...

—No tiene novia... —dejé caer.

Dejaron de atender a las prendas y se concentraron en mí. «¡¡¿Para qué habré soltado nada?!!». Me arrepentí al momento bajo sus miradas opresoras.

—¿Qué? —preguntó Polina.

—Y tú ¿cómo sabes eso? —Carmen me interrogaba.

—Os lo cuento esta noche... —adelanté.

—¿Andrea...? —Polina necesitaba un titular.

—Yo no puedo, quedé con Pedro.

—Joder, Carmen, todo el día con Pedro... A este paso en un mes estás viviendo con él... —exclamé un poco molesta aprovechando para desviar la atención.

—Y en una semana también...

¡¡¡El amor!!!, contra eso ya sabéis que no se puede luchar ni evitar que una amiga tome una decisión muy precipitada.

—¿Lo dices en serio? —pregunté pasmada.

—Sí, Andrea, paso más tiempo en su casa que en la mía… y tú sabes bien que no es precisamente el hotel Ritz.

—Ya…, pero… no sé… —Yo seguía dudando.

—Andrea… Si sale mal pues ya buscaremos solución… —explicó.

—Joder, pero esto nos lo tienes que contar con calma… ¿Mañana pues? —pregunté.

Al día siguiente, sábado, tampoco podía Polina.

—¿El domingo entonces? —propuso Carmen.

—Yo no puedo… —contesté—. Le he prometido cine a July. —¿Cómo podía mentir con aquella credibilidad?

—Qué mal me cae esa tía —masculló Polina.

—Ya, pero es mi nueva compañera de piso. —Y se acabó la conversación.

El domingo era para él.

Calzaba medias negras cristal, short de tela y tiro alto con camiseta de algodón gris. Contra el frío, cazadora de cuero y un chaleco de pelo, sintético por supuesto, que llegaba hasta los tobillos, justo por donde cortaban unos botines de infarto. La gomina domaba mi pelo en la lluviosa tarde de domingo. Paraba de llover por momentos, salía el sol, se volvía a cubrir el cielo y vuelta a empezar, así eran la mayoría de los días en la City. De todos modos y arriesgando mucho, el paraguas se quedaba en casa, estropearía mi estilismo creado a propósito para impactar.

Lo fui visualizando poco a poco a medida que ascendían las escaleras mecánicas de la estación de Liverpool Street. El «*wowwww*» que soltó nada más verme compensaba las horas de indecisión derrochadas delante del armario.

Domingo y Brick Lane era sinónimo de aglomeración. A las ocho de la tarde veinteañeros alcoholizados ocupaban todas las mesas de la terraza del 1001, favorito de italianos y españoles.

Dentro, pasando la cafetería, descubrimos el pub, con grandes sillones adosados. Allí me dio a probar mi primer Sailor Jerry, un licor irlandés, dulzón, combinado con Coca-Cola. Al principio me resultó empalagoso, se lo dije, pero poco a poco logró seducirme, como él. Desde entonces, no bebí otra cosa. La música de los noventa sacó tema de conversación. Resultaba curioso cómo dos personas de orígenes y educaciones distintas compartían las mismas canciones de la infancia, las mismas películas, recuerdos... Tenía dos años más que yo y había logrado llegar a un buen puesto. Yo no me sentía su dependienta y él tampoco me trataba como tal. Comenzaba a adorar su voz grave, profunda, varonil. Sí, queridos, cada vez me gustaba más, a pesar de mostrar unos valores y un comportamiento cuestionables.

Dos Sailor más nos movieron al local de enfrente, 93 Feet East. Nos metimos en la sala de la izquierda. Sonaba *Technology*, de Daft Punk.

El alcohol ya había subido lo necesario como para que mis caderas empezasen a moverse, siguiéndolo a él, que decidió quedarse en medio de la abarrotada pista. Una canción, otra..., me iba soltando. En Vigo, jamás, y repito jamás, ha-

bría bailado de aquella manera. En realidad, no habría bailado. Era más de copa en mano, barra y charla. Allí, aquella
tarde noche no me conocía nadie, nadie me juzgaría ni coti-
llearían al día siguiente... Solo él y yo. Me divertía y me in-
flaba llevar del brazo a un chulazo como Peter Harman.

Mientras se acercaba a pedir otros dos licores, un grupo de chicas me arrastró hasta una de las tarimas. En la pista
no cabía ni un alfiler, así que agradecí algo más de oxígeno.
Estaba desatada. En un visto y no visto me había convertido en una de las esporádicas gogós del garito. Lo perdí. Seguía bailando, sabía que me observaba desde algún punto.
Mis movimientos cobraban sensualidad, erotismo, apetito.
Noté su respiración en mi nuca, estaba justo detrás, marcando el ritmo. Se pegó más, la noté. La leyenda resultaba
no ser del todo mentira. Resurgía mi sexualidad. El roce de
mis contoneos le excitaba. Noté su boca humedecida en mi
cuello, en mi hombro, en la mejilla... Me dio la vuelta..., a
un centímetro de su cara acercó su boca a la mía, su lengua,
su aliento... Como dos adolescentes inexpertos nos fundimos en un apasionado beso, que visto desde fuera probablemente rozó el ridículo. Si hubiésemos estado en España
alguien habría gritado: «Idos a un hotel», pero allí todo y
todos pasábamos desapercibidos. Deslizó su mano por mi
nalga y me apretó contra él. No sé cuánto duró aquel interminable beso, pero necesitaba más.

Escapamos de la electrónica a las risas de la calle. En-
cendimos un cigarro. La temperatura ambiente enfrió el
cuerpo y la mente y el arrepentimiento no tardó en llegar.
Recordaba las palabras de Sahid: «Te meterás en proble-

mas»; las de Polina: «*He's a prick*», las de Carmen: «Ay, ay, no puedo con él, qué tío más arrogante», «¿Te has fijado en su paquete?».

—¿De qué te ríes? —preguntó arrastrando las vocales. Evidentemente iba borracho.

—De nosotros. Mañana nos arrepentiremos.

—Yo no —aseveró.

The Shampan fue el restaurante que se dignó servirnos algo de cenar. Cocina india para rematar la faena: pollo *tandoori* con pimientos asados, *masala* de cordero y arroz al curry fue por lo que se decantó Peter sin preguntar. Esa noche se lo pasaba todo, qué os voy a contar.

Las once y media, llegábamos al metro.

Me acompañó hasta Stratford. Estaba mareado, se caía para los lados del vagón. Pero antes de bajarse me plantó un morreo que hizo girar la cabeza a más de uno. Me ruboricé. Se bajó y permaneció bajo la llovizna mirándome. Desapareció cuando arrancó el tren. Ahí, con cierta timidez, miré alrededor. Un hombre de mediana edad y rasgos indios me sonrió devolviendo los colores a mis mofletes. Suspiré. ¡¡¡Qué noche!!!

Nada más entrar en casa, July salió rápido de su habitación.

—¿Dónde estabas? Qué tarde, ¿no? ¿Con quién quedaste? —preguntaba atropelladamente.

—¿Estás borracha? —me molestaba aquel interrogatorio y olía a ron.

—Un poco. —Se reía—. He estado en casa de Jake, un amigo al que me tiro de vez en cuando… Me tenías preocupada.

Me aturullaba.

—Ah, ¿sí? ¡No paras, eh! —Le guiñé un ojo intentando desviar la conversación.

—Sí, pero ya me aburre...

July tenía muchas ganas de hablar y yo de chillar de alegría y contar lo que me había pasado. Afortunada July, que podía hacer realidad sus deseos inmediatos. Preparó té y algo para picar. Me quité las prendas de abrigo y me senté en el incómodo sofá con una de las tazas y una revista.

—Andrea, me gusta un chico..., pero, por favor, que no salga de aquí.

Asentí. Prosiguió.

—Anoche, hubo cena de la central... y me invitaron. También acudieron los responsables de las cuatro tiendas. Entre ellos, Peter...

¡No!, no podía ser real lo que iba a soltar en cuestión de segundos.

—¿Y?

—Creo que yo también le gusto a él. Después de cenar nos fuimos todos de copas y acabamos Mariam, Luke, Peter y yo en el Jaks bar de King's Road, en Chelsea. La conversación se empezó a calentar y terminó diciendo, mientras me miraba, que a él lo que le encantaría sería que le hicieran una mamada en la oficina.

Pálida me quedé.

—Repugnante, July. —No me lo podía creer. El desprecio hacia Peter volvió como una exhalación—. ¿Peter Harman haciendo ese comentario? Lo dudo...

—Andrea, Peter Harman es un cerdo, todas lo sabemos...

Me daba asco a mí misma por haberme dejado encandilar por aquel «cerdo» durante las últimas seis horas.

Ella se reía.

—*Honey*, mataría por comerme esa tremenda verg...

—Vale ya, July. Que es mi jefe... Ahora no voy a poder mirarle a la cara. —Me esforzaba por ser una simpática confidente.

—Te mantendré al tanto de lo que vaya pasando —acabó mientras entraba de un salto en su habitación.

—Sí, por favor —contesté irónica.

A punto estuve de mandarle un mensaje al sinvergüenza ese (parezco mi madre), pero ¿quién era yo para reprocharle nada? Solo me había dado un beso, nada más. Algo que enterraría y borraría del recuerdo.

Me metí en la cama mosqueada. Me costó dormir y en ese rato le escribí a Carlos. Solo quería saber qué tal estaba. Contestó al minuto diciendo que seguía allí, esperando. Las dudas sobre mi papel en Londres regresaban.

27

Los siguientes días intenté ignorarle. Él, más orgulloso que yo, tomó la misma decisión. Para hacerlo más evidente se plantó uno de sus trajes de chaqueta de diseño y volvió a la gomina. Era como un crío al que no quería tener cerca. Al que extrañaba cada vez más era a Carlos. Lo visualizaba cuarenta años más tarde, a mi lado, en una mesa ovalada llena de hijos y nietos. Le llamé.

—¿Por qué no te vienes el próximo fin de semana?

Silencio.

—Gracias, Andrea.

¿Estaba actuando por despecho, por pena o porque realmente apostaba todavía por aquella relación? Sin duda era el único que nunca me había abandonado, del todo.

De la chorrada del traje, Peter pasó a ponerme en los peores turnos en los peores sitios. Aun sabiendo que ese mes volvía a la academia, me metió en el turno de mañana.

A las siete en punto entraba por la puerta aquel lunes, lunes de almacén.

Menos mal que una pequeña radio prestada por Sahid le daba un poco de ambiente a la pesada jornada. Necesitaría gafas de sol para salir fuera, pues sabía que ese día la borrasca bajaba de latitud y el cielo luciría despejado.

Polina, Carmen y Sahid se turnaban para darme conversación cada hora. Aunque solo fueran quince minutos lo agradecía. Tenía el culo y la nariz congeladas y las cutículas de las uñas levantadas de poner las alarmas a la mercancía que llegaba envuelta en paquetes de plástico. Mientras tanto, pensaba en cuánto deseaba tener que hincar los codos en la biblioteca en vez de volverme loca entre tanto trapo.

Escuché cómo se cerraba la puerta.

—¡¡¡Polina!!!, préstame tu crema de manos… —grité.

No contestó nadie. Sentí que los pasos se aproximaban a mi espalda. Me giré.

—Hola —dijo.

—Hola, ¿qué quieres?

—Hablar…

—Estoy trabajando…

—Necesitaba preguntarte…

—¿Qué? ¿Que si me siento como una mierda por haber caído en tus brazos como todas? —Me encendí como una cerilla.

Se le veía confuso. No entendía a lo que me refería.

—No te hagas el tonto…, ¡July! —exclamé.

—¿¿¿July??? —Puso cara de repulsa.

—Sí, me vas a decir que no tonteas con ella o ¿qué?

Rio.

—Andrea, tú sabes lo salida que está July y yo no tengo la culpa de que quiera algo conmigo.

No, si encima sacaba su mejor virtud.

—Después de lo que pasó el otro día, me parece increíble que creas esas ñoñerías... —continuó.

El «otro día». Así que para él también había sido muy especial. Solo los dos lo sabíamos, pero la duda me carcomía el alma. Suspiré aliviada.

—Y, entonces, ¿por qué no has vuelto a dirigirme la palabra en la tienda? —me arrepentí al instante de aquella pregunta tan..., tan... desesperada.

—Pensaba que no querías saber nada después de...

Silencio. Le miré. Sonrió.

—¿Por eso me has encerrado hoy aquí...?

—No, te he puesto hoy turno de mañana porque me gustaría llevarte a un sitio...

—¿Qué sitio? —Mi voz estaba mucho más relajada.

—Es una sorpresa... —dijo sonriendo—. A las cinco en la estación de Chalk Farm.

Chalk Farm era una de las paradas al norte de Regent's Park. Para llegar hasta allí, cambié de la Victoria a la Northern Line en Euston, donde me entretuve un poco para no ser estrictamente puntual. Él sí lo sería y dudaría.

Media hora después de la hora acordada se abrochaba el último botón de su abrigo de paño azul perfectamente conjuntado con sus Wayfarer de concha, que tanto puso de moda el virtuoso Dylan. Yo con uniforme. Me ofreció el brazo, le di una palmada en la espalda rechazando tanta caballerosidad y echamos a andar. El sol resplandecía, la tranquilidad y el verde de la zona desafiaban al tumulto del asfalto. Durante diez minutos de paseo volvimos al tema de July y de lo que me podía fiar y no. Él intentaría en un futuro próximo ser más cortante con ella y yo tendría que seguir con el voto de silencio sobre nuestra singular relación. Supondría un problema en la tienda tanto para él como para mí.

—¿Le has dicho algo a Polina?

—¡No! ¡Qué va!, me mataría si sabe que estoy aquí contigo…

—*Great!*

Bordeábamos una arboleda con bancos y subí con desgana una pequeña ladera, la recompensa estaba en la *cima*.

Primrose Hill, la colina de aquel barrio residencial y bastante pijo, me ofrecía las mejores vistas de Londres. Desde lo alto, se extendía Regent's Park. El horizonte lo marcaba la línea del centro de la ciudad, una panorámica poco habitual. Me entretuve acertando los nombres de las siluetas de los principales edificios: la cúpula de St. Paul, The Shard, la BT Tower, el London Eye… Hacía algo de viento. Me abrazó por detrás, uniéndose a mi juego de adivinanzas. Impresionada por la postal perfecta, me dejé querer, como en las películas. Él me trasladaba a una realidad ficticia, con secuencias de ensueño. No tenía que cuestionar a qué venía tanto cariño.

Al menor indicio de sol, los londinenses se apelotonaban en los parques, haciendo picnic, botellón o simplemente quemando sus lechosas caras. Imitamos al resto. Tumbados, fascinados por el cielo azul y la paz surrealista, nos besamos. Quién sabe cuántas veces, abriendo la veda con un cálido y tímido beso que fue prolongándose entre caricias y miradas infinitas. Veloz, se posicionó sobre mí. La hierba fría y húmeda se derretía con el calor de mi cuerpo. Rodábamos ladera abajo a carcajada limpia. En sus auriculares sonaba *Wonderwall*, de Oasis.

El mundo me daba igual. La imagen de Peter se desfiguraba durante las horas que pasábamos juntos; no era el jefe superficial y déspota, egocéntrico e insolente. Mantenía la belleza, por lo demás era dulce, simpático, provocador, cariñoso... Y en aquel preciso instante, muy sexual.

Decidimos controlar el calentón público en medio de la pradera, retirándonos a tomar algo, un poco avergonzados por el espectáculo.

—No quiero crecer, Andrea, no quiero cargas... —confesaba estar agobiado con la rutina que yo acababa de romper.

—Peter... Pan, te voy a llamar a partir de ahora —bromeaba.

—Entonces tú serás mi *Tinkerbell* —respondió con un tierno beso.

—En España se llama Campanilla...

—Cam-pa-ni-lia —pronunció.

Nos reímos. En él hasta sonaba bien, pero me quedé con *Tinkerbell*.

Entramos en Princess of Wales, un pub recientemente renovado donde otro Banksy, protagonizado por una niña con un corazón de globo domesticando a un león, era uno de los principales reclamos. Las empanadillas de picadillo de cerdo, otro. Pedimos *hummus* con *crudités* y Pimm's, la sangría inglesa. La temperatura invitaba a probar la bebida dulzona del verano en Inglaterra. Cayeron tres para soltarme la melena.

—*I fancy you* —pronunció a dos centímetros de mi nariz.

Nunca había escuchado antes aquel verbo, creía que «like» servía para todo, pero en esa ocasión comprendí a la primera a qué se refería. Significaba lo mismo con un plus de atracción y deseo.

Sonreí. No dije nada, me acerqué y, por primera vez, fui yo la que le besé.

—«... *And after all, you're my wonderwall*» —cantó bajito cerca de mi oreja, tan cerca que la rozaba con sus labios.

Quería morir con ese sabor y su voz en mi memoria. Aquella canción desde aquel momento, para mí, sería eterna.

Al día siguiente, July se despertó malencarada y con ganas de saber. Propuso hacer una tradicional cena esa misma noche. Acepté, por compromiso. Una semana de convivencia ya era suficiente para descubrir que era una chica absorbente, invadía mi espacio.

Fui a trabajar con la mosca detrás de la oreja, molesta por mi propia actitud sumisa, ¿¿¿dónde había dejado mi carácter con el que resultaba tan fácil decir: «No, déjame en paz, haz tu vida, colega»???

Ese día, la famosa e inusual niebla del Támesis dotaba a la ciudad de un punto de sofisticación. Mi garganta se resentía. No tardé en empezar a moquear. Claro, tanto roce en la hierba...

Las mañanas eran estremecedoras a esas horas de helada, aquella, en concreto tranquila, sin mucho movimiento.

A Carmen le dio tiempo a contarme lo molestas que estaban sus compañeras por su cambio de piso y lo pequeño que era el *loft* de Pedro en una entreplanta de un edificio antiguo. Un espacio que aunaba cocina de dos fogones y el resto de la casa, con un fino muro para separar el cuarto de baño. Sin armario y con cama replegable en el hueco empotrado dentro de un caos al que no le quedaba otra que habituarse. Sin embargo, le fascinaba la zona, Liverpool Street con Shoredich, en plena movida.

Polina salió del despacho más tarde. El fin de semana Dema, por fin, venía de visita. ¿Cuánto llevaba la pobre sin follar? Apenas se habían visto durante las Navidades, enclaustrada en la mansión de Rostov. Imaginábamos que era en estos casos extremos en los que se recurría al sexo por Internet, vía Skype por ejemplo, porque si no mi amiga se quedaría seca de amor.

—Por cierto, ¿alguien ha visto a Sahid? Hace dos días que no viene a la tienda y no coge mis llamadas… —Polina estaba muy preocupada.

—Se lo habrá llevado a Roma uno de esos italianos que tanto le gustan… —bromeaba Carmen.

—¿Le gustan los italianos? —seguí la broma.

—No me hace gracia —concluyó la sargento rusa.

Previendo alguna contestación fuera de lugar, Carmen cambió de tema.

—Oye, ¿y tú no tenías algo que contarnos?

Asentí algo emocionada.

—Pero ahora no, estoy con el inventario de almacén. —Polina seguía medio mosqueada—. Esta noche.

Sin dar opción a réplica bajó de planta. Cuando Polina se metía en el papel de dictadora podía o dar mucho miedo o risa. Nos reímos.

—*Hiya, girls.* —Peter apareció de la nada.

Mis piernas, otra vez, se inquietaban. Mi cara hubiese preferido llevar el velo de Jaz con tal de esconder los efectos de la congestión.

—Toma, Andrea. —Me ofreció un café en vaso de cartón del Starbucks.

Carmen nos miró flipando, al uno y al otro. Incluso después de que Peter se despidiera, me seguía observando.

—Sí, creo que nos tienes que contar muchas cosas —afirmó seria.

Me ruboricé.

—¡Zorrón! —soltó en el más cariñoso de los sentidos—. Quiero todos los detalles de ese paquetón…

Menos mal que utilizó el español para la última frase, porque si no la hubiese estrangulado.

Aqua estaba al completo. En la entrada al edificio rechazaban las peticiones de reserva y la lista de espera ocupaba dos hojas. La recepcionista nos conocía.

—Adelante —invitó amigablemente.

Sabía que solo íbamos a beber y vaya si lo hicimos. Dejamos experimentar al barman, que a esas alturas ya conocía los gustos de cada una. Las chicas estaban impacientes. Yo necesitaba como mínimo dos tragos de aquel delicioso cóctel para cantar.

—Me gusta Peter... —solté sin más.

—*What?* —preguntó Polina escandalizada.

—Ay, ay, ay..., ya la liamos... —Carmen como siempre quitando hierro.

—Sí, he estado quedando con él y...

Conocía a mi amiga. Su gesto mostraba indignación, rabia, decepción... Polina no podía entender que una mujer como yo, inteligente, valiente, noble, empática y con carrera, podía ser tan ilusa como para fijarse en aquel tirano mujeriego, clasista y vanidoso.

—Lo he visto tontear quinientas veces con empleadas, Andrea, no es nada nuevo. La que me sorprende eres tú.

Empezaba a irritarme su reproche.

—Polina, yo tampoco lo entiendo, créeme... ¡No lo busqué! Simplemente cuando estamos a solas es diferente. Incluso en la tienda está más amable...

—Eso es verdad... No hay quien lo reconozca... —Carmen arbitraba, a su manera—. Un momento, ¿os habéis enrollado?

Me eché a reír como una adolescente tras su primer beso.

—*Oh, my god!!!! Oh, my god!!!!* —repetía Polina con las manos en la cabeza.

Bebió un trago largo de su Cosmopolitan. Me miraba con desasosiego. Carmen comenzó a escurrirse en aquel sillón en forma de media luna. Y Polina soltó:

—¿Y su novia?

—No tiene...

—Ya... —Aquel «ya» sarcástico me encrespaba.

Una ola de calor recorrió mi cuerpo.

—Andrea, no volví a darle importancia porque pensé que en cuanto te avisé de que tenía pareja se te había pasado el pavo...

—¡¡¡Joder, Polina, ya te he dicho que yo no lo busqué!!!

—Peter está prometido... —sentenció Polina.

Mi rostro palideció.

—¿Tú cómo lo sabes? —pregunté malcarada.

—Sahid... —respondió. Si el indio lo decía es que era cierto. No sé cómo se las arreglaba, pero siempre se enteraba de todo. Bueno, hay que admitir que era bastante cotilla—. ¡¡¡Faltan cinco meses para la boda!!!

—*What?????!!!!* —exclamó Carmen tomando mi mano.

El mareo y las náuseas se impusieron. Aguanté.

—¿Y? Vuelvo a repetir que ¡no soy yo la que tiene pareja! —afirmé impasible, dura, sin miramientos, destrozada por dentro.

El silencio se hizo en la mesa. Carmen estaba a punto de explotar. Polina se adelantó. Nuestras risas nerviosas y cada vez más estrepitosas se convirtieron en el foco del local. Me levanté.

—Anda, pedid otra ronda mientras voy al baño...

De camino al servicio cayó la primera lágrima, la sequé; las siguientes eran más difíciles de controlar. Vomité de rabia, de tristeza, de humillación..., observando la cara de la derrota con las pestañas desdibujadas por el rímel en el impoluto espejo del baño minimalista. Por suerte, aquel neceser rojo, que viajaba en mi bolso por él, ejerció de botiquín de primeros auxilios.

A mi vuelta, con la cara reconstruida por el maquillaje, tres apuestos franceses ocupaban los escasos huecos del confortable sillón. Respiré hondo y me uní a la fiesta de los chupitos de tequila. No le iba a dedicar ni un segundo más, ni siquiera en mi cabeza.

Entre todos y los rusos blancos, íntimos de *El Gran Lebowski,* conseguimos convencer a Polina de movernos a Dalston, un viejo «nuevo barrio de moda» en el noreste, encumbrado a zona más *cool* de Londres por *Vogue.* Cuna de grandes bandas de música donde las emergentes se peleaban por tocar en sus antros, frecuentados por artistas e intelectuales. Muy hipster, muy moderno y cada vez más caro, pero molaba.

Aparcamos frente a Dalston Superstore. Me encantaba ese lugar. Sí, era de ambiente gay, decoración ecléctica y excéntrica pero pinchaban deliciosamente, la música sabía de otra manera.

Los gin tonics cortesía de los erasmus de Lyon bajaban como agua, la noche se tornaba borrosa. Ninguna de las tres estaba interesada en ellos, pero nos habían llevado hasta allí, así que tampoco era plan de hacerles el feo, aunque nos muriésemos de ganas de dar una de esas vueltas para «ver el parte». La excusa de que las chicas íbamos siempre juntas al servicio fue la más eficaz para librarnos de ellos. Sonaba *Gosh,* de Jamie XX, y allá íbamos en fila, fichando el entorno, con la cabeza muy alta por si se nos escapaba algo.

La mezcla etílica no me permite recordar si me pusieron la zancadilla o tropecé porque mi cuerpo no se equilibraba con propiedad. Mi amago de caída solo tuvo un espectador que, que aunque apenas por encima, se mofó. Uno de esos modernos flacuchos de rizos exagerados que frecuentaba el local: perilla, bigotito, gafa pasta, camiseta negra y pitillos. Tenía un mal pedo aquella noche, ya saben ustedes el porqué, y le tocó pagar el pato.

—¿Qué? —me encaré.

—Nada, nada... —dijo riendo y levantando las manos de inocente.

Polina me agarró del brazo, tiraba de mí. Me estaba dejando llevar hasta que Carmen escuchó: «Como tropieces otra vez, comes». El comentario desencadenó la ira acumulada que todavía no había sido capaz de canalizar.

—Pero tú ¿quién mierda te crees que eres, subnormal? —solté sacando pecho.

—Ehhhhh..., ¿¿¿perdona??? —preguntó desconcertado—. Bromeas, ¿no?

—A que te aliso el pelo... —proseguí envalentonadísima—. *¡Parvo!* —Esto se me escapó en gallego, así que solo yo conocía lo despectivo del término.

Se quedó mirando boquiabierto, sus amigos se tronchaban por detrás.

—*Shithead, bastard, arsehole, prick...* —Todos los insultos que me sabía en inglés se sucedieron mientras Polina y Carmen me arrastraban, casi literalmente, hacia la planta de arriba informándome del enorme ridículo que estaba haciendo.

El ardor del tequila bajando por el esófago aplacó mi cólera. Tomamos posición en un hueco del colmado local. Carmen, al ver que había amainado el temporal, confesó dentro de su ebriedad que no estaba del todo segura de que el chico de los rizos hubiese dicho tal cosa. Puso cara de emoticono apretando los dientes y Polina le plantó una colleja obligándola a invitarnos a otra ronda.

—Y con esto se me va el sueldo del mes, que lo sepáis... —se quejaba entre risas.

—Te mereces pasar hambre... —bromeaba. Era imposible enfadarse con ella.

Nos movíamos con The Acid y su *Fame.* En cuanto acabó la canción anuncié que salía a fumar «sola, por favor».

La zona de fumadores estaba acotada por un cordón rojo en un tramo de la acera de la entrada, al parecer para que los seguratas pudieran identificar quién había pagado y quién no. Lo de poner sello ya no se llevaba.

Sentada en la punta del largo banco de madera exclusivo para los suertudos o los que llevábamos cara de pocos amigos, le daba la tercera calada a mi último pitillo.

—¿Qué pasa, Andrea?

Tosí el humo que acababa de tragar. El de los rizos en escena.

—Ey, ¿estás bien?

—Sí, ¿y tú? ¿No te llegó con lo de abajo?

—Debo de ser masoca o algo... y he decidido arriesgarme...

—¿Por qué sabes mi nombre?

—Se lo acabo de preguntar a una de tus amigas...

«Gracias, Carmen», pensé.

—Habla más despacio, no te entiendo… —no vacilaba. Hablaba demasiado rápido y con un soniquete similar al de Colin Farrell.

—*My… name… is…* Alex, ¡en… can… ta… do!

—*Fuck off, Alex!* —le mandé a la mierda.

Alex era de Belfast, su voz aguda y rasgada con el acento cantarín irlandés complicaba la conversación. Incomprensiblemente, él seguía con ganas de charlar tras haberle increpado sin motivo una hora antes. Se hizo sitio a mi lado… Ni me moví. Olía rico, a alguna colonia que ya conocía, Issey Miyake juraría que era.

—¿Me lías otro? —aflojé.

Rio. Tenía una sonrisa blanca, perfecta, preciosa…, delineada por unos labios carnosos y tiernos. ¡¡¡¡¡Era atractivo!!!!! Sus ojos marrones, caídos y entrañables hablaban tras las gafas de nerd. Movía los dedos con destreza y rapidez. Sus manos eran venosas, fuertes… En lo que se fija una cuando le da vueltas el universo en un club de «Stokey», Stoke Newington, a las tres de la mañana.

Contó que había llegado a Londres hacía un año con los dos componentes de su banda para seguir desarrollando su carrera como músico. Él era compositor y bajista. Yo informé de mi situación sin entrar en pormenores. Me sentía cómoda, la conversación era fluida y él se hacía adorable.

—Andreeeeeaaaaaaaaaaaa.

Ese chirriante «Andrea» no podía ser de otra persona, July.

—Hola, July —saludé acercándome al cordón.

Descarada, se quedó mirando a Alex.

—Él es Alex, un amigo —les presenté—. Alex, July, mi compañera de piso.

—Y de trabajo…, un placer —aseveró algo nerviosa.

Alex le dio un beso. Acto seguido me agarró de la cintura tocando el hueso de mi cadera. Tenaz, seguro… Me sorprendió.

—¡Ahá…!, ahora entiendo el plantón de la cena…

¡Mierda!, me había olvidado por completo. Le había dicho que sí para que dejara de rayarme.

—¡Lo siento, July!

—¡Tranquila! Tienes una buena…, muy buena… excusa… —comentaba escrutándole de arriba abajo.

Alex siguió acariciándome durante todo el monólogo de July, quien por suerte se percató de su interrupción y calló antes de que yo le cortase. Me habría gustado que estuviera Polina, la habría espantado con alguna bordería.

—¡¡¡Los condones están en el segundo cajón de la cocina!!! *Bye, Alex!!!!* —Así se despidió, a voces, retomando su camino con la mano en alto.

¡¡¡Cómo me avergonzaba!!! Alex lo notó.

—¿¿¿Guardáis los preservativos en la cocina??? —preguntó con una mueca de asombro.

Consiguió que me riese quitándole hierro a los comentarios deslenguados de July.

En la misma posición, pegados a la cuerda roja, de pie y con su mano posada en mi cadera, le observé con detenimiento, y él a mí. Deslicé sus gafas hasta la punta de la nariz. Rio. Se acercó, giré levemente la cara haciéndome de rogar, devolvió mi mentón a su sitio con sus acolchados labios. Las cosquillas subieron por mis piernas y se instalaron en mi oreja derecha. Estaba a punto de decirme algo cuando aparecieron las chicas, se enfrió el momento y llegó el instante de la inoportuna retirada. Se aburrían con los tres gais franceses. Sí, al final eran gais y todos habían pillado.

—Dame tu número al menos…

—Mejor dame tú el tuyo y ya te llamo yo…

Carmen se rio. Le lancé una de mis miradas asesinas a las que ya la tenía acostumbrada. Hasta me hizo gracia a mí.

—Venga, prometo no molestar…

No quedaba otra. Sonaba *Mi mujer,* de Nicolas Jaar, a lo mejor tenía algo que ver.

Si tuviese el poder de la teletransportación, hubiese deseado esconderme un día entero con él, en una cabaña construida con sofá y mantas. Ese era el sentimiento que me provocaba, cariño, ternura, me dulcificaba y agitaba a la vez. Quizá todo esto esté exagerado por el nivel etílico en sangre, pero es mi recuerdo, por tanto así lo viví.

Mi móvil a las siete de la mañana se apagaba con un mensaje de texto de Alex: «Eres tú». Otra noche para no olvidar.

28

Juré no volver a tomar tequila ni gin tonic, ni Cosmopolitan, ni Long Island, ni nada de lo que había combinado la pasada noche.

Vomité en la ducha. Era un escombro que tenía que ir a trabajar a las doce del mediodía y ya eran las diez y media. Os recuerdo que me llevaba casi una hora llegar hasta el centro de Londres entre transbordos y demoras.

Entré por la tienda sudando en frío y con el corazón a mil revoluciones. Cada vez que auguraba su presencia, se magnificaba la jodida sensación de descontrol.

Repasaba mentalmente la conversación con Polina y Carmen en Aqua, antes de ahogarme en el este de Londres: «Novia. Prometido. Cinco Meses. Boda. Cabronazo».

De frente, Peter charlando amigablemente con July. De nuevo volvió el golpe de calor que me dejaba sin aliento y secaba mi boca. Altiva, pasé de largo, sin saludar.

—¡Ehhh! ¿Adónde vas? Ya me contarás qué hacías anoche en Dalston con...

Forcé la sonrisa y la interrumpí.

—Hablamos en otro momento, July...

—¡¡¡Tía!!! Era Alex Crist, el bajista de los Jaguar Shoes.

—¿Qué? —Me había noqueado.

—Joder, es *supercool*... Si hasta suenan en la tienda.

Con la manida palabra, que ya empezaba a sacarme de quicio, se refería a que Alex era el bajista del grupo revelación de la escena musical alternativa inglesa. La noche anterior, con el niño prodigio del electropop indie delante, no me había podido dar esta información.

Peter nos miraba esperando una explicación que no iba a recibir, al menos por mi parte. Ni le saludé.

—Ok, luego hablamos, no es lugar... —corté. Me fui.

Mis pies se arrastraban por la planta del comercio. Olía a borracha, por muchos chicles prohibidos que masticase. Me ahogaba.

Tres ocasiones tuvo para sonsacarme qué estaba pasando y las desperdició como patoso hombre que era. Me daba igual. No quería verle. Le podía haber dado un infarto allí mismo que no me hubiese molestado en intentar salvarlo. Por supuesto, él ni se imaginaba lo que yo había descubierto, pero me debió de notar algo más tensa porque no se acercaba a menos de un metro. Era imposible dejar de pensar en él.

Necesitaba que terminase ese día y no había hecho más que empezar.

Polina se aseguró, nada más entrar, de que yo podía seguir adelante con la jornada sin desmoronarme.

Es más, tenía que ser más fuerte que nunca con él merodeando.

No sé cómo lo hacía pero mi amiga era irreprochable. Ni el más mínimo atisbo de resaca, de cansancio. Pestañas perfectas, tez lisa y aterciopelada, manos y labios hidratados.

A las doce y media comenzó la charla matutina con todos los empleados. Peter hacía balance de ventas de los días anteriores para marcar los objetivos del día y poder cumplir los de la semana. Éramos buen equipo, pero después de Navidad las compras se resentían. Podía sorprendernos también con algún examen espontáneo acerca del nombre de alguna prenda, su materia prima y el modo correcto de limpieza y cuidado. Yo siempre suspendía.

Arrancó el *meeting* dando la bienvenida a todos y cada uno de los presentes. Ni rastro de Sahid. No podía mirarle a la cara. En medio de su *speech* se salió por la tangente, es decir, hizo lo que le dio la real gana y preguntó:

—Andrea, ¿qué características únicas tiene este vestido degradado?

Con la vista desviada y seria contesté:

—Es seda y está tintado a mano. Para obtener el efecto Tie Day lo introducen retorcido en una vasija con el color deseado y por eso cada pieza es diferente.

—Estoy orgullosa de ti —susurró Polina.

Él tan solo soltó un refinado:

—*Thank you.*

Al cabo de quince minutos se levantó la sesión. Salí de las primeras cuando siempre me quedaba atrás para hacerle la rutinaria carantoña.

Visto que se le escapaba la opción de tonteo, me rozó por detrás.

—Veo que te has aplicado. *Well done, darling* —sonó provocador, con rintintín. ¿Insinuaba acaso que había sido él el que había generado mi interés por las colecciones y el mundo de la moda? Qué equivocado estaba. Era la forma digna de cubrir las horas muertas sin suicidarme, al menos estaba entretenida.

Ningún ademán de iniciar conversación, ni siquiera de respuesta. Seguí caminando, todo lo que las rodillas de gelatina me permitieron. Tras varios desplantes él optó por lo mismo, pasar de mí. Además, en nada July le cascaría con todo detalle el encuentro de la pasada noche con un músico emergente y mono, que por cierto sonó como unas tres veces en la *playlist* del comercio, ¡me sabía sus canciones! De hecho, ¡¡¡me pilló tarareando una de ellas!!!

No recuerdo en qué momento de la noche le dije dónde trabajaba, pero allí se plantó. Mis nervios se dispararon. A pesar de que no tenía nada que ocultar, lo último que quería era que él lo viese.

—Hola… ¡¡¡*Parva!!!* —Saludó alegre. Se había quedado con la palabrita ignorando el posible uso despectivo de la misma.

—Pero… ¡¡¡¿¿¿tú qué haces aquí???!!!!

—Invitarte a una fiesta el sábado por la noche… Como no te veo intención de usar mi número…

Peter se acercaba, yo me inquietaba, no era capaz de controlarme. Estaba demasiado tensa como para que Alex no lo notase. Se dio cuenta, Peter nos observaba a menos de un metro. Entonces, para romper el hielo, el iluso se dirigió a él.

—Hola, soy Alex Crist…

—Hombre, ¡¡¡el famoso músico!!!

Yo seguía sin atreverme a mirar a Peter.

—Peter Harman…, su jefe. —Me señaló.

Alex captó el mensaje. Su sonrisa se fue disipando. Mi cuerpo continuaba bloqueado.

—No molesto más… —le dijo—. Espero tu llamada. —Me dio un beso en la mejilla y desapareció.

Peter se acercó por detrás y me susurró:

—Controla a tus fans, Andrea.

No respondí. Mi histerismo interno había boicoteado el control de mis reacciones externas. Un minuto después logré llegar al lavabo y respiré.

Carmen llegaba tarde no, tardísimo, y este, con la mala baba que llevaba, la pilló por banda y le echó el rapapolvos del siglo con el argumento de que hasta el momento alguien nos había consentido demasiado (se refería a Sahid), que nos habíamos subido a la chepa y que no era nuestro padre para soportar aquello y encima mantenernos. Se iba calentando con sus propias palabras hasta que se excedió:

—… Y la próxima vez, cuando duermas fuera de casa, calculas el tiempo antes…

Había cruzado la línea. Él sabía que Carmen tenía novio porque yo se lo había dicho y ahora lo estaba utilizando para darle donde más le dolía.

—Lo siento, son las consecuencias de jugar a dos bandas, como tú ya sabes… —contestó socarrona.

Los dos me miraron. Yo me puse a hacer algo sin recordar el qué. Carmen se retiró farfullando y él me dedicó una cara de decepción sin yo advertirla, aparentemente. No pude soportar más. A su paso, de la manera más discreta que se puede dentro de un *Salsa Rosa* de maniquíes, le ataqué.

—¿Cómo te atreves? —espeté.

—¡Ah!, ¿por fin tienes algo que decir? —tiró de sarcasmo.

—¿Empleas su vida personal como motivo de riña…?

—Andrea, no me hagas perder el tiempo…

—No me lo hagas perder tú a mí…, ¡embustero! —Creo que con esto dejaba claro que ya me había enterado y optaba por la postura defensiva, como siempre.

—¡Tú estás muy loca, tía! —fue lo único capaz de decir.

—¡¡¡Y tú eres un hijo de puta!!! —escupí.

Se giró lentamente. Me dolió más la mirada de desprecio que lo que dijo a continuación.

—Repito… No me hagas perder el tiempo, niñata frustrada…

No podía echarme por eso. Era una discusión personal dentro del ámbito laboral, ámbito en el que él era el jefe con el barro hasta el cuello.

No comí ni cené pero aunque suene raro, el esfuerzo sobrehumano que tenía que hacer por disimular, como si nada ni nadie me estuviese afectando, contribuía a mi mejora. Imagino que tanto Polina como Carmen intuían algo pero por no atosigarme se comportaron como un día más. Bueno, salvo que mentaban a Alex a propósito cada equis tiempo.

A todo esto, no tenía noticias de Carlos. Supuestamente venía a visitarme el siguiente fin de semana. ¿Para qué le habría invitado? Era lo que menos necesitaba en aquel momento.

El clima londinense también comenzaba a hacer mella en mi estado de ánimo, gris, inestable, frío. Cuando logré meterme en la cama, la fatiga era tal que me dormí sin reflexionar con la esperanza de que mañana fuera otro día.

Tampoco. «Lo sentimos, el importe supera el saldo de su cuenta». Tenía tres libras con noventa y cinco céntimos, ¡¡¡todos mis ahorros!!! Vamos, ¿qué más podía pasar? Buenas nuevas para arrancar el jueves, faltaban dos para renovar el saldo de mi Oyster Card y más de una semana para cobrar. Ese era el peligro de tirar de tarjeta de borrachera y pretender vivir como si estuviera en Vigo.

Era absurdo, no podía pagar la academia, no podía salir, ahora no podía comer…

Llamé a mi hermana desesperada y de extranjis. Juró no decir nada y hacerme un ingreso de cien euros para poder recargar el abono transporte. Estaba jodida.

Las cuentas no daban por mucho que apretase la barriga. Esos días comí pasta con tomate todas las noches pasando el día en ayunas, ayunas que activaron mi sensor de supervivencia obligándome a imprimir, como antaño, unos diez currículos y repartirlos por las mejores tiendas de New Bond St. Carmen me invitaba a algún café y Polina me dejó un tique de metro que, según ella, había sacado por error (Polina no usaba el metro) para Dema, ya que este se había dignado por fin visitar la ciudad. Le habría gustado que fuésemos a cenar con ellos pero Carmen y yo estábamos de vacas flacas no, más bien anoréxicas.

Con este percal, rechacé la propuesta de quedada de Alex el sábado por la noche y sin esperarlo acepté la de una July amigable con dos entradas para el concierto de The Drums en la Round House de Candem, ese concierto del que tenía noticia desde fin de año. ¿Para qué estaba en Londres si no para disfrutar de aquello?

Solía escuchar las pegadizas canciones de aquel grupo de Brooklyn cuando necesitaba activarme. Mi madre no llegaba a entender cómo me gustaban aquellos chavales arrítmicos de pelo grasiento y silbidos insufribles.

En Camden ya era de noche. A la salida del metro había movimiento. Litronas, cartones, cigarros…, todo lo necesario para ir a tono. Pillamos un par de latas a uno y subimos la avenida hasta el emblemático recinto en el que unos cincuenta años atrás sonaba el «*Come on baby light my fire*».

El chasco fue brutal. Horneadas de *teenagers* se esparcían por los aledaños. Paul, un francés con cara de Ratatouille y pelo blanco que acababa de cumplir la mayoría de edad, se acercó a saludar. Me desmoroné. ¡¡¡Trabajar con chavales!!! Juraría que en España este grupo era seguido por viejóvenes. Pues en Camden Town, July y yo éramos las ancianas del lugar.

Con tal de salir de esa abundancia de pubertad estaba dispuesta a comerme a los teloneros.

Entramos, buscando un punto intermedio entre el escenario y la barra. Estaba medio vacío. Los chupitos nos costaron siete libras.

«Esta noche invito yo, *babe*», subrayó mi compañera mientras sacaba el *cash* de su mochila de cuero. Aquel cambio de actitud me aturdía. No me podía quejar, estaba donde quería estar.

Spector y su estrambótico cantante me cautivaron. El *Want you wanted* quedó incrustado en mi cabeza toda la noche. Tenían su punto. Me recordaban a Pulp, salvando las distancias.

El vocalista de The Drums hizo su aparición entre el chillido de cientos de quinceañeras. July y yo nos meábamos de la risa, reconociéndonos en ellas una década atrás. Las imitamos. Sus pasos a lo Ian Curtis lo caricaturizaban y el pelo a la taza teñido dejó de parecerme tan guay como en la carátula de su primer disco. También estuve obsesionada un tiempo con la media melena y el flequillo recto de la de The Raveonettes hasta que alguna presentadora de televisión lo convirtió en el peinado choni de referencia.

El colofón apoteósico de aquel *gig* fue la colaboración de Boy George interpretando *If he likes him let him do it*, estallando el público en aplausos y ovación. *The Guardian* lo plasmó al día siguiente en sus páginas.

Con la satisfacción final, las abuelas nos retirábamos en busca de bata y manta. Esa era la intención, pero la agudeza visual de July nos retuvo.

—Alex Crist en la barra del fondo con Kevin y Sam. Por favor, vamos, por favor —suplicó. Y allá fuimos, esperando su cara de sorpresa tras haberle dicho que esa noche no salía.

—¿Alex?

—¡Ey! ¿Andrea? Pero ¿tú no querías descansar hoy? ¿Qué haces aquí? —Preguntas de ascensor. Había puesto mi cansancio de excusa. Me avergonzaba admitir que no tenía ni para agua frente al chico que me ¿gustaba?

—Lo mismo que tú, supongo... —Puse en práctica lo de que no hay mayor defensa que un buen ataque...

—No creo, nosotros tenemos cena con el agente de estos chillones.

Se disculpó por haber iniciado una conversación sin presentarnos a los otros componentes de los Jaguar Shoes. July estaba encantada de conocerse y conocerlos.

—¿Chillones? ¿No estaréis celosos? —pinchó July.

Se rieron, algo sobrados.

—Si aprendiesen a silbar..., ¡¡¡son insufribles!!!

—Eso dice mi madre... —Y era cierto, pero aquel comentario se ve que les hizo mucha gracia a sus dos amigos.

Nos invitaron a una copa que dejamos a medias. El repre de The Drums quería verles.

—No sé cómo te lo montas que siempre te quieren los mejores... —comentaba July camino a casa.

—Pero ¿qué dices, tonta?

—No hace falta más que ver cómo te mira..., ¡te come con los ojos!

—Ya ves..., por uno que lo hace. —Guiñé un ojo mientras pasaba la Oyster por el torno del metro.

Se paró. Nuestras miradas chocaron.

—Andrea, ¿crees que soy tonta? Si Peter Harman me buscase como te busca a ti, estaría en el séptimo cielo.

Me reí nerviosa.

—Me asesina con la mirada, ¡¡eso hace!! Pero si nos llevamos a matar…

—Ya, pues te mataría follando…

Se me revolvió el estómago otra vez. Se le antojaba al destino que no pasasen más de dos horas sin pensar en él.

—Si no te lo tiras tú, me lo tiro yo.

—¿A Peter? Todo tuyo… —Me hacía la chula.

—No, mujer, a Alex.

Fue la última frase que escuché de boca de July antes de meterme en la cama algo más feliz que cuando salí de ella.

29

—Veincinco años…, ¡ahá!, y ¿por qué quieres trabajar aquí?

—Considero que es una firma consagrada en el mundo de la moda que a diferencia del resto sigue la misma línea de producción que cuando se fundó. —Me lo había estudiado.

—Aquí no vas a doblar ropa en el almacén, serías asesora de ventas. Para ello has de conocer muy bien la *colezzione* y dialogar fluidamente con el *customer*…, ¿crees que podrás?

—Compruébelo usted mismo.

—Te veo muy segura…

—Estoy segura.

—¿Casada?

—No.

—¿Novio?

—No.

—¿Parlas italiano?

—No, pero lo entiendo…

—Tendrás que hablarlo…

—¡Ok!

—¿Sabrías decirme el nombre del diseñador…?

—¿Giorgio…?

—Ya te llamaremos…

Arrancaba una semana ventosa que congelaba la sonrisa como te descuidases. Una semana en la que mi mente solo pensaría en positivo por muchos obstáculos que viniesen.

Esa semana el Barça se enfrentaba al Chelsea. Peter tenía revolucionados a todos, que no todas, los empleados. «Las chicas no saben de fútbol, es algo innato al hombre». Intentaba provocarme con aquellos comentarios banales y anticuados que profería en alto para que yo entrara al trapo. Yo ni frío ni calor, aparentemente, porque por dentro me consumía.

No coincidía con nadie en mi hora de la comida, así que visité a mi paisano en el Starbucks.

—¿Qué pasa, Miguel?, ¿cómo vas?

—¡Cuánto tiempo, Andrea! Pues, tía, lo dejo, me vuelvo a Cangas… No aguanto más esto, no tiene sentido.

Cómo le comprendía. Al final, te pasabas todo el día trabajando para no llegar a fin de mes, sin posibilidad de diversión en aquella ciudad inasequible. De cuando en cuando algún retrasado inglés te regalaba una mueca despreciativa y tú seguías como si la cosa no fuese contigo, te autoconvencías de que allá era mejor que acá. Al menos visualizabas mil ramificaciones del camino inicial que siempre podrías tomar.

—¡Me alegro mucho! Echaré de menos tu café...

Le di un abrazo familiar, con pena. Antes o después me tocaría a mí, o no...

Con el café de Miguel aportando algo de calorcito a los dedos, mi móvil ya reconocía sus huellas. Activé el wifi y entraron los mensajes.

1) «Quizá a la atractiva española le gustaría ir a cenar con el insistente irlandés el viernes...».

2) «*Because maybe you're gonna be the one that saves me...*».

3) «Estoy viendo vuelos. ¡¡¡Carísimos, peque!!! Hago el esfuerzo por nosotros...».

Adivinad de quién era cada cual... Contesté por el mismo orden que leí.

1) «Mmmmm... *Let's see*».

2) «Métete a los Gallagher por el culo...». Borré. «... Díselo a tu novia, hijo de...». Volví a borrar. No contesté.

3) «Tranquilo, al final me acaban de decir que este finde trabajo... ¿Lo dejamos para otro más adelante?».

Yo no sé si era la confianza o qué pero el último ¡tenía el sentido del tacto en el orto! ¿«Hago el esfuerzo por nosotros»? Pero ¿qué esfuerzo, mamón? ¡Si no has venido a verme en casi seis meses que llevo aquí! Aunque con el panorama que me rodeaba no quería a Carlos allí ni en pintura.

Cuando regresé, Peter ya no estaba allí. Lo preferí, menos tensión acumulada y el nudo ahogador acomodado en mi pecho. ¿Cuándo me iba a liberar de aquella presión que me acompañaba mañana y noche? Tan solo soñando me curaba. «Quién pudiese dormir para siempre sin sufrir el despertar de la eternidad». A veces, y por dentro, me recreaba en mi dolor. Por fuera seguía siendo la española simpática y pizpireta.

A las diez y media de la noche las luces de mi casa estaban apagadas y la puerta de July cerrada. Interpreté que estaba dentro, eso o que se había dejado la *playlist* de música para follar sonando toda la tarde. *Tears,* de Massive Attack, nada más apropiado.

No tenía ganas de cenar y menos de visualizar a un cabestro montándola en todas las posturas que me describía en nuestros desayunos.

Tomé su ordenador de la mesa de la cocina y me lo llevé a la habitación. Llamé a Carlos. Esperé cinco tonos, colgué y volví a intentarlo. A esa hora, un lunes, solía estar en casa. No respondió.

Mi energía, baja, rozando la medianoche solo pedía resetear.

No podía dormir, estaba esperando algún mensaje terco. ¿Acaso no le importaba? Habría pagado por dejar de sentir tanto. «¿Quién es el imbécil que se ha atrevido a decir que no se sufre más que en la adolescencia?». Así estaba yo, como una adolescente, a mis veinticinco años, indecisa, asustada, perdida… El partido de Champions había terminado hacía más de una hora, Peter ya habría vuelto a la realidad media hora antes. Le escribí.

—Lo siento, soy así, un mujeriego al que le gusta gustar. He tonteado con mil tías que acuden a la tienda, con empleadas, pero contigo, Andrea, no sé qué coño me das, es diferente. Estoy enganchado a ti, eres como una droga, ocupas mis pensamientos las veinticuatro horas del día. Es algo nuevo para mí, no sé qué hacer. —Tomó aire y prosiguió—: Sí, tengo novia, desde hace tres años, y sí, antes de conocerte, le pedí que se casase conmigo, pero no hace falta ser muy listo para saber que si he estado contigo de la manera que hemos estado es porque no estoy enamorado de ella. Y tú…, tú…, a veces pienso que te gusto, otras que me odias… No te entiendo. Solo pido perdón por no haber sido sincero. Perdóname.

Que levante la mano la primera a la que no le hayan contado una milonga así. Bueno, pues le dejé hablar, sin poner ninguna mueca, ni voltear los ojos, lo juro…, y me la volví a creer.

Nos servían los dos Pisco Showers a la par que aceptaba sus disculpas en The bar with no name o Colebrook Road 69 y saqué mi lado castigador.

—¡Pet! Relájate, solo fueron unos besos. Ya está. Puedes volver a tu casa con la conciencia tranquila, yo ya buscaré a algún estúpido inglés que me descubra los encantos londinenses.

Le debió de tocar la moral porque atacó donde más me dolía.

—Que te pague todo, no te olvides —soltó mientras bebía un sorbo de la bebida peruana.

Y me dolió, de verdad que sí. Mis ojos empezaban a inundarse preguntándose por qué estaba compartiendo mesa con un hombre tan rastrero. Hacía cinco minutos se estaba disculpando y ahora... ¿Cuál era el verdadero Peter? Pedí la cuenta al camarero.

—Andrea, va, no te pongas así... Siempre igual. No se te puede hacer una broma...

—Las bromas, que las aguante tu novia.

Salí del exclusivo club intentando recomponer los resquicios del poco orgullo que me quedaba. ¿Para qué habría ido hasta allí? ¿Se divertía acaso pisoteándome? No podía bajar la guardia nunca, me agotaba.

La estación de metro de Angel estaba cerrada. El bus era la única opción ya que el taxi estaba más que descartado.

Llevaba treinta minutos esperando y por allí no pasaba ni el apuntador. Sola en la parada, algo nerviosa y tan capulla que ni miré en el panel de horarios la frecuencia con la que pasaba el bus que me dejaría en la estación Leyton Bakers Arms. El 56, cada hora a partir de las doce. Eran las dos.

Silbaron. Me giré por instinto, no por creída. Peter aguardaba en un *black cab*. Desvié la mirada, mis dientes castañeteaban.

—Vamos, sube —gritó.

Me quedé quieta, en mi sitio, deseando que bajara a buscarme. No lo hizo, el taxi arrancó y se fue.

El orgullo de una idiota congelada. Mi voz interior, que a veces hasta escuchaba, volvió a recordarme lo fuertes que habíamos sido hasta entonces y lo fuertes que íbamos a seguir siendo. Dicen que si piensas en una playa tropical con el sol quemándote la piel y las palmeras abanicándote, tu mente es capaz de aclimatar tu cuerpo. Esa teoría en Londres no vale. El frío no me permitía concentrarme ni en mis insensibles dedos de los pies.

Silbido. Levanté la vista. Peter había vuelto. Abrió la puerta del taxi, bajó y se acercó tiritando. Me abrazó y el hielo se derritió. Volvía a ser él. Estaba algo conmocionada.

—Deja que te lleve a casa, por favor.

Asentí. Me dejó en la puerta.

—Hoy no subo, vale…, otro día —bromeó.

Me reí.

—Gracias.

Abrí la cancilla sabiendo que aún me observaba, seguí hasta la puerta sin mirar atrás, entré y cerré.

Era mi príncipe azul.

Amanecía Londres cubierto de blanco con una temperatura de cinco grados bajo cero. Esperé durante dos días con entusiasmo su llegada a la tienda, llegada que nunca tuvo lugar. Tampoco volvió a escribir, ni a llamar (esto no solía hacerlo porque poco nos entendíamos por teléfono). Al tercer día de ausencia me enteré a través de Polina de que se había tomado una semana de vacaciones. Ya no les ocultaba nada. De hecho, la noticia llegó tras narrar con detalle la fría noche en la que mi escasa dignidad cubrió mis hombros y los suyos me dieron calor.

Desaparecía otra vez. Me había convertido en una pobre ilusa, bebiendo los vientos por un hombre comprometido…

Carlos tampoco dio ninguna muestra de interés por llevar a cabo su visita, así que, resignada, ni insistí.

Animada por mis cansinas amigas, el viernes por la noche quedé con Alex. Eran las nueve y media y todavía no había aparecido. Polina y Carmen se quedaron haciéndome compañía. A los quince minutos de demora yo ya me quería ir y la andaluza se despidió para atender su plan nocturno, Pedro. Polina aguantó media hora más. «Si no llega en cinco, te vas». Cinco minutos después, seguía viendo pasar grupos de juerguistas, niñas hiperarregladas, parejas perfectas camino de alguna cena… Eché un vistazo al móvil. Ni una llamada. «El primer plantón de mi vida», pensaba.

Recorrí el escaparate de Regent Street con la mirada. Me acordé de él, de Peter, y no fui capaz de quitármelo de la cabeza hasta que bajé las escaleras del metro. Allí estaba Alex, fatigado por la carrera que muy posiblemente se acababa de meter.

—*Sorry*, perdón, me quedé sin batería, vengo de un concierto que se retrasó… —se excusaba—. ¡Un momento! ¿Te ibas a ir?

—Alex, llevo más de media hora esperando después de un día de trabajo agotador…

Me calló con un beso en la mejilla. Ni importancia le di, pero quería tener la fiesta en paz.

Llevaba una chupa de cuero color crema y camiseta negra. Los Levis remangados dejaban entrever sus calcetines de topos calzados por unos Oxford marrones. Arriesgado pero con estilo, algo que también seguían sus gafas de pasta. Deseaba que Peter pasase por allí y que me viera con él.

Fuimos a cenar a Hoxton una de las suculentas hamburguesas de The Breakfast Club. Una primera cita comiendo con las manos y yo tan tranquila, quizá porque él me hacía sentir como si fuese un colega más. Además pude comprobar como no hizo ni el amago de chuparse los dedos plagados de kétchup y mostaza. Era un chico enseñable.

—Vengo de un concierto privado de una «*huge band*», Mumford and Sons, ¿te suena?

—No, la verdad es que no...

—¿En serio? Pero si estuvieron nominados a los Grammy...

—Pero lo de «*huge*» lo dices porque son muchos miembros o...

Se rio de mí. Mucho no, lo siguiente. Otro patinazo lingüístico y yo creyéndome casi bilingüe. Me ruboricé.

—Basta, ¡capullo!

—No, joder, me refiero a que es una de las grandes bandas del momento, al menos aquí...

—¡Ah!, y tú tienes el honor de asistir a un pase privado...

—*Yes!* Pero seguro que conoces alguna canción... ¿*The cave?*

Tarareó. Claro que los conocía, me sentí un poco ridícula y nada molona. Pedimos una copa en el psicodélico Zigfrid Von Underbelly, con sus sillones de terciopelo violeta, cojines de cebra y leopardo.

—¿Por qué no me dijiste que sois conocidos...?

—Tú no me conociste...

Entendí entonces por qué Alex estaba encantado conmigo, despreocupado porque yo no conocía su vida de antemano. A mí tampoco me importaba su perfil de chico, menos adulto que el resto. A los veinticuatro mis compañeras inglesas ya vestían como señoras y su objetivo, tras muchas charlas incomprensibles, era encontrar un hombre con el que tener hijos. Mientras, mi útero añoso se contraía cada vez que le hablaban de bebés. Y los chicos, a los veintisiete, como Peter, tenían que haber logrado un puesto del que poder alardear para atraer a las mejores féminas. Sí, amigos, el Londres moderno y cosmopolita es de los inmigrantes.

—Por cierto, ¿cuántos años tienes?

Le echaba unos veintiséis.

—¡Veintiuno!

—*What????* —Por poco escupo el trago de ron.

¡¡¡¡Era un yogurín y yo una asaltacunas!!!!

Me tomé mi tiempo para borrar su edad de mi cabeza y poder seguir la velada como si Alex Crist hubiese alcanzado la treintena.

El mítico Plastic People fue la siguiente parada. Música a todo volumen en aquel pequeño y oscuro sótano del corazón de Shoredich, con excelente acústica. Me ofreció una raya, acepté. Y de ese modo, compartiendo baño y tarjeta, nos besamos. Como ya sabréis alguno de vosotros, los besos en un baño a las cinco de la mañana suelen ser más tórridos de lo normal, tanto que en este caso no tardamos mucho en abandonar el local.

Alex quería coger un taxi y llegar lo antes posible a mi casa. Yo no estaba dispuesta a que siguiese pagando, así que el gran descubrimiento del *indie pop* esa noche tuvo que acompañarme en autobús. Se adaptó sin problema. Era un tío simpático, interesante... Llevaba desde pequeño tocando el bajo y componiendo la base musical de la mayoría de sus canciones. Sabía que antes o después tendría que salir de su ciudad natal y hacerse hueco en el despiadado Londres si quería perseguir su sueño. Algo que yo ya había dado casi por perdido. Como buen irlandés, odiaba a los ingleses. Empezábamos a llevarnos bien.

Nos plantamos en la parte trasera del bus, inventando las vidas de los pasajeros que a esa hora compartían transporte público. Dos niñas borrachas, un alcohólico dormido, una señora agarrada a su bolso y tres raperos escandalosos. Tardamos una hora en llegar, pero el calentón seguía en pie. «¿Falta mucho?», preguntaba *like a child.*

Subimos entre tocamientos y susurros aunque entramos haciendo más ruido que silencio. Nos daba igual. Las tres velas encendidas potenciaban la sensualidad del momento. Me quitó la camiseta, dosificó sus labios y lengua por mi cuello... Levanté la suya. Dos ojos tatuados en los pectorales parecían escapar de su piel. Me observaban mientras cabalgaba sobre él. Nos acoplábamos perfectamente. Fue místico, intenso, duradero.

La mañana siguiente tenía otro color, hasta hacía sol. Aprovechamos la luz para admirar nuestros cuerpos y, de paso, hacer del madrugón algo menos amargo. Me gustaba con los rizos revueltos y los ojos hinchados. Preparé tostadas, a la española, y café. Desayunamos en la cama, nos duchamos juntos y me vestí de manera que él no pudiese resistir la tentación de desnudarme. *«See you»*, nos despedimos con un pico que ganaba intensidad y casi nos devuelve al interior de la casa.

Sentada en el vagón de Leyton Midland Road, la BlackBerry anunció dos mensajes nuevos. No los abrí. Con una sonrisa de oreja a oreja subí el volumen de los cascos. Sonaba Kings of Leon, *Sex is on fire*.

Completa y dichosa entraba canturreando por la tienda. Ni el resacón podía frenarme, quería descolocar al mundo con mi nueva sonrisa, aunque no duró mucho.

Sahid había vuelto, pálido, serio, absorto en otro mundo. Me acerqué más efusiva de lo que debiera y le planté un beso en el moflete.

—¡Andrea, basta! —me cortó.

—Pero ¿qué mosca te ha picado? —respondí molesta—. Después de unas buenas vacaciones vuelve uno más relajado...

—No me fui de vacaciones... —Su tono se entristeció.

Clavó sus ojos en los míos, rojos, asustados, llorosos. Me alarmé. Insistí.

—Andrea, ¡¡¡por favor, respétame!!! —alzó la voz y comenzó a caminar hacia el ala de caballeros. Le seguí. Se metió en uno de los probadores cerrando la puerta después de que yo pasara. Se derrumbó en mis brazos.

Sahid Ahmed Patel había esperado treinta años para dejar de ocultar su identidad sexual. No era una persona amanerada ni hablaba a voces de sus conquistas homosexuales, todo lo contrario, discreto y prudente. Un mal día, hacía dos semanas, cansado de vivir en la clandestinidad confesó a su familia su tormento. Su madre, de convicciones extremas, calificó aquello como «un pecado y vergüenza para la familia» y comenzó la pesadilla.

Su propio padre y sus dos tíos habían intentado secuestrarle para llevarlo a la India y someterlo a un matrimonio forzoso. Hubo juicio. Lo ganó, pero las amenazas estaban acabando psicológicamente con él.

Pero eso no era lo peor. Cinco días atrás, mientras dormía, el drama culminó. Los mismos tíos habían entrado en su habitación en estampida, lo rociaron con agua hirviendo, después con gasolina, amenazando con quemarle como no corrigiese su conducta.

Levantó la pierna izquierda del pantalón. Horrorizada observé las ampollas y cicatrices de la humillación.

—Hui, Andrea, me escondí... —Sollozaba—.Voy a vivir mi vida.

Solo podía abrazarle.

Polina, que lo protegía como a un hermano, ya estaba al tanto de los rifirrafes con su familia y había intentado en más de una ocasión sacar a Sahid de su casa. Imposible. Cargaba con una culpabilidad ficticia de la que no era dueño por el sentido estrictamente religioso de la palabra familia. No había maldad en Sahid, solo tristeza.

Improvisamos una comida fugaz en la que nos dio tiempo a recordar. Carmen no paraba de llorar, y yo seguía sin poder entender cómo en pleno siglo XXI se podía permitir tal atrocidad.

Sahid habló con Peter, quien no dudó en acompañarlo a denunciar lo ocurrido y, al parecer, apoyar la excedencia solicitada. Veis, si al final no era tan cabrón.

No nos contó adónde ni con quién iba. Antes de rematar la semana le dijimos adiós.

No fue hasta esa misma noche cuando leí lo que la luz blanca de mi móvil anunciaba. El de Carlos lo esperaba, lo que no esperaba era aquel: «Tenemos que hablar». Peter, con su habitual fluidez. «Estaré en The Comedy Pub a las 20:30». Eran las once. Vamos, que le había dado plantón, sin querer.

Alex también había escrito: «Ha sido una de las mejores noches de mi vida. Te veo pronto. X». Fue el que más me gustó. De todos modos, seguía con Sahid en mi cabeza. Me sentía estúpida por preocuparme en exceso de mis líos de braguetas y la morriña.

Esto último cada vez lo llevaba peor, extrañaba mucho mi ciudad, no tanto a la gente. De la noche a la mañana el color de tus bragas podía convertirse en el cotilleo de Coia al Calvario.

Llamé a Carlos. Maldita la hora. Que si se sentía rechazado, inferior a mí, que necesitaba más atención, que su cabeza no le dejaba descansar pensando en nosotros… En definitiva, que estaba harto de esperar. Y yo me preguntaba: «¿Esperar qué? ¡¡¡Mueve tu culo, plántalo aquí y ya veremos qué pasa!!!». Aludía a su cobardía evidente comparándola con mi valentía temeraria. «Tú y yo jamás vamos a estar bien, lo sabes, Andrea». Me dejó. A ver, no estábamos, pero me estaba dejando. Y ¿qué pasa cuando te dejan? Que te pillas una rabieta que no te aguanta ni tu prima.

Nada más colgar el teléfono entró un mensaje de Peter: «*Liar*». No sé qué se habían tomado todos esa noche, con lo tranquila que yo estaba en mi mundo sin WhatsApp. Contesté: «*Excuse me?*».

A la media hora me estaba tomando una pinta en un pub irlandés de Leyton High Road. Mi barrio no tenía mucha vida nocturna entre semana, pero ese bar estaba repleto de *hooligans* poniendo el sonido ambiente a la entrecortada conversación que pretendíamos mantener y a la que el simple hecho de alzar la voz restaba calidad.

Peter, algo ebrio ya, parecía haberse pegado el viaje hasta allí para echarme un rapapolvo por haberle ocultado que estaba con otra persona. Se mostraba celoso, muy celoso.

—Vas dando lecciones de moral cuando tú eres la peor... —Empezó por ahí.

Me encendí, aunque reconozco que disfrutaba viéndole así.

—¡No sé a qué te refieres, Peter! Y ya vas moderando el tono o me voy...

—No te hagas la tonta, Andrea.

—Aquí el único que está haciendo el tonto eres tú...

—¿Qué hiciste anoche?

—Salí... —Me ruboricé. Al darme cuenta, reculé—. Pero ¿desde cuándo te tengo que dar explicaciones a ti?

—¿Con quién saliste?

—¡A ti qué te importa! Con unos amigos... —Las estaba dando, aunque fuesen mentira.

—¿Y Alex? ¿Es el niñato cantante del otro día?

—Un amigo... —afirmé sin dudar.

—Un amigo que te hizo dar una serenata anoche, ¿no?

Acabáramos, entonces entendí todo. ¡¡¡July!!! Cómo podía ser tan cotilla, le había cascado que tuve visita la pasada noche. ¡Menuda cerda!

—Así que tengo espías en mi propio hogar, ¿no?

—Yo no he dicho eso...

Me harté y me puse a la defensiva, estaba demasiado mosqueada como para aguantarle.

—Mira, Peter, déjame en paz. Si no sabes lo que quieres es tu problema...

—Te quiero a ti.

Mi culo se volvió a sentar.

—¿No te das cuenta?

Sus ojos se llenaron de lágrimas...

—¡¡¡¡¡Estoy enamorado de ti!!!!! —gritó justo en el único segundo en el que los *hooligans* se callaron.

Mi mente daba órdenes a mi cuerpo totalmente opuestas. La primera, echarme a llorar de la impotencia; la segunda abalanzarme sobre él y besarle como si no hubiera un mañana, o, por último, meterle un puñetazo en la boca por jugar con mis sentimientos.

No hice nada. Era incapaz de odiarle, le deseaba con todas mis fuerzas, las mismas con las que me resistía a caer en sus redes. Suspiré.

—¿Quieres otra cerveza? —pregunté suavizando la charla.

—Sí, por favor. —Él también se había quedado en shock.

Agarré los dos vasos de la barra y me acerqué a él, semirrecostado en la silla. Al apoyar su jarra, uno de mis senos rozó su hombro, me agarró de la cintura y me sentó en su regazo de piedra a punto de hacer saltar la cremallera de sus chinos. Joder, cómo me podía poner tan cachonda con un ligero roce. Me acerqué a su oreja...

—No seas malo...

—Andrea, no te fíes de ella...

—¿De tu polla? —Me ruboricé por haber pronunciado aquella palabra, aunque lo hubiese hecho en inglés.

—¡Tampoco! Pero me refiero a July...

Regresé a mi lugar. Nos bebimos la mitad de la cerveza mirándonos, sin hablar...

—¿Y qué vas a hacer? —Rompí el hielo. Después de lo que me había dicho, comprenderéis que estuviese un poco más subidita.

—No lo sé...

La respuesta me bajó enseguida.

—Pues, mientras te aclaras, permite que siga con mi vida... —pedí tajantemente.

—Lo siento.

Me acompañó hasta mi casa. Se le veía débil, cabizbajo. Fui yo la que me acerqué para darle un pico cariñoso..., que se podría traducir en un «no te preocupes», antes de entrar al portal. Estaba madurando, ¿no?

Con las entrañas revueltas y ganas de descuartizar a mi compañera, abrí la puerta de casa. Silencio y oscuridad. A excepción de la cisterna de los de arriba que se escuchaba como si hubiese tirado yo misma. Estaría durmiendo. Zorra.

30

Curiosamente, en los siguientes días solo coincidí con ella en la tienda, lugar inapropiado para montar un pollo, por lo que mis impulsos homicidas se fueron enfriando. Mi cabeza, sin embargo, no dejaba de darle vueltas y vueltas a Peter y a su futura esposa.

Y, de tanto pensar en ella, allí se presentó. Los quehaceres de Polina pasaron a un segundo plano para alertarme de la visita. La seguí escaleras arriba, quedando rezagadas dos escalones por debajo de la planta principal. La vi. Un pinchazo agudo se me clavó en el pecho. Era como una muñeca barbie pero con estilo. Alta, delgada, rubia platino con ondas de ensueño, ojos azul cielo y labios definidos y gruesos. Llevaba unos *boyfriend* jeans, camiseta gris básica, zapatos de tacón y una Balmain de cuero roja que atraía todas las miradas. Con diez centímetros más desfilaría para Victoria's Secret. Desde nuestro ángulo, observábamos la cercanía y simpatía con las que saludaba a los empleados.

Incluso las *cheerleaders* tenían algo en común con ella, o eso parecía por lo distendido de la conversación.

Las malas lenguas, que no eran pocas, contaban que él le tenía prohibido venir a la tienda para no mezclar, supuestamente, trabajo y placer.

Él entró en plano disipando a las fans que hacían corrillo para saludarla y le plantó dos besos en la cara. Salió de plano y volvió a aparecer con su maletín y su abrigo encima.

Cuando por fin se fue y pude regular mi respiración, me enteré de que Alessa había trabajado allí, de ese modo se habían conocido.

En su día, él la vio, se encaprichó y no paró hasta que la consiguió. Para, por lo visto, un año más tarde ponerle los cuernos.

Me había dolido verla, mucho. Polina lo notó.

Ya por la noche, con la copa de vino en la mano y la honestidad y dulzura de una amiga me aconsejó que me olvidase de él. Prometí hacerle caso. Tenía razón, su currículo le delataba y en cuanto consiguiese su capricho lo tiraría por la borda. No tenía sentido, en realidad nada desde que partí de Lavacolla. Había entrado en bucle, no avanzaba y lo sabía.

«El director de la Unidad de Investigación Climática de la UEA (University of East Anglia) tiene un amplio archivo de datos climáticos y numerosos libros que por falta de espacio le gustaría eliminar». Ese fue el mail de la Sociedad que me empujó a comerme las dos horas y media de trayecto desde mi casa a Reading, donde se encontraba la sede.

Rachel Clu, la coordinadora de proyectos, me recibió en la entrada.

—*Welcome, Andrea.*

—Hola, Mrs. Rachel.

La señorita Clu era una mujer madura y cuadriculada. Abarcaba ella solita todos los eventos del trimestre sin perder los nervios ni la sonrisa. Además, tenía la gran capacidad de involucrar a los miembros en todas las acciones por muy chorras que fuesen.

Entré con la obsesión de obtener la copia impresa de los informes del tiempo en las Islas Malvinas para los años cincuenta y sesenta. Quizá por la influencia argentina.

—Lo siento mucho, Mrs. Alonso… El profesor Castelo acaba de llevarse la última copia.

—¿Cómo? Pero ¿está aquí?

Asintió.

—Al fondo, en la biblioteca, último pasillo de la izquierda.

Su móvil comenzó a sonar. Se disculpó y contestó a la llamada.

—*Thanks, Rachel.*

Me sentía Sherlock Holmes en medio de la majestuosa biblioteca de la Real Sociedad de Meteorología. Aquel silencio me embriagaba. Extrañaba el estudio, la concentración, el aprendizaje…

Encontré a mi Watson volcado en la lectura de *Extreme Weather: Forty Years of the Tornado and Storm Research Organisation,* la última publicación sobre fenómenos extremos en Reino Unido. Una visión detallada de supercélulas, tormentas eléctricas, inundaciones, nevadas, etcétera, de los últimos cuarenta años.

—¿Javier? —interrumpí.

—¡¡¡Andrea!!! —exclamó elevando la vista por encima de las gafas sin montura.

—Me alegra encontrarte de nuevo…

—Y a mí, la última vez saliste escopeteada… —recordó—. ¿Todo bien?

—Sí, sí. —No sabía si era la típica pregunta de cortesía o estaba interesado. De todos modos, mis síes no debieron de ser muy convincentes.

—*Really??* —preguntó dudando en inglés.

Cerró el libro, se levantó y me pasó el brazo por el hombro.

—Hoy sí tendrás tiempo para tomar algo, ¿no?

—Una hora… —Sonreí.

Los dos tés con leche y el bizcocho de arándanos de la cafetería de la sede le costaron once *pounds*.

—Bueno, Andrea, cuéntame…

No sabía por dónde empezar.

—Pues, qué te voy a decir que no puedas intuir… Ya sabes cómo está España y…

—No me creo que no hayas encontrado nada allí que…

—Pues no…

—No buscaste bien… ¿Cómo no me llamaste?

—Quizá me daba vergüenza pedir…

—Y aquí ¿qué? —Me cortó.

—Aquí, ¡¡¡¿¿¿de científica???!!!! ¡Imposible! —afirmé sorprendida.

—Lo que eres, Andrea...

—Ya, pero el idioma...

¿Por qué intentaba excusarme? No lo había intentado siquiera.

—Cuando te sientas más segura, llámame... —Anotó en una servilleta su teléfono—. Yo estoy con... —Se calló.

—¿Con...?

—Nada, un proyecto..., creo que demasiado ambicioso para un profe de universidad...

—Si no avanzáis vosotros... Los demás siempre nos quedaremos atrás...

Asintió.

—Te gustaría...

—Dame alguna pista...

—No puedo...

Agaché la cabeza en señal de decepción.

—A cambio te cedo esto... —dijo entregándome el balance meteorológico de las Malvinas.

—Oh, no, no... No puedo aceptarlo...

—Andrea, lo cogí para ti...

Me desconcertó.

Bebió el último sorbo de su té. Se levantó y me estrechó la mano.

—Vuelvo al tajo. *Have a nice day!*

—*You too.* —Logré decir con el facsímil en una mano y la servilleta con su número en la otra.

«Cuando te sientas más segura, llámame». Su confianza en mí y la tarta de arándanos encontraron mi motivación perdida.

Motivación que me dotó de fuerza suficiente para pasar una semana entera sin noticias de Peter Harman. Solo lo veía de soslayo cuando salía de la oficina a la hora de la comida o al terminar su jornada. Ni él se dirigía a mí ni yo a él.

De todos modos, las chicas intentaban devolverme la chispa de la Andrea pre-Harman.

«Se acabaron los tíos».

Además, sorprendentemente, esa semana libramos las tres el mismo día. Nos fuimos de compras, sin comprar, ya me entendéis. Tan solo Polina adquirió un par de gafas de sol en Cutter and Gross Vintage, una óptica en Nightsbridge, donde las *celebrities* compraban sus gafas de diseño. La rusa compartía gusto y estilo con Sienna Miller. Cada vez que Polina adquiría algo de precio desorbitado se justificaba. Carmen y yo sabíamos que la familia de Polina tenía dinero, pero nos seguía sorprendiendo que un chófer nos estuviese esperando en la puerta para llevarnos hasta Penhaligon's en el Soho. Ya no se ocultaba. Este local era una perfumería destruida tras los bombardeos de la Segunda Guerra Mundial, reconstruida en el año 1995. Carmen sentía mucha curiosidad por aquellas inimitables fragancias. Todo marchaba según el plan de mis amigas, entretenerme.

Andábamos entre granos de café y otras aspiraciones cuando me percaté de que intentaban ocultar algo. El perfume prohibido, Opus 1870. Allí estaba la esencia de Peter, en un frasco de 30 ml con un lazo violeta que hubiese aprovechado como elemento decorativo en mi casa. La desazón volvió seguida de inevitables pucheros.

—Esto solo se arregla de una manera… —decidió Carmen, mirando a la rusa.

—¡Eh! ¡Eh! ¡Eh! —Saltaba feliz Polina.

A las cuatro de la tarde, volvíamos a Knightsbridge para entrar en un piso soviético de los cincuenta con el mejor vodka de pepino de Rusia. Las encantadoras camareras de Marivanna nos daban la bienvenida en ruso. Vestían de la época. Con lazos gigantes en sus coletas.

Entramos en calor con el típico *borsch* y acabamos sudando con el Megruli Khachapuri, un pan de queso georgiano que conseguíamos tragar con chupitos del delicioso vodka. Estaba prohibida el agua en aquella comida.

Entonces, Carmen confesó.

—Pedro ha encontrado trabajo en España…

—Ah, ¿¿¿sí??? ¡¡¡Enhorabuena!!! —exclamó nuestra amiga rusa.

—¡¡¡Enhorabuena, Carmen!!! —me salió del alma.

—*Cheers!* —Levantó el chupito Polina. Lo volvió a bajar antes de brindar—. Un momento, y tú, ¿cómo estás?

—Yo bien… —Se bebió el chupito de un trago, carraspeó—. ¡Me voy con él!

—*What???????!!!!!* —soltamos al unísono.

—Sí, chicas… Realmente quiero estar a su lado… Y aquí no soy capaz de ver una luz al final del túnel…

—Carmen, pero tu sueño… —traté de decirle.

—¿Cuál es mi sueño, Andrea? No lo sé ni yo… Pero está claro que aquí no lo voy a encontrar… ¡Y no soporto más la tienda, sus tonterías, las clientas, la ropa, la música atronadora!

Inconscientemente me acordé de Alex. Me quedé callada.

—¡Me encanta Pedro! —soltó Polina—. Eso es un hombre, ¡¡¡buscándose la vida y cuidando de ti!!! Yo haría lo mismo si…

—¿Si qué, Polina? ¿¿¿¿Todos estos años de esfuerzo tirados por la borda para dejarlo todo e irte con un tío…???? —me exalté.

Carmen me miró seria.

—Es mejor jugar a tres bandas y ver los días pasar, ¿no, Andrea? —Me hirió. Supongo que como yo acababa de hacer con ella.

—Lo siento, Carmen…

—No pasa nada…, la culpa es del vodka, que nos calienta el morro… —Alzó su chupito. Me acerqué y le di un beso.

—Te echaremos de menos…

—Y yo a vosotras… —Antes de terminar la frase los lagrimones ya resbalaban por sus mejillas.

No me había parado a pensar que a lo mejor era ese tío lo único que realmente la hacía feliz.

La marcha de Carmen supuso un drama. No valorábamos todo lo que aportaba a nuestra relación hasta que desaparecieron las coñas, el acento, las salidas de tono, las meteduras de pata, los fandangos y la pedazo risa con la que todo lo solucionaba.

Por supuesto, le hicimos su más que merecida fiesta. El día anterior a su marcha, para que no tuviese fuerzas para arrepentirse. De Carmen nos podíamos esperar cualquier cosa, en ella la volatilidad sí que es una virtud.

—Te quiero, Carmen. Escribe.

Con el llanto de una colegiala en el día de despedida del campamento la vimos partir. Volvía a casa, al sol, a la buena comida y mejor gente.

Alex también se dio cuenta de que estaba más sensible de lo normal. Se encargó de provocar esa risa que cura y hace olvidar.

Apareció en bici, con una *bomber* beis, pantalones azul navy y su habitual sonrisa.

—¡Sube!

—¿Cómo?

—Coloca tus pies en el eje de la rueda trasera…

Y así lo hice… Bajamos a toda pastilla Regent Street desde Maddox St. La llovizna azotaba mi cara. Volvía a ser niña. Lancé un grito de subidón, que siguió mi piloto sin dudar.

—Vamos, extiende la mano izquierda… —ordenó.

Ejercía de intermitente para girar hacia Foubert's Place. Una vez allí, engullimos dos tremendas hamburguesas de la legendaria Kua'Aina, mientras me contaba sus sensaciones como telonero de ¡¡¡The Killers!!!

—Es un místico… No habla ni con sus compañeros…

—¿¿¿En serio??? Y yo que me enamoré de él con *All these things that I've done*.

Brandon Flowers también había tenido su hueco en mi carpeta del instituto.

Mi agotamiento quedaba eclipsado por el dinamismo del músico. Con él nunca faltaba un plan, disfrutaba dejándome llevar, sin necesidad de decidir.

Por aquel entonces, Alex vivía en el piso de alquiler temporal de su representante en Belsize Road, en el noroeste de Londres; no era una zona rica ni de moda, pero convivían unas doce nacionalidades diferentes y eso siempre enriquece.

Era un apartamento pequeño pero suficiente para una persona que no para en casa. El sofá cama estaba deshecho. Nos acomodamos allí. Sirvió un par de gin tonics y cogió la guitarra. Podría haberme enamorado de él tras su versión rasgada del *Everlong* de Foo Fighters.

Fui yo la que tomé la iniciativa. Me arrastré hasta él mientras tocaba. Me miraba, apoyando su mentón en la segunda curva del instrumento. Agarré sus muslos y me incorporé. Seguía tocando…, ahora un tono por debajo. Me hice hueco tras él, rodeándolo con mis piernas. Con un sutil beso, humedecí su nuca, y con el posterior suspiro conseguí que se retorciese de placer. Los acordes se sucedían a la par que yo repartía caricias con mis labios… Encontró mi lengua en un rápido giro de cabeza y estalló. Dejó la guitarra a un lado y con más brusquedad de la habitual me posicionó en su regazo. Estaba muy excitado, sudaba. Se deshizo de mi blusa y su camiseta. Saboreó mi torso con ganas, a mordiscos se liberó de mis pantalones, me tumbó en el colchón y con sus talentosas manos arrancó mi ropa interior. Nos reímos. La había destrozado.

Agarró mi pelo y clavó sus ojos en los míos. Aguantó fijamente esa mirada hasta que me corrí. Después lo hizo él.

—¿Te quedas conmigo?

—¿Esta noche…? —pregunté extasiada.

—No, siempre.

Aquel «siempre» revoloteó en mi cabeza desde el desayuno hasta la comida, cuando aproveché para comunicarme con mis seres queridos.

—Por cierto, ¿y qué fue de Paola? —pregunté mientras compartía café con mi abuelo al otro lado del teléfono.

Solo imaginando la Argentina de 1964 podría despejarme.

31

Puerto de Buenos Aires, 1964

Serafín Olmedo, oriundo de Ourense, había embarcado quince días antes gracias a la carta de recomendación que trece años después de su llegada emitía Jacinto.

El 21 de abril de aquel año arribaba a la Argentina el *Yapeyú,* construido por un astillero holandés, con capacidad para trece pasajeros en primera clase y setecientos cuarenta en turista. Ese mismo barco lo llevaría de regreso a casa.

El Puerto Nuevo ya no tenía el mismo color ni el mismo aroma de hacía más de una década. Las estructuras metálicas invadían el paseo y el Hotel de Inmigrantes se había convertido en un recuerdo abandonado junto al Río de la Plata.

No hubo besos, ni caricias, ni abrazos que consolasen a una Paola enflaquecida por la inminente pérdida de su amado. Vestía un abrigo de pelo color hueso, pantalones campana y gorro de lana; él, un traje de pana marrón, como los de la gente con clase, su sombrero y la misma maleta roída que devolvió durante todo aquel tiempo de exilio el deseo de retornar al país del que un día decidió marcharse.

Aquella decisión, que en un primer momento se había planteado como una estancia temporal, le había mostrado una realidad diferente, y los cambios acaecidos durante ese tiempo prolongaron demasiado su etapa en la adorada Argentina, tanto que no sabía si su auténtica vida estaba allá o acá.

Con treinta y ocho años era uno más de los miles que iniciaban un duro retorno a lo desconocido tras un largo periodo fuera. Regresar para él era como emigrar de nuevo a algo totalmente lejano y ajeno, distinto, casi opuesto... De la ciudad al campo, de la soltería al matrimonio, de la independencia a la paternidad... Lo hacía por sus hijos.

Su bombilla de plata, el mate y una caja de alfajores La Havanna le acompañarían para remarcar la huella de su paso por las Américas. Volvía con dinero y experiencia suficiente como para rescatar a su familia del campo, de terratenientes y vecinos, montar negocio y vivir. Dejaba a su amiga, amante y compañera.

—¡¡¡Gracias!!! —la abrazó.

—A vos, por existir... —susurró Paola. Seguía igual de hermosa, con las primeras arrugas de expresión y algún cabello gris asomando entre su marcado flequillo. La sonrisa que le dedicó al partir sería la cura para el dolor venidero, la calma para combatir la furia y la remembranza del éxito. Tomaba por segunda vez una decisión determinante sin pensar en su felicidad.

Otros, sin percatarse, nunca decidieron quedarse, sino que se fueron quedando...

32

Tenía un mensaje de voz en el buzón que no entendía. Lo escuché unas veinte veces, sin exagerar. Me agobié. Definitivamente, mi inglés no era tan bueno como pensaba. ¡¡¡Eran las dos de la tarde!!! Me había permitido el lujo de desactivar la alarma para que mi cuerpo descansase todo lo que necesitara. Al parecer le hacía mucha falta. A la vigésimo tercera logré descifrar «segunda entrevista» y «esta tarde». Es decir, me llamaban de la boutique italiana para hacerme un segundo interrogatorio ¡¡¡¡esta misma tarde!!!!

Desde la cama, envuelta en el edredón, llamé a Polina, me cogió a la tercera. La exposición de los cien mejores trabajos de Hannah Höch, pionera dadaísta, la tenía embelesada. Hasta la Whitechapel Gallery quedaba un trecho. Me puse los primeros vaqueros que pillé y por encima de la camiseta del pijama un jersey de lana gordo, botas, bufanda, guantes, orejeras y abrigo. Diez minutos más tarde me subía al *overground* dirección Barking, donde tomé el metro hasta Aldgate East, diez paradas eternas que impacientaron a mi reloj.

Entré libremente por la galería; dentro no había cobertura por lo que ni la llamé al móvil. La encontré admirando con detenimiento uno de aquellos collages hechos con recortes de revistas y periódicos. Mi prima de ocho años pasó fugazmente por mi cabeza, eso también lo hacía ella. Sin previo aviso le planté el auricular en la oreja. No se asustó, sorprendió o molestó, permaneció serena.

—Dice que la directora de área quiere hacerte una entrevista personalmente. Esta tarde a las cuatro.

¡¡¡¡¡Eran las tres y media!!!!!

—¡Gracias! —Le di un beso en la mejilla y salí por patas. Ella siguió contemplando puzles.

Tardé veintisiete minutos en llegar, haciendo el transbordo en Westminster para coger la Jubilee Line a Bond Street.

Reflejada en los cristales de la puerta del vagón, observé mis tremendas pintas. Metí la mano en el bolso, el neceser rojo me volvía a sacar del apuro. Me recogí el pelo e introduje parte del jersey en el pantalón. Con el abrigo abierto y sin complementos mi aspecto de muñeco de nieve se esfumó.

Llegué diez minutos tarde. Otras dos chicas esperaban en el hall de la refinada boutique. Una de ellas podría perfectamente haber desfilado aquel año en la London Fashion Week, la otra era una Vivien Westwood joven, sintética, ecléctica.

Charise Wellington era la estirada y meticulosa directora de personal en Londres, Birmingham y Glasgow.

—Bueno, bueno, así que española... —Tenía acento
irlandés, no podía ser mala tía. Además, por suerte, yo ya
lo tenía pillado.

—Eso es... He llegado hace seis meses.

—Y ¿por qué quieres cambiar de trabajo?

—Porque quiero seguir mejorando...

—¿Y tú crees que aquí lo harás?

—Si no, no habría dejado el currículo... —Sonreí. Ella
correspondió.

—Aquí hay que dedicarle mucho tiempo y paciencia
a nuestros clientes. Clientes muy susceptibles que incluso
se pueden ofender si no comprendes bien el idioma...

—Señorita Wellington, confío en mi capacidad de expresión tanto oral como gestual...

—Eso lo veo. Caes bien... Y necesitamos algo de alegría en la tétrica sección de mujer.

No supe a lo que se refería hasta que me hizo un *tour*
por el sótano de señora. Me sentía observada, primero por
los hombretones de traje de la planta de caballero, después
por las que reconocí al instante como las nuevas *cheerleaders* del departamento, una polaca y una rumana monísi-
mas con el palo de la escoba metido hasta las entrañas. Sin
duda Goshia y Natalia dirigían el cotarro. Aiste e Indre,
las lituanas, parecían más afectuosas. Una espigada e informal, la otra menuda y recta. Solo Micaela ponía el toque
Mediterráneo, más cálido, a la atmósfera sombría que se
respiraba.

—*Cazzo di merda, che ha catturato la mia bottiglia d'acqua???* —dramatizaba sin percatarse de nuestra presencia.

—¿Micaela? —reprendió Charise.

—*Oh, sorry, madame... Io, Io...* —La pobre no sabía dónde meterse.

—Esta es tu nueva compañera, Andrea...

¿¿¿Así que ya estaba contratada???

—Hola —saludé feliz.

—Hola. —Devolvió la sonrisa—. *Io* hablo un poquito de *españolo.*

Todos los italianos sabían decir eso, los ingleses: «Mi casa es tu casa» o «Una cerveza, por favor».

Reí la gracia, nos despedimos de la plantilla femenina y Charise de mí.

—Te llamarán para comunicarte el día de incorporación. Falta poco para las rebajas de verano y necesito que estés preparada...

¿Verano? Pero ¡¡si estábamos en marzo!!! Como la hora, en Inglaterra, siempre se adelantaban.

Tardaron unos treinta minutos en informarme de que la semana siguiente comenzaba mi nueva vida en el mundo de la «*luxury brand*».

Por supuesto, Peter no sabía nada de esto y, por desgracia, era la única persona con la que podía resolver mi marcha anticipada al aviso de los quince días sin que supusiera un drama.

—Tengo que hablar contigo.

Ni me miraba. Seguía con su papeleo.

—Aquí no, estás dentro del horario laboral… Ponte a trabajar —contestó despectivo.

—Es que es un asunto laboral…

Entonces sí se giró. Le seguí escaleras abajo y entramos en la oficina. Tomé asiento.

—¿Cuándo te vas?

—¿Cómo lo sabes?

—Estabas tardando…

La primera en la cara, así, en frío. No me lo podía creer, ¡¡¡estaba deseando que me fuese!!!

—¿Perdona? —pregunté molesta.

—Esto se te queda pequeño, Andrea, sabía que antes o después encontrarías algo mejor…

Me alivió el comentario. Al menos todavía me profesaba algo de cariño.

—… Además… —continuó—. Soy incapaz de llevar una relación estrictamente profesional contigo…

—Ya no la tienes… —afirmé.

—Andrea… No te olvido ni quiero olvidarte…

—Peter, estamos en horario laboral, ¿recuerdas? —respondí irónica—. Tampoco tenemos más de que hablar… Me piden que me incorpore la próxima semana y…

—¡¡¡He cancelado la BODA!!!

—*Whaaaattttttt??????*

Mi estado anímico y emocional era como un viaje en el Dragon Khan para un niño que roza la altura mínima permitida.

—No estoy seguro de nada… Tú me has hecho ver que…, en fin…

No le dejé continuar. Le besé, me besó, nos besamos y lo habríamos seguido haciendo si no hubiesen llamado a la puerta.

—Adelante… —Peter se recompuso e invitó a pasar.

—Andrea. —Era Sian—. Arriba preguntan por ti.

—Ve…, luego hablamos… —indicó.

Repasaba mentalmente la lista de asiduas clientas que me buscaban para atenderlas personalmente, impresionada todavía con la gran noticia.

—Allí —señaló Sian, con la que, por cierto, ya mantenía una conversación fluida.

No podía ser verdad: Carlos. Los nervios se apoderaron de mi cuerpo, mi lengua se secó, mis ojos perdieron claridad. Rezaba para que Peter no subiese las escaleras.

—Carlos, ¿qué haces aquí?

Me abrazó. Mis compañeras agacharon la cabeza disimulando.

—¡¡¡Te quiero!!! —gritó entregándome el ramo de tulipanes blancos.

«Mátame, señor, y llévame contigo», eso pensé. Como siempre, todo cuando y como él quería.

—Cariño, estoy trabajando…

—Joder, nena, nada te vale, ¡eh! Pensaba que te alegrarías…

—Carlos, por favor…, salgo en un par de horas. Me esperas, ¿sí? —limé mi tono.

—Vale…

Bajó el ramo y retrocedió. Cuando creí haberme librado, avanzó y me plantó un forzado morreo. Estaba sofocada, abochornada. Lo aparté, busqué a mi alrededor. Mis peores sospechas se confirmaron. Peter lo había visto, allí estaba detrás de la caja central, bajando la mirada mientras negaba con la cabeza.

—Carlos, ¡vete ya! —impuse.

Peter se evaporó el resto de la tarde. Cómo eché de menos a Carmen. Me hubiese hecho ver las cosas de algún color más claro, muriéndose de la risa, o lo más seguro es que me hubiese obligado a ponerme en la situación de Carlos, haciéndome sentir la peor persona del mundo. Al fin y al cabo, era una sorpresa.

La persona que me esperaba a la salida poco o nada tenía que ver con aquel chaval macarra del que me enamoré de niña. Con el tiempo nuestros ideales, gustos y amistades se habían hecho opuestos. Su grupo de colegas de la noche se borraba durante el día, a no ser que hubiera priva y titis. Nosotras, Rebeca y yo, habíamos evolucionado, cada una por su lado, compartiendo los mismos principios que nos unieron en su día, por eso y a pesar de que nos veíamos de Pascuas a Ramos, la relación con ella era incomparable a la de Carlos y los chuliboys de camiseta tatuada y cinturón con logotipo gigante. Me atrevería a decir que la única verdadera amiga que tenía era yo. Creo que Carlos esto jamás lo llegó a comprender.

Fumaba un cigarro en uno de los bancos de la entrada. Más calmada, le volví a abrazar. Sentía lástima. Mi reacción tampoco le había sentado demasiado bien. Cogí el ramo de tulipanes y nos fuimos a casa. En el metro coincidimos con alguno de mis compañeros, por lo que tampoco pudimos decir nada.

Le expliqué cómo era mi día a día mostrándole dónde tomaba café, dónde hacía la «compra» y, finalmente, dónde vivía. Desconfiaba del oscuro barrio, el exceso de tranquilidad al anochecer, las diferentes etnias… Para él, todo lo que no era vestir «normal» era «raro», sospechoso, amenazante. Lo pillé mirando de reojo a dos negras con aros dorados extremos y barriga al aire, o al indio del dhoti blanco.

—¿No tienes miedo?

—Nunca, menos que en Vigo.

La rendija de luz que se colaba por la puerta de casa advertía que July nos iba a acompañar. ¡Mierda! Entonces Peter ya se enteraría de que Carlos iba a dormir en casa. Hice las presentaciones, me alivió ver cómo el idioma les frenaba, así que July nos dedicó apenas unos minutos. En la nevera no existía nada que Carlos estuviese dispuesto a comer. La pizza era la mejor opción. La compartimos en mi cama viendo, por decimoquinta vez, *Eduardo Manostijeras*.

Me hice la dormida antes de que la anciana Winona concluyese su historia (evito *spoilers* para los que no hayan tenido infancia). Apagó el ordenador y me dio un beso en la frente. Podía percibir cómo me observaba en la oscuridad, sentía su dolor y mi angustia, juraría que lloraba.

A la mañana siguiente me despertó con ganas de jaleo. Me daba muchísima pena. Estaba tan expuesto, tan indefenso, que cualquier amago de rechazo lo destrozaría.

Cobarde, esperé hasta la noche. Tras un día de típica ruta turística que aborrecía, evitando caricias y besos, fue necesaria la conversación.

—Carlos…

—No hace falta que digas nada…

Y no dije nada. A las tres de la mañana cogió su mochila y se fue de vuelta a Vigo, donde él quería estar. Dejó una nota: «Espero que te cuide y que seas muy feliz».

Lloré durante tres días, con la tentación del arrepentimiento prematuro apretando el teléfono las veinticuatro horas. La superé con una llamada de la cebolla.

—An…

Aquel tono era característico en mi hermana cuando necesitaba soltar algo que sabía que no me iba a sentar muy bien.

—Tú y Carlos, ¿cómo estáis?

—No estamos…

—¡Ah! Vale, es que lo vi en La Imperial con la misma chica que te dije el año pasado…

—Sí, ¿y? Me dijo que era su excuñada o algo así…

—¡Joer! Pues yo no voy besando a mis cuñados…

Carlos quedaba borrado del mapa para siempre.

33

A finales de marzo, las máximas empezaban a superar los ocho grados. El sol aparecía con mayor frecuencia. July no tardó mucho en desentenderse de las medias, luciendo sus vestidos a pelo. Bueno, más bien a piel de gallina, que era como se le ponía con los calcetines justo por debajo de la rodilla. La nueva estación se adelantaba aquel año.

Los puestos de flores y plantas inundaban las esquinas por lo que era inevitable adquirir alguna. Con algo más de luz tras meses en la penumbra, el optimismo impera aunque no se quiera. Mi último día de trabajo. El trabajo que me había dado mi primer sueldo, a mis amigas, a él.

En ese último día, el responsable supremo de la tienda daba un *speech* de despedida en la reunión matinal. Esperaba impaciente su aparición, mientras explicaba a mis *colleagues* que tampoco iba muy lejos, a cinco minutos andando. No se librarían tan fácilmente. Pasaban diez minutos de la hora establecida. Polina tomó las riendas del *meeting* dedicándome un entrañable y emocionante discurso en el que hacía balance de mi paso por el comercio, mi evolución y, por supuesto, mi especial afecto hacia muchos de ellos. Confiaba en que apareciese de un momento a otro. No fue así.

Una revoltosa July entró por la tienda a media mañana.

—Te tengo que contar… Anoche estuve con Peter.

Si mi mente había pensado en escribirle, se me quitaron las ganas.

—Estuvimos en el Pub on the Park de London Fields y…

—¿Y?

—Y nos pillamos una mierda descomunal… Más tarde se unió uno de sus mejores amigos, Jake, un mulato que no está nada mal, la verdad.

—Pues ya sabes… —vacilé.

—Tú sí que ya sabes a por quién voy yo… —Me guiñó un ojo y se fue.

¡Claro que lo sabía! ¡Y él también! ¿Qué cojones hacía quedando con July? ¿Desde cuándo eran amigos? Además, ¿no había sido él el que me asesoró para que no me fiase de ella?

Decepcionada, pasó sin emoción mi último día.

El primero, sin embargo, era un manojo de nervios. Mucho más aseada y mona que en la última ocasión, entré en el edificio por la puerta colindante al escaparate de líneas geométricas, sobrio y elegante. Vino a recibirme uno de esos apuestos italiano que pronunciaba *«streetaaaaaa»* a propósito.

Subimos tres pisos antes de dar con el comedor/cocina, rodeado de las taquillas de los empleados, donde encontré a media docena de ellos en calzoncillos, sin camiseta, anudando su corbata o cerrando los últimos botones de la camisa del traje a medida que vestían como uniforme. Una maravilla para la vista, así de mañana. «Bienvenida al nuevo curro, Andrea», pensé. Parecía no molestarles mi presencia, a alguno pienso que hasta le encantaba exhibir los desarrollados abdominales de su tableta de chocolate.

Pegado a la sala del edén, un cuartucho con el vestuario de las chicas. Hacinadas, conseguían con pericia desnudarse sin tocarse. Culos y tetas de revista, cubiertos con lencería fina. Ahí se tambaleó mi seguridad. El escaso tiempo que tenía de ocio a lo último que invitaba era al deporte. La celulitis había invadido mis muslos, mis cartucheras bailaban solas, mis antebrazos empezaban a descolgarse y el algodón de mi ropa interior había sacado hasta pelotillas. Ellas, sin embargo, se paseaban por delante del sector masculino exhibiendo sus fibrosos cuerpos. La depresión era inminente.

Me metí en el cuarto de baño, saliendo de él con la camiseta a rayas, la americana y el pantalón de pinzas negro. No me reconocía.

Un cartel gigante con los nombres de todos los dependientes decoraba la sala. Al lado de cada nombre una cantidad repartida por semanas. Se trabajaba por comisión, el uno por ciento de la venta. Es decir, si vendías cinco mil euros en ropa, sumaban cincuenta a tu nómina. Cada semana, en función de las ganancias, subían o bajaban de puesto. Invicta durante tres semanas, Goshia, la *barbie* polaca.

Sonó una campana, y todos corrieron escaleras abajo. El encargado estaba a punto de hablar. Era un *meeting* más reflexivo que el de mi antiguo trabajo: explicaban las cifras haciendo partícipes de los objetivos a los empleados, aunque estos, todos jóvenes, tenían la libido demasiado subida como para prestar atención.

Lucca apareció tarde. El responsable de la colección de señora era una parodia de sí mismo. Afeminado y explícito, contaba con una experiencia de diez años en el mundo de la moda desde que «la casa» lo contrató en Milán. Era la *celebrity* personificada, de hecho, quería ser actor, modelo, novio de..., lo que fuese con tal de ser famoso y posar en *photocalls*. Me hacía gracia, yo a él ninguna.

—Vamos a enseñarle a la «científica loca» cómo se ha de doblar un jersey correctamente.

Utilizaban plantillas de papel para no tocar la prenda con las contaminadas huellas de nuestros dedos. Me entregó un libro corporativo del que me examinaría a final de semana y en el que de una descripción general se pasaba a desmenuzar el porcentaje de cada materia prima que componía la prenda. Nosotras mismas éramos las encargadas de marcar el arreglo de un determinado traje o pantalón.

—No soy modista —objeté.

—Lo sé, ni yo tu padre...

En medio de mi clase intensiva de seda, cachemir y *blue velvet* bajó las escaleras un espléndido ramo de flores que ocultaba la cabeza del repartidor.

—¿Andrea Alonso?

—Soy yo...

—Esto es para ti...

—¿Para mí?

—Andrea Alonso, ¿no?

Lucca se lo arrebató de las manos y me entregó la tarjeta.

—¡Vamos! ¡¡¡Ábrela!!!

Las chicas me rodearon, me moría de la vergüenza. Pedí disculpas unas cinco veces seguidas.

—¡¡¡Basta!!!, ¡deja de pedir perdón! Ojalá fuesen para mí, querida.

«Hope your colleagues treat you well in your first day at school, Tinker. XXX», rezaba la nota.

—Pero no nos tengas en vilo, ¡¡¡dinos de quién es!!!

—De... Peter... Pan. —Sonreí embobada.

—¡¡¡Uy!!! Yo sé de una que hoy folla... —bromeó con su ramalazo—. Y ahora, recógete las bragas y ¡¡¡¡a trabajar!!!! ¡¡Venga!! —exclamó dando palmaditas.

El tamaño del ramo solo nos permitió colocarlo dentro de un cubo de fregar, llamativo para cualquiera que entrase a la sala de estar. El *rumore* del día servido en bandeja.

Flotaba. Irradiaba felicidad. Lucca tuvo que explicarme en más de dos ocasiones cómo se hacía el «Flower Jacquard» tan utilizado por los grandes diseñadores. No era un día para aprender sino para soñar. Así, pasaron las horas, brillando a «destra y sinistra» entre las caras lánguidas de las rubiazas del este de Europa.

Primer día superado.

A las nueve, justo a la hora de salida, Alex me llamó, no una sino dos veces. Era imposible cogerle con las dos manos ocupadas con las flores. Tampoco me apetecía. ¡¡¡¡Tenía la cabeza en… Peter!!!!

Nada más pisar la calle, lo vi. Allí estaba, frente a mí, con su sonrisa de niño travieso y barba de cinco días.

—Muchas gracias por el detalle…

—De nada, solo era una excusa para invitarte a cenar…

«¡Ah! ¿Que había cena?».

—¿Vamos? —preguntó.

Asentí como una niña pequeña. Ofreció su brazo, lo tomé de ganchete. De refilón pude ver a Lucca, presenciando emocionado la particular telenovela. No sabía adónde me llevaba.

La Brasserie Blanc, en Southbank, era un restaurante francés a pocos minutos andando desde la estación de Waterloo.

Nos esperaba una mesa con mejillones, *steak tartar* y vino. Desde nuestra perspectiva, el London Eye iluminado se alzaba esplendoroso, y los ojos de Peter me contemplaban serenamente mientras el directo de jazz potenciaba los efectos afrodisiacos de mi primera copa de vino.

El ramo de flores se quedó en el restaurante, al día siguiente me lo enviarían a casa. Caminábamos por el paseo del río, me frenó en seco y bajo una de las farolas me besó. Era un beso tierno, húmedo, lento y sensual. Me sentía Goldie Hawn en *Todos dicen I love you*. Levitaba.

—Estás preciosa…

Vaya, con las pintas que traía del trabajo y este diciendo que estaba preciosa. Quizá cuando uno brilla el mundo te observa con otros ojos.

A pulso, me senté encima del muro de piedra, dándole la espalda al Támesis, se hizo un hueco entre mis piernas y me abrazó, nos abrazamos. Ardía y me acobardaba. Apoyó su cabeza en mi hombro.

—¿Qué piensas? —pregunté al oído.

—En lo bonita que es esta ciudad cuando se apaga…

—Nunca se apaga…

—Sí lo hace…, entonces se enciende su alma, mira…

Torcí la cabeza. No podía alcanzar a ver el paisaje de la otra ribera.

—Como no salgas de entre mis piernas, solo podré observar el edificio de ladrillo marrón rodeado de jardín que tengo enfrente —contesté irónica.

—¿Quieres subir?

—¿Perdona?

—¿Ves la pequeña ventana del tejado?

Asentí.

—Es mi habitación…

Le aparté. Su mirada pícara volvió a salir, se la devolví, a pesar del ataque de pánico que subía por mis muslos.

—¡Ven, vamos!

El físico era una de sus obsesiones, así que os podéis imaginar el pavor que me daba el hecho de pensar en quedarme en ropa interior delante de él.

—No…, sí… —dudaba.

—Venga, un porrito y te vas… —Primera noticia de que Peter fumaba. Me chocó y se me debió de notar—. Ya no soy tu jefe, recuerdas…

No, todavía no había asimilado que se había roto ese vínculo que tanto me excitaba.

De la mano me llevó hasta la rosaleda que daba la bienvenida a un pequeño patio presidido por una fuente de mármol ornamentada con flores. A la izquierda del vestíbulo estaba situada la precaria cocina, a la derecha, las estrechas escaleras de tapiz granate que ascendían hasta el cielo de la casa de tres plantas que compartía con otros dos compañeros. Aquella buhardilla reformada era su habitación. Un cuarto de colores neutros, oscuros y extremadamente organizado. Mi vista se clavó en su cama, en el suelo, sin somier. «¿Para que no haga ruido?», pensé. Lo sé, solo pensaba en sexo pero era normal tras una botella de vino y dos chupitos, ¿no?

Encima del colchón, la ventana del tejado en la que repiqueteaba la lluvia, dando un toque sugerente. La luz suave del par de focos se encargaba de la calidez. Todo olía a él. Me había metido en la boca del lobo.

Una colección de vinilos antiguos con portadas de melómano, entre ellos, el *Disco Blanco* de los Beatles, abarcaba dos estanterías. Justo debajo, la Play; no dejaba de ser un chico de veintisiete años por mucho traje que llevase. Trajes, corbatas y camisas perfectamente ordenadas por colores en un armario sin puertas que exhibía la amplia variedad de zapatos, zapatillas y botas, con un perchero corredero para los pantalones de vestir.

El baño constaba de una pequeña ducha y muebles blancos, simples y rectos, decorados con crema hidratante, nutritiva, contorno de ojos, exfoliante, *after shave*… Se cuidaba más que yo. Esto siempre echa para atrás a cualquier chica, pero yo ya me encontraba en una posición demasiado avanzada.

Me asomé a la ventana del tejado, el paisaje era idílico, aquel alma iluminada de la ciudad apagada quedaba impregnada en el río... Era mágico.

Lo noté detrás, rodeando mi cintura con las yemas de sus dedos. Me estremecí. Había llegado el momento. El alcohol me había dado confianza. Agarré sus manos, apretaron fuerte las mías y le dejé hacer..., comenzó acariciando mis caderas, después mis muslos, subiendo por lo brazos, hombros, escote, rozando mis pezones, ya erectos. El calor de su aliento recorría mi nuca. Creí saber lo que venía después pero no tenía ni la más remota idea. La pasión que habíamos reprimido durante tantos meses empezaba a tornarse incontrolable. La casualidad o el buen hacer de un donjuán quiso que comenzase a sonar *Sweet disposition,* de The Temper Trap.

Desabrochó el primer botón de mi pantalón... La lentitud de sus caricias me estimulaba más. Volvió mi cuerpo hacia él, sonreía, tenía mi boca a escasos milímetros de su pecho descubierto por los tres botones rebeldes de su camisa. Con mis manos, temblorosas, inicié la valiente misión de desabrocharla por completo, besando suavemente su pecho al final del camino. Qué torso, ¡Dios mío! Fuerte, atlético, marcado por las horas ineludibles de entrenamiento.

Elevó mi cabeza humedeciendo mi labio inferior con un leve mordisco. Los suyos estaban calientes, su lengua relajada. Tomó mi mandíbula con sus manos invitándome al que sin duda fue el mejor beso de mi vida. Yo no sabía qué hacer con las mías, simplemente me dejaba llevar. Su roce descendió de nuevo hasta la cintura, desde donde ágil retiró mi camiseta, la misma que llevaba meses imaginando arrancar en la primera planta de señora. Un estorbo. Me ruboricé dejando intuir que no disfrutaba tanto como él mostrando mi figura. Me apretó fuerte, contra él. Suspiré. «Tranquila», susurró mientras cuidadosamente bajaba la cremallera de mis vaqueros para lanzarlos contra un rincón de la candente guarida.

Trazó una ese con la punta de su lengua allí donde cinco segundos antes había cremallera. Temblé. En otros cinco su palma masajeaba el interior de mis braguitas. Estaba empapada, a punto de explotar. El rubor de mis mejillas delataba mi pudor mientras que la lujuria quemaba mis ojos. Era una tontería seguir conteniéndome. Gemí.

Señal que interpretó como vía libre para tenderme en la cama. Se desnudó. Aquel bulto con el que había fantaseado tantas veces era enorme, más de lo que esperaba. Se tumbó encima de mí, la noté. Consciente de que me intimidaba volvió a susurrar: «Tranquila». Las caderas de Peter se movían con destreza estimulando mi clítoris. Presionó, arañé delicadamente su espalda, volvió a presionar, ya no tuve tanto cuidado. Con un sutil giro introdujo su mano derecha entre mis piernas, la izquierda acariciaba mi pelo y las mías, más modositas, no pasaban de su cuello y torso. Mis labios temblaban entre sus dientes. Estaba muy cachondo y mi timidez le ponía más. «La invencible Andrea como un flan entre sus brazos», pensé en un milésimo lapso.

Podía notar cómo latía su corazón, rápido e intenso. El mío le acompañaba. Comencé a mover las caderas con sus dedos todavía dentro. Gemí más fuerte, estaba preparada. Mis ojos suplicaban con la mirada, deseaba que en aquella ocasión también supiese leerlos. Un escalofrío recorrió mi cuerpo y antes de que finalizase un dulce gemido me hizo suya. El placer se mezclaba con el dolor de su tamaño. Arqueé la espalda y le agarré del pelo, del cuello... En cuanto me vio adaptada, inmovilizó mis brazos sujetándolos sobre mi cabeza; reaccioné atrapándolo con las piernas, pronunciando algo, no recuerdo el qué, en español. Aquello le volvió loco, perceptible por la intensidad de sus embestidas. Cada vez más rápido, cada vez más profundo... Me hacía sentir poderosa, deseada... Había llegado el momento de actuar. En un fugaz meneo posé mis nalgas sobre él y comenzó el baile. Ya no formaba parte de este mundo ni de Londres, ni de Vigo, solo existía él, Peter Harman, aquel jefe arrogante que en ese instante sometía mis giros de cadera mientras sudaba bajo mis piernas. Jugaba con mis movimientos para potenciar su placer. Estaba a punto de irse y yo con él, cuando inesperadamente me volvió a tumbar en su colchón. Calmó mi respiración agitada con un beso tierno. Sudaba, nos reíamos.

Mientras recuperaba el oxígeno, descendió para saludar nuevamente a mi clítoris. Su maestría y dedicación consiguieron que me corriese por primera vez, en mis veinticinco años de vida, con un cunnilingus. Sonrió satisfecho. Me volteó y volvió a meterse dentro de mí. Esta vez más agresivo, dominante. Agarró mi pelo, tiró ligeramente a la vez que mis gritos pedían más y él me daba lo que quería. A punto de finalizar la coreografía se acercó a mi oído y bajito, con la voz entrecortada, susurró: «I love you, Tinker». Respondí con un quejido de gozo, lloraba de felicidad. Un segundo después nos corrimos brutalmente y al unísono. Sonaba *Moonchild,* de M83.

Me despertó con un beso en el hombro acompañado de un «*Morning*». Por el ventanal del techo se adentraba un fogonazo del radiante día de primavera que teníamos por delante. La luz de la mañana nos dejaba expuestos, al natural, sin los claroscuros de la noche. Las caras de sueño reflejaban la satisfacción de una noche triunfal. El agotamiento sabía a piel y sal. Suena ñoño, lo sé, pero seguro que más de uno se ha quedado embobado observando cómo duerme su compañero de sábanas. Ese era el punto en el que me encontraba. Se levantó y se duchó.

—¿Quieres que me meta contigo? —pregunté insinuándome.

—Lo siento, es que tengo mucha prisa…

Eran las ocho de la mañana, yo también la tenía aunque me daba igual la hora. Desde la cama observé su ritual matutino. Las prendas del traje caían sobre el modélico cuerpo como guantes. La gomina, su perfume, sus calcetines rojos de Paul Smith de los que tanto fardaba…

—Venga, Andrea, levántate, que no llego…

Me metí en la ducha y cuando empezaba a enjabonarme se despidió con un «Solo tienes que cerrar la puerta, que tengas buen día». Tocada y hundida por aquella marcha gélida.

34

Salí aprisa, no me quería quedar más tiempo del imprescindible en su habitación. Bajé las escaleras sigilosamente, evitando encontrarme con sus compañeros de piso. Cogí a tiempo el bus que me dejaría en la estación de Canary Wharf para que la Jubilee Line me llevase directamente al trabajo.

—Tú anoche lo pasaste muy bien, querida…

Según Lucca, se me notaba en la mirada, en mis andares, cómo hablaba y me movía.

Mis despampanantes e insípidas compañeras me miraban de reojo, no sé si era envidia o asco, nada podía enturbiarme ese día.

Sábado de descuentos para las clientas habituales que cada empleado debía llamar de su carpeta de contactos para invitarlas a disfrutar de las promociones. Yo no tenía contactos, así que la loca de Lucca me pasó un par de los suyos.

Una era marquesa de no sé dónde, la otra, la prota de *Chicago,* la de las piernas largas.

«No te lo vas a creer, Rachel McDowall en la tienda», escribí con la excusa de ir al baño.

Con lo que nos había impactado sobre las tablas y resulta que era una borde, altanera y sin gusto. A lo mejor solo tenía un mal día. Así con todo, le pedí un autógrafo para él, con el permiso de Lucca, por supuesto.

Seguía sus pasos allá donde fuese, nunca se sintió tan acompañado. Creo que al finalizar la semana me cogió hasta algo de cariño pese a sus desplantes de chalada.

—Has de saber dos cosas, querida... A ellas siempre les sienta «todo» bien aunque a lo mejor no es «su estilo»... —Entrecomillaba con los dedos de ambas manos—. Y ganátelo a él, es el que paga.

En el *lunch,* los dependientes y encargados de área comían de su tupper preparado la noche anterior. Yo todavía no controlaba los tiempos de descanso que manejaban, así que crucé la calle y me metí en el Pret a Manger de Avery Road. Chispeaba. Pedí un *porridge* y *white tea* para llevar. Mientras lo preparaban chequeé mi móvil. No había respondido. «Estará ocupado», imaginé.

Me sumé a la mesa con el resto de los compañeros, cada uno hablando de lo suyo sin apenas dirigirme la palabra. Me entretuve con el móvil mientras acababa de comer. Lucca hizo su aparición estelar, como siempre, minutos antes de que yo volviese a la planta.

—Estos inútiles no te dan bola, ¿eh? ¡Maleducados! —bromeaba en alto. Todos se reían.

—Perdona, Andrea, yo soy Paolo...

—Y yo, Mickey...

Uno por uno, se fueron presentando.

—Un placer, pero me tengo que ir ya...

Goshia era la única que estaba en la planta.

—Llegas diez minutos tarde, diez minutos que tengo que restar de mi hora de descanso por tu culpa... —recriminó.

—Yo..., lo siento. —Me quedé bloqueada.

—¿Ves aquella rubia del fondo...? Es mía, pero me la vas a hacer tú por joderme mi comida...

—Sí, claro, no te preocupes...

Y de un coletazo, dio media vuelta y tomó el ascensor para subir a la tercera planta.

Me aproximé con disimulo a la clienta de melena lisa, ojos verdes y labios rojos. Era flaca, huesuda. Llevaba unos vaqueros, camiseta, chupa de cuero y Vans blancas. Podría haber pasado desapercibida en cualquier mercadillo vintage o concierto indie si no fuera por su Soho de Gucci rojo. La delataba.

—*How can I help you, madame?*

—En nada, no me puedes ayudar en nada..., así que no me molestes —contestó en español.

Venía rodada de enfrentarme a consumidoras maleducadas así que...

—¡Ah!, ¿es usted española?... Yo también... —hablé en mi idioma.

—¡Enhorabuena! —respondió.

Dejé de insistir.

—Estaré por aquí si me necesita.

Ni contestó.

Al cabo de un rato llenaba tres burros solo para ella haciéndome otros tantos viajes al almacén. «Esto no lo quiero, aquello no me gusta…, esto podría valer». Me limitaba a servirle todo lo que pedía, sin asesorar, hasta que preguntó: «¿Cómo me ves este vaquero?».

El terror se apoderó de mí, ¿podía ser sincera o debía seguir a pies juntillas las máximas de Lucca?

—Si me pide mi opinión, creo que usted puede permitirse el lujo de llevar un pantalón de cadera baja…

Aquella sugerencia le gustó y no mentía. Al menos suavizó el trato. Tres horas más tarde el hueso duro de roer se había convertido en una clienta, al rellenar el primer hueco de mi lista de contactos, con veinte mil euros de compra y felicitándome delante de mis compañeras y jefes por el trato.

—Esta es mi tarjeta, por si en algún momento decidieses escapar de aquí…

«Graciela Estévez. Directora de Marketing Prada. UK».

Lucca y las lituanas se acercaron a felicitarme. Mi segundo día de trabajo y ya ocupaba el puesto número uno en la tabla de ventas.

El responsable de la tienda se dirigió a mí. Esperaba su enhorabuena.

—Me dice Goshia que la comisión de esta venta le pertenece…

—¿Cómo? Pero ¿no habéis visto que llevo media tarde con esta clienta? —me defendía ante un ataque sorpresa.

—Sí, pero por lo visto te la cedió para que practicases…

—¡No me parece justo! La que ha vendido todas esas prendas he sido yo, no ella...

—*Darling,* estás en tu semana de prueba..., ¡no des guerra!

«Rastrera, embustera». La fulminé. Ella ganaba.

En el colapsado vagón del metro, daba vueltas en mi Whatsapp a la espera de alguna señal por parte de Peter. Lo había leído cinco horas antes, eso indicaba la aplicación. «¿Le escribo, no le escribo?». «¿Por qué no me ha respondido todavía?». No sé si fue la incertidumbre o ese sexto sentido que dicen que tenemos las mujeres lo que activó mis alertas. Me contuve, cruzando la puerta de casa desencantada con el mundo, ¡con lo bien que lo había empezado! July preparaba unos medallones de pescado congelados en salsa de menta y dados *hash browns.* Estaba hambrienta. Devoré.

—Por cierto, prepárate para esta noche. Hoy por la tarde conocí a un par de franceses y les invité a una copa en casa.

—¿Cuándo?

—Ahora.

Justo sonó el telefonillo. Los estudiantes de Económicas franceses tenían veinte y veintitrés años. Traían latas de cerveza, *joints* y panchitos para un regimiento. Brindamos por Lille y Toulouse, por mi primer día de trabajo y por July, porque sí. Sonaba *If I feel better,* de Phoenix.

Cuando se empezó a desmadrar la cosa anuncié mi retirada. El más joven me agarró por la cintura. Me separé y volvió a forzarme. Le empujé, tropezó con la silla y cayó de bruces en el sofá, donde los otros dos se morían de la risa.

—*Bégueule!!!*

Ni idea de lo que me decía, ni me importaba.

—*Night people, have fun!*

Entonada por las cervezas, me fui quitando la ropa, recordando cómo lo había hecho él la noche anterior. Alguien abrió la puerta, me asusté. El jodido francés.

—¿Qué coño haces? ¡¡Sal ahora mismo de aquí!! —exclamé sobresaltada.

—Pero ¿qué te pasa, tía? He venido solo por ti.

—¿Por mí?

—Tu amiga me dijo que no te vendría mal algo de mambo… —explicaba mientras se desabrochaba el primer botón del pantalón.

Me sulfuré. Me sentía acorralada. ¿¿Me iba a violar aquel mocoso que me sacaba cuatro cabezas??

—¡He dicho que te vayas ya! ¡¡¡Ahora!!! —chillé.

Se acercaba a mí para tranquilizarme. Le volví a empujar gritando histérica. Por fin salió y eché el cerrojo. Sudaba en frío. Busqué el móvil para escribir a July, ¡lo había dejado en el salón, mierda!

No pude rescatarlo hasta la mañana siguiente, comprobando que Peter no había contestado. July salía tronchándose de su habitación. Si las viñetas de mi imaginación pudieran hacerse realidad, le borraría esa sonrisa de zorra con mi mejor *crochet* de izquierda. Narraba sin recato el *ménage à trois* que se había montado la noche anterior cuando dejé solo y abandonado al pobre Jean-Luc.

—La puerta quedó semiabierta. Paul me daba duro a cuatro patas así que yo pude ver cómo se asomaba por la rendija y se metía la mano en el pantalón. Le invité a pasar…

¡Joder! ¡Tener que soportar eso de mañana era impagable! Me vio molesta.

—¿Qué te pasó anoche con él?

—¿Qué pasó? Me lo preguntas tú, que me traes a un desconocido a casa para que me lo folle... —No podía seguir siendo diplomática.

—Te vi tan baja cuando lo dejaste con Carlos que creí que no te vendría mal... —se excusó.

—No me vendría mal ¿qué? ¿Tirarme al primero que pase? Para eso ya estás tú —me columpié.

—Al menos no voy de deprimida por no haber conseguido nada en la vida... —atacó.

Estallé.

—¡¡¡No, tú vas de cotilla contando mis intimidades por ahí!!! —La disputa ya no tenía censura.

—¿Yo? ¡¡¡Tú estás loca!!! —respondió ofendida.

—Si no, ¿a cuento de qué sabe Peter quién es Alex o Carlos? —espeté.

Se calló pero enseguida retomó.

—Pero ¿desde cuándo confías tú en Peter?

—¡¡¡¡Desde que me lo tiré!!!! —solté furiosa—. Sí, July, ¡Peter Harman y yo estamos juntos!

—¡Pobre ingenua! ¡Peter Harman está contigo y con su prometida! ¡Tú siempre serás el segundo plato!

—¡Estás celosa porque no te tocaría ni con un palo!

—¡Con un palo no, pero con su polla dos veces!

Completamente desencajada, cogí mi teléfono móvil y marqué su número.

—*Hello?*

¡¡¡Una voz femenina!!! Me quedé muda, sin saber qué decir.

—*Hello?* —repitió.

—*Pe..., pe..., Peter?* —pregunté tartamudeando.

—*No, this is Alessa, his girlfriend... Peter is not avaible now...*

Sin aire. Morí.

35

En veinticuatro horas había pasado de ser la mujer más feliz de la tierra a querer hundirme en lo más profundo del Atlántico y ser devorada por seres abismales. La percepción del día soleado cambió por completo. Llamé a Polina. Llevaba una semana sin hablar con ella. Había novedades. Tras la marcha de Sahid, ella ocupaba el puesto de segunda encargada y Dema había decidido venirse a estudiar inglés a Londres, a su lado. Esto último me chirrió. Necesitaba verla y tomar café. Quedamos a las dos para el *lunch*.

La vida en el comercio aumentó durante la mañana. Agradecí no tener tiempo para pensar ni con quién hablar del tema. Mi falta de energía era notoria, Lucca se encargaba de recordármelo cada media hora.

—¿Y de beber? —preguntó el camarero mientras ordenaba el bombón de solomillo en Gaucho. A Polina se le antojó invitarme porque decía que no me alimentaba «*properly*».

—Agua, por favor —pidió.

—¿Agua? ¡¡¡Tú tienes fiebre!!! —bromeé tocándole la frente—. Ni caso —dije al camarero—. Dos vinos, *please*.

—Andrea, no —me frenó dirigiéndose de nuevo al camarero—. Agua, por favor.

—Polina, una de dos, o tienes un resacón descomunal o... No me dejó acabar.

—¡¡¡Vas a ser tía!!!

Con este titular abrió el aperitivo. Me quedé totalmente desubicada. Seguían precipitándose los acontecimientos y no era capaz de deshacer mi maraña mental. Claro que me alegraba por ella, aunque no entendía en qué momento habían cambiado las prioridades en la vida de la decidida y obstinada Polina Nemstova.

Recién ascendida no tenía pensado volver a Rostov, daría a luz en Londres, así que su hombre había tomado la decisión de venirse a su lado y aprender inglés de una vez por todas.

Ante tal primicia, era totalmente prescindible hablar de mi desengaño con Peter y la pelea de gatas con July. Tan solo comentaba de pasada la competencia fomentada en mi nuevo empleo y cómo intentaba salir airosa.

—¡An!, tú no estás bien, desembucha...

—¡Qué va! Estoy genial, algo cansada... —esquivaba.

—Alessa ha estado hoy en la tienda. —Sabía cómo hacerme confesar. Era una estratega rusa.

—¿Y...?

—Creo que estaban enfadados... Le dejó el almuerzo y se fue. La vi desmejorada, con ojeras, pálida...

—La debieron de tener anoche —comenté.

No hizo falta más para que me apoyase en la única amiga que tenía a mano. Los hechos le dolieron casi tanto a ella como a mí. A July le hizo un traje a medida jurando que se vengaría de ella en cuanto tuviese ocasión. Para eso era su jefa. Cada vez que hablaba del otro le hervía la sangre. Me había advertido cientos de veces de la deshonestidad de Peter, de su facilidad para embaucar, de su ambición maquiavélica...

—Intenté ponerme en tu situación, Andrea, e imagino que es normal sentirte atraída por alguien más poderoso que muestra interés por ti, pero es que Peter...

—Polina, conmigo no era así...

—Andrea, abre los ojos, te has enamorado de él. ¡Lo ha conseguido! ¡Él gana!

Desde entonces, quedó terminantemente prohibido hablar de Peter en nuestras quedadas. No me ayudaría saber a qué hora salía y entraba diariamente o qué comentario fuera de lugar había hecho... Peter Harman se había muerto, en un mes ni me acordaría.

—Andrea, te buscan...

—Ahora no puedo, Lucca, estoy con una clienta muuuuyyyy interesante...

—Ahá, le diré a Alex que estás ocupada...

—¿Alex? —inquirí extrañada.

Disculpé mi ausencia en la planta y subí al recibidor.

—¡Alex! ¿¿Qué haces aquí??

—¿Te apetece que quedemos esta noche…? —preguntó con un timbre melancólico, triste.

—Pues la verdad es que no tengo mucho cuerpo para nada…

—Simplemente quería despedirme en condiciones…

—¿Despedirte?

—Sí, en unos días empezamos la gira por Europa…

Mi garganta se anudó… No podía tragar saliva. Creo que hasta palidecí. ¿Por qué me estaba afectando tanto la marcha de mi «follamigo»?

—Pero ¡¡¡bueno!!! ¡¡¡Eso es una gran noticia, Alex!!! ¡Enhorabuena! —exclamé camuflando mi verdadera reacción.

—Gracias… No quería irme sin verte…

Aquello me halagó y apenó al mismo tiempo. Cambié de idea.

—Venga, recógeme a las nueve y…

—No, Andrea, es mejor así…

Me quedé volada. Ahora sentía la necesidad de despedirme en condiciones. La había cagado.

Me dio un abrazo rápido (tampoco era plan de ponernos tiernos en mitad del curro) y se fue…

—Este tío está enamorado de ti… —A mi espalda, la voz de Lucca confirmaba mis sospechas.

Salí a buscarle en cuanto terminé mi agotadora jornada. Por fin, sentía que me movía por algo que merecía la pena.

Me lancé a sus brazos en cuanto abrió la puerta de su apartamento provisional y nos fundimos en un profundo y apasionado abrazo. Los dos lo necesitábamos. Lloraba sin conocer el porqué. ¿Era ahora yo la niña mimada a la que le quitaban su juguete favorito...?

—Ey, ey, tranquila —me calmaba con las manos agarrando mi cara y sus dedos secando mis pestañas.

—¡¡No quiero que te vayas!! —gimoteé. En efecto, era esa niña consentida.

—Andrea, no sabes lo que quieres... —Se despegó, invitándome a entrar en el salón.

Me desplomé en el sofá.

—Ahora sí lo sé... —lloriqueaba.

Bajó la cabeza sin ser capaz de articular palabra. Le lastimaba.

—¿No te parece Londres suficiente plataforma para empezar? —exclamé atormentada por su silencio.

—Andrea, por favor, no me lo pongas más difícil. —Se acercó para consolarme y le rechacé. Su gesto tenso, congestionado, exageraba su belleza. Se quitó las gafas y dijo—: Hasta que no te valoren fuera jamás lo harán aquí... Tú deberías saberlo...

Asentí. Entonces sí me dejé abrazar. Esa noche dormí con él.

«Te espero a la vuelta», escribí en una nota, sabedora de que muy probablemente ni yo le esperaría ni él volvería a por mí.

Me fui temprano, sin hacer ruido.

36

El luto se alargó semanas, en las que miraba cada dos por tres hacia las escaleras metalizadas de la lujosa tienda esperando a que mi príncipe azul descendiese con las mismas flores que me llevaron al paraíso. Además, la ausencia de Alex acentuaba la sensación de desamparo. ¿O quizá lo echaba realmente de menos?

Las semanas se convirtieron en meses y nada sucedió. Bueno, sí, el sol y la lluvia se turnaban, aunque poco a poco el primero al menos aparecía con mayor frecuencia. En junio calzaba botas de agua sin medias. Era una *londoner* más.

Me había hecho respetar manteniendo mi liderazgo en las ventas de la marca italiana. Retomé mis clases en la academia de inglés en Covent Garden y acudía a cursos de italiano por la tarde, pagados por la empresa. Decían que apostaban por mí.

Sin altibajos ni sorpresas discurrían los días.

Con July mantenía una relación cordial. Se había echado novio, Jake, el mulato íntimo de Peter. Siempre que cruzaba el umbral de la puerta, allí lo encontraba, acaparando todo el sofá. Pasaba más tiempo fuera que dentro con tal de no soportarles. La desgana me llevó a buscar piso sin éxito. Los quinientos *pounds* que cobraba de más tampoco me dejaban vivir sola en condiciones mínimas.

Por otra parte, y esta era la que más le gustaba a mi padre, a través de la Sociedad de Meteo me empecé a relacionar con gente de distintos países que acudían a Reino Unido a estudiar en profundidad su clima, mucho más variable que en el resto de Europa, colaborando en los eventos, exposiciones y reuniones que llevaba a cabo la institución. Me sentía algo más útil aunque siguiese siendo la española sin experiencia frente a doctores y expertos reputados. Procuraba mantener la cabeza ocupada y el cuerpo activo, pero él no desaparecía jamás. Una pinta, el fútbol, la música, David Beckham... Todo le evocaba.

El musical de *Singing in the rain* no fue lo mismo sin él. Salí emocionada tras el número principal en el que el actor que encarnaba a Don Lockwood, personaje interpretado por Gene Kelly en el cine, salpicaba las cuatro primeras filas con la coreografía bajo la lluvia. Pero ¿con quién lo compartía? Con nadie. Ni siquiera con el músico irlandés que solía poner banda sonora a mis días y que había ganado peso con la lejanía. Así que era cierto lo de que no valoras algo hasta que lo pierdes, ¿eh? A Peter nunca lo tuve, aunque siguiese variando mi ruta para no encontrarle, evitando bajar en la parada de metro de Oxford Circus y pasar por delante del escaparate. Si lo hacía, salía de la boca de metro contraria, la de la acera de enfrente, y era en esas ocasiones cuando se me escapaba un vistazo con el que no acertaba a distinguir nada ni a nadie, prosiguiendo mi camino sin mirar atrás.

Los días pasaban sin más, las horas vacías… Ya tenía la rutina que había estado persiguiendo, sin saltos mortales emocionales ni euforias; sin embargo, me sumía en la melancolía y el aburrimiento.

Un viernes de rebajas cualquiera, desayuné huevos revueltos con pimienta, zumo de remolacha y té; a Polina le encantaba la remolacha, solo deseaba que su abultada barriga no cogiese ese color.

—¿Sabes algo de él? —pregunté directamente.

—No, nada… —mentía pero lo hacía muy bien.

—Polina… —insistí.

—¿Qué? Tú me dijiste que no lo volviese a mencionar… —respondió con el vaso en alto pidiendo otro de los sabrosos zumos. Su apetito era insaciable.

—Ya, pero ahora me pica… Solo quiero saber… —Necesitaba saber.

—Andrea, no te hagas esto…

—¿Me vas a contar o no?

—Está bien… El otro día Alessa entró llorando en la oficina y… —Polina no terminaba de arrancar.

—¿Y…? ¡¡¡Va, Polina!!!

—Peter la echó…

Ella ya no paseaba por el *shop floor,* su estado y las hormonas la mantenían recluida en el despacho, por eso conocía los hechos de primera mano.

—Pero ¿por qué? —inquirí con interés extremo.

—¡No lo sé, Andrea! No pregunté… Solo se giró y dijo en tono despectivo: «Mujeres…». —Me quedé callada, mirándola—. Andrea, despierta, es Peter, ¡no tiene corazón!

—Polina…, ¿qué más…? ¡Por favor! —supliqué.

—Lo han dejado.

Devolví un suspiro de gozo que inquietó a mi amiga. Lo último que quería era que yo volviese a pensar en él. Inevitable.

Pasé la frenética tarde con la imagen de Alessa en la cabeza, sentía pena. Era como un autómata que repetía las mismas frases en función de los estímulos de mis pomposas clientas.

Consciente del haraquiri que estaba a punto de infligirme a mí misma, elegí mi hora de comida para acercarme a saludar a mis excompañeros de tienda. A medida que me aproximaba a mi antiguo trabajo mis latidos retumbaban con más fiereza. Mi cabeza intentaba luchar contra el histerismo que se había adueñado de mis piernas con el primer paso en Princess Street.

Entré, busqué a alguno de mis compañeros. ¡No conocía a nadie! Rabbie, el bonachón de seguridad, se acercó.

—Andrea, ¡¡¡qué alegría!!! ¿Dónde te has metido? ¿Viste al Liverpool anoche? ¡Menudo partidazo!

Mi desconcierto me impedía seguir la conversación con naturalidad. Respondía con la vista en todas las direcciones menos en la que Rabbie quería seguir.

—*Sorry*, Rabbie…, es que me acabo de quedar algo impresionada… ¡¡¡No conozco a ninguno de los que veo aquí…!!!

—¡Uy! ¡ya! Hubo cambios tras tu marcha...

—Ah, ¿sí?

—Sí, las *cheerleaders* se fueron en manada al nuevo garito que montó Grace con la ayuda de algún *amiguete;* a Sian le han dado una beca para el proyecto de fin de carrera y ha decidido aplicarse; a Nick lo ha despedido tu amiga Polina por vago y Jaz se ha pillado una excedencia para encontrar la serenidad interior. Así que tan solo queda la jefa rusa y...

—Peter...

Hacía mucho tiempo que no me atrevía a pronunciar su nombre. Debió de notar algo en mi voz al pronunciarlo porque enseguida informó:

—Esto ya no es lo que era, Andrea. Ha perdido color, vida... —La visión de Rabbie me entristecía.

Me quedé callada, observando a mi alrededor. Los empleados, rectos como varas, no hablaban entre ellos, ni se reían, ni se estresaban. Sin duda Polina tenía parte de culpa.

—Todavía no ha vuelto de su *lunch*... —espetó.

—¡¡¡Mejor!!! —respondí como antaño cuando Peter y yo nos dedicábamos a putearnos el uno al otro.

Rabbie esbozó una medio sonrisa con un meneo negativo de cabeza.

—No cambiaréis nunca, ¡eh! Con lo fácil que hubiese sido...

Sonreí. Me invadió la nostalgia. Le di un abrazo, sonaba a despedida. Salí antes de que Peter entrase en aquella tienda a la que ya nada me vinculaba.

Mimetizándome con las tonalidades neutras de mi nueva etapa en Londres, siguieron pasando las horas hasta que, sin esperarlo, a finales de junio, Alex recaló en Londres. Deseaba verle. Contaba con pasión cómo evolucionaba su carrera. Los Jaguar Shoes habían recibido varios premios como banda revelación, futuras promesas, grupo del año, etcétera. Emocionado, me mostraba las sesiones de fotos que le habían hecho para *GQ Magazine,* las invitaciones para la fiesta de Maison Kitsuné y relataba la manera desorbitada en la que habían aumentado sus seguidores en Twitter. Se lo merecía, era un buen tío, y talentoso. Me dedicó una canción, hablaba del brillo que desprendía una chica que conoció en una noche opaca e incierta. Reconocí, egoísta y voluble, que lo había echado de menos sin esperar una cierta indiferencia ante mi comentario que lo hizo más deseable.

Me llevó hasta el local que daba nombre al grupo, ubicado en Kingsland Road, en Shoreditch. Un aclamado bar que daba cabida a exposiciones de artistas emergentes en un espacio amplio de paredes psicodélicas y transitorias. Cada seis semanas, según me contaba Alex, encargaban un cambio de *look* a un nuevo creador. Su nombre homenajeaba a la industria de calzado que dominaba el barrio antes de ponerse de moda por sus bares y galerías de arte.

En unos días partía a Japón, allí empezarían su gira por Asia. Estaba preocupado porque el cantante, amigo desde la adolescencia, había pasado un bache emocional y le aterrorizaba caer en el saco de grupos «cortavenas». Lo notaba distante.

Nos sentamos en un extremo de las largas mesas de madera y pedimos dos sidras. Había probado otras y me decantaba por las orgánicas, pero At The Hop, así se llamaba, tenía un sabor agridulce que me enganchó. Como a él, me habría gustado saborearlo más, que hubiese pasado más tiempo en Londres. Ahora las *groupies* se le abalanzaban y la gente del este lo reconocía por la calle. Se había tenido que cortar el pelo a propósito para que su cabeza no fuese tan visible como meses atrás en la noche incierta.

—¿Y tú? ¿Qué vas a hacer, Andrea? —Notaba cierto aire ofensivo.

—¿Yo? —No tenía respuesta a esa pregunta. Me dejaba llevar—. Supongo que esperar la oportunidad para ascender en la empresa... Vivo el presente, Alex.

—¡Ahá! ¿Desde cuándo eres una apasionada de la moda? En unos años te suicidarás... Lucha por lo que realmente quieres, ¡tía! Si alguien puede hacerlo eres tú. Mueves a las personas.

Pobre muchacho, todavía creía que dejándote la piel conseguías tus objetivos.

—No, cariño, no, en el mundo real, muy lejos del escenario, como no tengas un trifásico o te folles a alguien estás jodido.

Flipé con lo que acababa de dejar caer sin que se me moviese un pelo del flequillo. ¿¿¿En qué me estaba convirtiendo??? ¿En una de esas frustradas que no hacían más que lamentarse por lo que pudo haber sido y no fue porque la vida no les regaló un padrino con dinero e influencia? A lo mejor me había confundido de carrera y no valía para aquello. Todavía no había tenido oportunidad de demostrarlo. Las dudas e inseguridades volvieron a crecer.

—Te crees muy madura, ¿eh? —me vaciló.

—Más que tú, sí... —entré al trapo.

—¡En la cama no! —apostilló.

—Pero ¡bueno!..., desde que tienes fans no hay quien te aguante... —le seguí el rollo. Sabía cómo rescatarme del barro.

Entre carcajadas y piques llegamos a su *basement* en Stoke Newington. Un pisazo que unía dos, con cajas, maletas y ropa desperdigadas por los rincones.

—¿Hago pasta?

—Vale...

Para cuando terminé de demostrarle que aún tenía que crecer, los macarrones eran papilla. La manta de pelo suave nos arropaba en el sofá. Me acariciaba tarareándome al oído una de nuestras canciones, creo que era *Where did you sleep last night,* de Nirvana.

—¿Te acordarás de mí? —le pregunté.

—Sabes que siempre lo hago...

—¿También cuando se te cuelen las fans en el camerino...?

Nos reímos. Me soltó un pico corto y seco.

—Andrea...

—Dime...

—Me gustaría que fueses tú la que se colase en mi camerino...

—Alex, me da que estás viendo demasiado porno últimamente... —vacilé.

—Andrea... —cortó. Se puso serio—. ¿Qué te puede retener aquí que no puedas encontrar en algún punto de Japón en el próximo mes y medio?

Alejé mi cara unos cinco centímetros para apreciar bien su rostro, su gesto. Entonces entendí su actitud fría del reencuentro.

—¿Me lo estás preguntando en serio? —La intensidad de su mirada me hería. Sus ojos se inundaban—. Alex —retomé—. Es tu sueño, no el mío.

Un doloroso y extenso silencio nos alejaba.

—Te quiero.

—Y yo —respondí, sin saber por qué.

Al día siguiente, el «¿y si...?» me acompañó hasta mediodía, aunque la decisión estuviese más que tomada desde que se despidió.

Me podía dividir entre tres clientas durante largas horas de asesoramiento y cordialidad mientras mi mente no cesaba de visualizarme en los mejores hoteles de Asia, entre guitarras y cocaína. Hasta que mi estómago pidió papas y merienda.

Ni siquiera había comido por finalizar una cuantiosa venta, media hora perdida de mi *break*.

Llegué al Pret acelerada y calada. Me pilló el chaparrón en medio de la carrera. La locura de día, contra el que intentaba luchar, estaba empezando a agotarme moralmente. Los chicos de la cafetería me atendieron rápido, ya sabían lo que quería desde el final de la cola.

Me apoyé en la barra para, al menos, tragar sin ansia el pastoso plato al que me había aficionado compuesto por avena y leche, con un *topping* de miel por encima. Faltaba algo de azúcar en mi bebida y ya tendría mi dosis de teína para aguantar hasta el atardecer.

Me acerqué al mostrador en busca de edulcorante y, cuando volví, choqué literalmente con Javier Castelo.

En un primer momento me quedé en shock, no lo ubicaba allí. Después nos dimos un par de besos y le ofrecí un café que rechazó.

—No tengo mucho tiempo, Andrea... —Genial, porque yo tampoco lo tenía—. Verás..., ¿recuerdas el proyecto secreto del que te hablé?

—Pues claro... —Lo miraba atónita.

—Llevo meses intentando crear un modelo de predicción de trayectoria exacta del huracán... y he dado con la fórmula...

No daba crédito. ¡¡¡Estaba ante un genio!!! Lo felicité eufórica. Me aquietó.

—... Lo he presentado a la NOAA (National Oceanic and Atmospheric Administration) y... —hizo una dramática pausa— ¡¡¡¡¡Me han reclutado como director de proyectos!!!!!

Le abracé con todas mis fuerzas. Nada me podía alegrar más el día.

—Esta tarde parto hacia Florida... —Allí se encontraba el Centro Nacional de Huracanes—. Pero antes escúchame, Andrea... —Estaba muy acelerado—. Me han pedido que sea yo personalmente el que se encargue de seleccionar el equipo... —prosiguió—, y quiero que tú formes parte de él.

El momento deseado por cualquier físico especializado en atmósfera había llegado. Flashes de mi vida pasaron ante mis ojos en un segundo. Tanto sufrimiento había merecido la pena. Lloré de felicidad, de incredulidad, de impotencia, de terror a lo desconocido...

—Imagino que eso significa que puedo contar contigo... —preguntó apresurado.

—¡¡¡¡¡Síííííííí!!!!! ¡¡¡¡Síííííííí!!!! Por supuesto que ¡¡¡¡síííííííííiii!!!! —grité emocionada. Poco me importada que todo el Pret a Manger se estuviese preguntando por qué permitían el acceso a gente perturbada.

Rio.

—¡Perfecto! Esta tarde te mando billetes y dirección. En un mes te quiero allí. ¡¡¡¡Estamos en contacto!!!!

Y salió corriendo mientras yo le lanzaba un beso al aire e intentaba secar mi cara bañada en lágrimas.

Llegaba tarde, muy tarde, pero tenía que llamar a casa. La alegría era inconmensurable. Mi madre gimoteaba, mi padre aplaudía, mi hermana chillaba: «Voy a ver vuelos», y podía visualizar la cara de mis abuelos llena de orgullo por el logro de su nieta.

—No llorarás porque me voy lejos, ¿no?

—No me jodas, hija, soy madre pero no tonta...

Las risas se mezclaban con la llorera de satisfacción.

—Mírala, ahí entra, tan tranquila —señalaba Goshia.

—Cállate, zorra —le espeté al pasar a su lado.

Abrió la boca tal y como seguro lo hacía al comerle la polla al mánager de la tienda. Disimulaban muy mal. Salió corriendo a chivarse.

—Bravo, bravísimooooo, ahora te echarán a la puta calle por falta de respeto y a mí, como encargado que soy, por permitírtelo.

—Lucca, yo me voy... y tú deberías hacer lo mismo si no quieres que te devoren estas polillas.

Al cierre comunicaba mi marcha y al día siguiente Charise se acercaba a la tienda personalmente para darme vía libre a partir de la semana venidera. Me felicitó y se apenó por el puesto que había creado como compradora de telas en Milán para mí.

—Charise, con todos mis respetos, él, italiano, después de media vida dedicada a esta empresa, desempeñará ese puesto mejor que cualquier forastero...

Se mostró de acuerdo. Lucca se desmayó o, bueno, hizo que se desmayaba aportando su toque telenovelesco a la escena.

July ya tenía a su futuro compañero de piso, solo tendría que pagar la mitad del alquiler por mucha cama que compartiesen. No me obsesionaba demasiado decírselo con inmediatez pero no me podía contener. Nos dimos un pseudoabrazo, sin ganas ni cariño, pero cumplimos con el ritual. El de la cafetería de las tostadas ricas de mi barrio, la farmacéutica, el del súper..., todos estaban al tanto de mi viaje a Florida con todo detalle.

En los pequeños comercios me regalaron cajas para hacer la mudanza. Desconocía que se podía solicitar el transporte de puerta a puerta por Internet hasta que las principales casas de embalaje me ofrecieron precios prohibitivos. Metí las medidas y el peso de cada uno de los paquetes; el presupuesto, sin exagerar, era un setenta por ciento inferior a las ofertas anteriores. En dos días las recogieron y yo me volví a quedar sola con mi maleta, la grande. Sonaba *Yes, I am a long way from home,* de Mogwai.

37

Los últimos días de mi estancia en Londres, en el poco tiempo que consentía mi jornada laboral, paseé por todos los rincones que me habían hecho crecer y madurar. Visité el *hostel* que me acogió a mi llegada, paseé de nuevo entre el bullicio de la National Gallery, el Buckingham Palace, me acerqué a Covent Garden para despedirme de mis compañeros de clase. Recorrí Piccadilly Circus, Trocadero, Hoxton, Brick Lane, Shoreditch, hasta volví a comprar flores al Columbia Flower Market... No me atreví a pisar sola Primrose Hill. Había lugares que prefería que permaneciesen en el recuerdo así, tal y como los guardé en la memoria.

La noche anterior a mi marcha dormí en casa de Polina. No hubo despedida con alcohol, pero sí cayeron unos cuantos trozos de *carrot cake* antes de mi partida. Tiramos de archivo fotográfico con Carmen al otro lado del Skype. Había sido divertido, emocionante, duro, ilusionante. Nos entristecía que difícilmente volveríamos a sentir algo con tanta intensidad. Juramos mantener el contacto y ver cómo se iba adaptando la hermosa tripa al cuerpo de dimensiones perfectas. Podríamos ir a Madrid a visitar a Pedro y Carmen, volver a Londres al menos una vez al año, incluso empezamos a organizar el siguiente fin de año en Florida.

—Eres fuerte y muy valiente, Andrea —repetía Polina, como en tantas ocasiones atrás. Ocasiones en las que la confianza en mí misma se había derrumbado y gracias a ella había resurgido de mi propia mierda. Así quería que me mantuviese ante cualquier circunstancia por muy lejos que estuviera.

—Te quiero —me dijo.

—Y yo a ti, amiga.

Alguna gota brotó de sus pupilas; alegó que eran las hormonas disparadas. Polina Nemstova no lloraba.

El día de la despedida, mi maleta resbalaba por la calle mojada. Entré en la parada de metro de Green Park, la más cercana a la casa de mi amiga; la Piccadilly Line me llevaría directamente a Heathrow. Llegó el vagón y lo dejé marchar. Di media vuelta en busca de la Victoria Line. No me podía ir sin pasar por delante una vez más.

Salí de la estación de Oxford Circus y me quedé parada, en medio de la marabunta. Quizá no volvería a sentir aquello nunca más. Por la acera de enfrente, me situé delante de lo que había sido mi verdadero hogar durante el año allí. «Os echaré de menos», vocalicé, atreviéndome a cruzar la calle sin mirar a la izquierda.

La tienda todavía estaba cerrada. Era imposible que nadie me viese aunque mis entrañas deseaban que él saliese por aquella puerta. Recorrí el escaparate de Regent Street recapitulando algunos de los mejores momentos de mi paso por el establecimiento de las dependientas impolutamente maquilladas y vestidas que caminaban con destreza en tacones imposibles.

Pasé a pocos metros del portalón de madera principal. Justo al doblar la esquina de Princess St., me quedé petrificada. Peter caminaba hacia mí.

Un golpe de calor batió mi cuerpo. Temblaba como el primer día que lo vi. Cuando él me vio, hizo un amago de parada y se acercó.

—Hola —saludó.

—Hola.

—¿Qué tal?

—Bien, ¿tú?

—Bien —respondió señalando el plátano que llevaba en la mano. Quería decir que venía de desayunar en el Starbucks.

—¡Ahá! Yo voy a por un café… —improvisé.

Los dos estábamos cortados, tensos.

—¿Vas a trabajar?

Era evidente que no, llevaba una maleta.

—No, me voy.

—Al final te vas… Lo sabía.

—¿Lo sabías?

—Un hombre llegó hace una semana a la tienda preguntando por ti, decía ser tu profesor, pero no quería facilitarle tu número. Le dije dónde te podía encontrar…

O sea, que si no llega a ser por Peter, que conocía dónde paraba en mis almuerzos… La verdad, nunca me habría atrevido a molestar a mi profesor.

—¡Oh, vaya! ¡Gracias!

—De nada... —respondió señalando con el plátano la tienda, dando a entender que tenía que entrar.

—Adiós —me despedí mirándole a los ojos.

—Adiós. —No aguantó la mirada.

Todo lo que había sentido por él se esfumó en una frívola conversación. Seguí hacia delante por aquello de que no me pillase en renuncio. Además de necesitar un café que me templara...

—¡¡¡¡Andrea!!!! —Me giré—. ¡¡¡GRACIAS!!!

Asentí con la cabeza y me atreví a preguntar.

—¿¿¡Por qué yo??? —No me podía ir sin saberlo.

—Porque me dijiste que no... —respondió.

Le dediqué una sonrisa; a fin de cuentas, él había sido y siempre será Londres.

Camino del aeropuerto empecé a analizar la secuencia. Alzó el plátano con la mano izquierda, luego lo señaló con la derecha. ¡¡¡¡¡¡¡NO LLEVABA ALIANZA!!!!!! ¡No se había casado! De ahí el «Gracias». ¿Cómo una persona de paso o un pequeño detalle podía cambiar el rumbo de las cosas tan drásticamente? Él también cambió el mío. Me devolvió la ilusión, me hizo ver que no había nada tan preestablecido; ¡cómo me podía enamorar de alguien tan diferente a mí! Porque me había enamorado, sí, y entonces comprendí que había sido mi primera vez.

Una Andrea mucho más completa, más serena, menos maniática y consentida caminaba por el lujoso aeropuerto de Heathrow echando la vista atrás para comprobar que nadie me seguía, que nadie iba a aparecer con un ramo ni suplicando que me quedase. Pasé con éxito, es decir, sin desnudarme, el arco de seguridad y me dirigí a la puerta de embarque. Deseaba que el avión despegara de una vez antes de que me arrepintiera.

—¡¡¡Hombre, Andrea, cuánto tiempo!!!

—Hola, Candela...

¡Qué suplicio! ¿Tenía que aguantar a la subnormal esa restregándome por la cara lo feliz que era en su apartamento de lujo en Paddington y la beca que le habían concedido por ¡¡¡¡SER HIJA DE SU PADRE!!!!?

—¿Vas de vacas a casa?

—No, me vuelvo..., bueno, en realidad...

No me dejó terminar, como siempre hacía la muy egocéntrica.

—Yo también... Al final, no he pasado el examen de acceso a la International Science Society..., pero, bueno, he decidido hacerme un máster aquí de Física Atómica y Molecular.

—Menudo currículo, chica, vas a tener treinta cuando empieces las prácticas...

Lo siento. Necesitaba soltarlo.

—Ya, la otra opción sería doblar ropa en una tienda de Londres y como que no... —Saltó como una leona, ¿eh?

—En mi caso, comenzaré a perseguir huracanes la semana que viene desde la NOAA...

Los azafatos pedían asiento, excusa perfecta para dejarla plantada y con la boca abierta.

38

A mediodía el avión aterrizó en Vigo; digo que aterrizó el avión porque a mí me costó al menos dos días salir de la burbuja en la que estaba metida. Era una sensación similar a cuando no duermes durante mucho tiempo, estás de reenganche o algo colocado. Físicamente estaba en casa, mentalmente, perdida.

Mi padre y mi hermana me esperaban, sin pancarta pero con abrazo.

—Vas a poder aprovechar la playa para quitarte ese blanco verdoso que me traes. —Fue lo primero que soltó mi padre, encantado de que los planes saliesen bien como en el *Equipo A*, su serie preferida.

Y de verdad que lo deseaba. Necesitaba una buena dosis de vitamina D para curar aquel cuerpo marchito.

Vigo estaba teniendo un verano espectacular. Los veintiocho grados de temperatura me obligaron a quedarme en camiseta, aquella que en alguna discoteca había utilizado para ligar. Aunque por aquel entonces llegaba a Londres mucho más tonificada y definida, ahora, vista desde fuera, daba un poco de grimilla, pálida y ojerosa. Bajé la ventanilla del asiento del copiloto y asomé la cabeza. Olía a pino, a eucalipto y a madera. El viento puro sacudía mi pelo. Cerré los ojos y volé.

Recobré el sentido del gusto con la ensalada de mi abuela: tomate, lechuga y cebolla, pero qué tomate, qué lechuga y qué cebolla, aliñada con una pizca de sal, un chorro de aceite y mucho vinagre. Nunca probé otra igual. Cariocas y rapantes para acompañar, porque aquella ensalada se podía comer sola.

—Oye, nena —preguntó mi madre—. ¿Y tú no andabas con uno por allá?

—No, mamá, era un amigo…

—Vaya, podrás ir a visitarlo en alguna ocasión…

—Sí, quizá en alguna… —contesté. ¿Por qué no?

Después de una larga siesta, hice la ruta de visitas a familiares. Tías, primos, vecinos… A Rebeca la dejé para la noche. No me reconocía. Decía que yo estaba ida, en otro mundo. Mi amiga quería celebrar por todo lo alto que mis sueños se viesen cumplidos y no asimilaba que yo prefiriese meterme en la cama a sacar los fuegos artificiales. Incapaz de festejar nada, parecía un muerto viviente, sin sangre ni gracia alguna. No quería estar allí, quería estar en Londres, a pesar de que me maltratase. Me tomé una copa y me retiré.

Después de dieciséis horas de sueño y un potente potaje de *feixóns,* me escapé en el Ford Fiesta de mi abuelo hasta cabo Home. Allí solía llevarnos mi padre de pequeñas para contarnos historias de *mariñeiros*, *arroaces* y sirenas. Saludé al Atlántico, algo revuelto esa tarde. Desde las rocas le observaba. Cuando conseguí que me reconociera, bajé hasta una de las desiertas playas de Hío. Eran las nueve de la noche. Palpé la arena fina e introduje mis dedos en ella hasta sentir la humedad. Respiré profundamente. El sol estaba a punto de abandonarnos; me desnudé ante él y me metí despacio, soportando el frío recibimiento del mar, mi mar. El salitre borraba las lágrimas. Las limpiaba, me purificaba. Avanzaba mirando al horizonte de colores puros, hasta sumergir mi cabeza por completo, haciendo explotar mis oídos y congelando mis peores ideas. Aguanté bajo el agua medio minuto, tras el que salí a la superficie deseosa de aire, de oxígeno, de vida. El nudo de mi pecho se había desatado. Por fin, podía comenzar de nuevo.

Entonces sí pudimos celebrar mi despedida a lo grande, cerrando La Fiesta de los Maniquíes, La Fábrica de Chocolate y el Mondo. El Ático ya era demasiado para dos muchachitas aparentemente decentes. Recuperé algo de color, bueno, me quemé, pero al menos me había deshecho del blanco nuclear.

A mi abuelo le parecía deprimente aquella foto oscura del London Bridge impuesta en el fondo de pantalla de mi móvil. El gris plomizo del cielo forraba los elementos de un paisaje sombrío e impenetrable. Creo que le gustó más el verde de Primrose Hill o Hyde Park, la multitud de Oxford

Street o el ejército del Buckingham Palace. Las imágenes del recuerdo.

—En mi época no había móvil pero...

Sacó del bolsillo su cartera de cuero marrón y la abrió, sosteniendo una foto amarillenta, desgastada.

—Estás tú para robar panderetas, ¡eh! —bromeé mientras tomaba la foto de su temblorosa mano.

Era él, de joven, con el traje de pana, el puro y el borsalino. También estaba Fabián, su compadre. Lo había imaginado más alto, más robusto. Una camisa de manga corta clara y unos pantalones algo holgados representaban a la perfección aquella personalidad desenfadada. Entre ambos, Paola, reconocible por el corte de su melena todavía juvenil. Era hermosa y atractiva. Sostenía uno de los bajos de su vestido para evitar que rozase el suelo. Iba descalza.

Esa foto representaba su recuerdo de la felicidad, de alguna fiesta o reunión en la que los chicos se divertían. Sonreían.

—Así que era cierto...

—Un anciano nunca miente, Andrea —soltó con un guiño pillo—. Por aquel entonces no había ni ordenadores ni teléfono que nos mantuviesen unidos a nuestros hogares. Nosotros huimos del hambre, apremiados por la necesidad de asegurar un futuro para nuestros hijos; vosotros ahora escapáis de la desidia y la resignación de una generación sin trabajo, sin oportunidades, sin posibilidad de alcanzar un sueño. Pero tanto tú como yo nos hemos enfrentado a un nuevo mundo, a una cultura distinta, hemos pasado por malos momentos, hemos superado obstáculos, nos hemos equivocado centenares de veces, pero hemos luchado por la idea de futuro que imaginamos cuando hicimos las maletas. Con determinación, sin mirar atrás. Esa necesidad de conocer el mundo, ese deseo de caminar siempre hacia delante es el alma del peregrino, la que tú y yo compartimos y que, por suerte o por desgracia, se transmite de generación en generación. Se siente incluso cuando estás postrado, como yo, en un sofá, cuando ya no sabes identificar el origen de tus recuerdos y no eres capaz de discernir si los has vivido o soñado.

Mi abuela interrumpió con las tres pastillas de colores de las siete de la tarde. Una azul ovalada, la amarilla redonda y la alargada blanca y roja aplacaban los dolores.

Tragó con esfuerzo y una punzada en el pecho. Tosió, respiró hondo y prosiguió. Yo no me moví de su lado, a sus pies, con las piernas cruzadas y las manos sujetando la barbilla, como de chica. Me encantaba escucharle.

—Lo que no sabe el emigrante cuando se va es que a la vuelta nada será lo mismo, tú no serás la misma y la percepción del mundo se mostrará diferente. —Volvió a toser—. Tampoco lo saben los que, con los ojos vendados, se quedaron aquí, sin salir de la jaula en la que todavía viven a pesar de que la puerta siga abierta. —Dirigió su mirada al lugar por donde tres minutos antes había entrado mi abuela—. Has sido valiente... —continuó—. Estoy orgulloso de que hayas encontrado tu camino y muy seguro de que alcanzarás tus sueños. Pero por desgracia, Andrea, a partir de ahora da igual dónde estés, te sentirás incompleta.

—Así me siento, abuelo, es confuso..., como si el corazón se me partiera en dos...

—A *saudade, Andrea, a saudade... Miña nena,* aquel que marcha nunca regresa del todo. Te darás cuenta cuando vuelvas para envejecer, porque volverás.

Me mordía el labio inferior conteniendo el puchero de niña emocionada que escuchaba con paciencia las palabras entrecortadas de alguien a quien admira. Tenía que poner freno al llanto que asomaba por el rabillo del ojo si no quería revivir una reacción similar a la que tuve por culpa de Leonardo DiCaprio al final de *Titanic.*

—Ya veremos... —contesté pícara—. Ahora, al menos, ya sé lo que me espera...

Rio y tragó saliva con dificultad.

—No tenés ni la más remota idea... Algún día te contaré cuando estuve en el D. F....

—¿México? —pregunté escéptica.

—¡¡¡Claro!!! ¿Pensabas que aguanté trece años seguidos en Buenos Aires...?

Reí. Aquel viejo de aldea había tenido una vida más rica, intensa y extensa que muchos señoritos de la capital. Daba igual que fuese real o imaginaria, era su vida. Guardó la foto presto antes de que mi madre entrase en el salón.

—Llámame cuando estés con los yanquis...

—Lo haré.

—¡¡¡Y vive!!! Que a mí ya me queda poco...

Le di un beso en la frente, como hacía él cuando era pequeña. Tosió. El pulmón le estaba jodiendo el poco aliento que le quedaba y aquella despedida sabía amarga.

Abrazos, besos, llantos, más llantos, más abrazos. Llevaba una maleta mucho más grande y viajaba en *business;* pagaba la empresa, claro.

No me demoré mucho en cruzar el arco de la vergüenza porque no había nada que esperar. Pero me equivoqué. Carlos apareció, con sus tulipanes blancos, que se tuvo que comer ya que no me permitían introducirlos en el avión «por seguridad». ¿Pensaban que iba a detonar un capullo o qué?

—Andrea, te quiero.

Lo sabía, sabía que me quería. Sabía que me admiraba, tanto que hasta podía sentir sus celos. Imaginaba lo abandonado que se sintió en su día, porque yo también había pasado por aquello. Demasiados años juntos como para olvidarle.

—Y yo a ti, Carlos.

Era un buen amigo, un pésimo novio pero buena persona.

Y así comenzaba otra etapa de mi vida, en otro lugar, otra cultura y otro idioma, sin atreverme a imaginar todo lo que me quedaba por descubrir, algo que deseaba con impaciencia, aunque, una vez más, muy lejos de mi hogar.

«Por favor, apaguen sus teléfonos móviles y dispositivos electrónicos; en unos minutos procederemos al despegue».

Sentada confortablemente en mi asiento de primera clase, mil veces más cómodo que mi minicama de Hoxton, buscaba con qué entretenerme. La portada de la revista de la compañía aérea sobresalía del bolsillo del respaldo delantero. Aquellos tipos me sonaban de algo...

Tiré de ella, y...

... unos Japan Shoes ampliarían plaza por EE. UU.

Sonreí.

Sonaba Heroes, no hace falta decir de quién.

Epílogo

«Por favor, apaguen sus teléfonos móviles y dispositivos electrónicos; en unos minutos procederemos al despegue».

Sentada confortablemente en mi asiento de primera clase, mil veces más cómodo que mi minicama de Hoxton, buscaba con qué entretenerme. La portada de la revista de la compañía aérea sobresalía del bolsillo del respaldo delantero. Aquellos rizos me sonaban de algo... Tiré de ella.

«Los Jaguar Shoes amplían su gira por EE UU». Sonreí.

Sonaba *Heroes,* no hace falta decir de quién.

AGRADECIMIENTOS

Gracias al talento de Willy Hita y a la dedicación de Gonzalo Albert, que han hecho de esta historia una novela completa.

411

Este libro se publicó
en el mes de marzo de 2016